四川大学哲学社会科学出版基金资助

中国符号学丛书　◎　丛书主编　陆正兰　胡易容

符号与传媒
Semiotics & Media

作为自我最根本的属性与形式条件，
叙述在传递自我信息的同时，
也遮蔽了自我的真相。人到底是语言的主人，
抑或是依赖语言恩赐的身份才得以延续生命；
对于自我而言，叙述究竟意味着什么？
这是本书思考的问题。

叙述与自我

Narrative and the Self

文一茗　著

四川大学出版社

项目策划：徐　燕
责任编辑：吴近宇
责任校对：罗永平
封面设计：米迦设计工作室
责任印制：王　炜

图书在版编目（CIP）数据

　　叙述与自我 / 文一茗著. — 成都：四川大学出版
社，2019.10
　　（中国符号学丛书）
　　ISBN 978-7-5690-3114-0

　　Ⅰ. ①叙… Ⅱ. ①文… Ⅲ. ①叙述学－研究 Ⅳ.
① I045

　　中国版本图书馆 CIP 数据核字（2019）第 228084 号

书名		叙述与自我
		Xushu yu ziwo
作　　者		文一茗
出　　版		四川大学出版社
地　　址		成都市一环路南一段 24 号（610065）
发　　行		四川大学出版社
书　　号		ISBN 978-7-5690-3114-0
印前制作		四川胜翔数码印务设计有限公司
印　　刷		郫县犀浦印刷厂
成品尺寸		170mm×240mm
插　　页		1
印　　张		13.75
字　　数		263 千字
版　　次		2019 年 10 月第 1 版
印　　次		2019 年 10 月第 1 次印刷
定　　价		56.00 元

扫码加入读者圈

四川大学出版社
微信公众号

目　录

第四部分　文本·演绎

引　言

　　对于自我而言，叙述究竟意味着什么？存在方式，根本属性或者更多？在我们尝试做出解释之前，应该首先弄明白的问题或许是：何为自我？是的，为了"自我"，我们纠缠了太久。因为所谓的智慧与愚蠢，都在于自我意识的觉醒。

　　在提笔撰写书稿之前，笔者内心曾存有疑问：有必要写一本关于"自我"的历史或者注释的书吗？正如现代不少具有主体性历史专论所言，我们所做的不过是冷静下来，关注历史而已。尽管古典时期的主体，凭借各种自我指涉的形式得以留存，但自现代以来，那个曾被奉为"立足之基"的主体已经在语言范式与主体范式的争论之中逐渐丧失。人不再是语言的主人，而反过来是依赖语言所赐予的身份得以延续生命。我们进入的世界，是语言（符号）早已开启的世界。而对于言说的那个叙述者而言，"自我"似乎没有提供可以行动或者安身的元层面构架。那么，自我到底是这场争论中所断言的某种"结果"，还是自主行动的可能条件？

　　本书绕了一大圈：从理论的"缘起"，至"推进"，进入"类比"，最后游弋于文本的"演绎"，似乎钻入了一个叙述怪圈：先于符号（叙述）的自我，却只能通过符号进入世界、认知，通过罗兰·巴尔特所说的"语言的旋转木马"来维系自身。最后人们发现，自我不是语言图式的结果，也不是展开叙述之前的神秘领域，确切地说，符号是自我最根本的属性与形式条件——就像珀涅罗珀永不停歇的意义所在（白天编织，晚上将织物拆开），这是她进入时间与意义的唯一路径。范式之争的起点，便失落于将自我与其生存的形式条件（符号）及其结果（意义）分开。

　　"大音希声、大象无形。"但凡落入有形的叙述世界，总有局限，因为符号在传递信息的同时也遮蔽了真相。语言不过是获取意义的符号。尽管那块叙述的顽石，在温柔富贵乡中感受烈火烹油之际，不会忆起最初是自己苦求着要以幻形入世的。自我却应该明了：叙述，哪里有尾声？文本，何曾有边际？

推开自我与叙述的大门，一曲名为《红蜻蜓》的童谣不请自来：

> 晚霞中的红蜻蜓，
> 请你告诉我，
> 童年时代遇到你，
> 那是哪一天？
>
> 拿起小篮来到山上，
> 来到田野里，
> 采到桑果放进小篮，
> 难道是梦影。
>
> 晚霞中的红蜻蜓，
> 你在哪里？
> 停歇在竹竿尖上，
> 是那红蜻蜓，
> 停歇在竹竿尖上，
> 是那红蜻蜓。

不知为何它如此打动儿时的我，原来，当我对这个世界追问意义时，童谣中的孩子像极了我的身影……

第一部分　理论·缘起

第一章　自我的故事

"园中各样树上的果子，你可以随意吃，只是分别善恶树上的果子，你不可吃，因为你吃的日子必定死。"

《创世纪》

本章提要：追逐意义是人的本性。使用符号释意与达意，则是其根本的方式。人的符号属性决定了自我正是指这样一种通过示意，而形成并确立的符号化过程。换言之，主体不是完全为自己做主，作为先验实体的自我意识，是一种指涉自我，从而向他者辐射，并由此通达意义世界的话语能力。主体性即指示意者将自我定位为主体的能力，只出现于叙述话语的根本属性之中。本书欲从此定义出发，并借此进一步探讨：作为符号的自我是如何卷入叙述表意的？通过这一路径，希望能解开"自我－符号－意义"三项式之谜。

主体的悖论

"主体"是锁在天国里的奥秘。自从人违背了禁令，偷食了分辨善恶的知识之果，那允诺为自己做主的禁果，便开启了依照个体之小我，而非神的意志所区分的善恶世界。但是，承载自我意识的主体能在多大程度上"做主"？探索主体的认知之旅像是闯入了深不可测的迷宫，但它却注定是令拥有自反能力的人神往的难题。

在人类思想史上，"主体"的定义卷入了太多的纷争。主体一词在英语中为"subject"。中文翻译"主体"其实存在歧义。因为英语中的"subject"并无明显的"做主"之意。它除了表示信息、意义阐释、行为的源头外，也含有被动、臣服、受制的意思。[1] 就像福柯在分析主体一词的双重含义时指出的：主体因控制与依赖而受制于某人，并通过意识与自我认知与它的自我同一性联

---

[1]　赵毅衡：《符号学：原理与推演》，南京大学出版社，2011年，第342页。

系在一起。事实上，在正式场合的英文表述中，人作为主体的语法地位，往往会被刻意隐去。一个句子中主语的位置更倾向于保留给非我的他物，如在简历中常见的用来介绍自己的句子：Three years' experience as a salesperson enables me to communicate with people from different walks of life.（中文意思：本人从事销售工作有三年，具备与不同的人打交道的能力。）在此，行为的承担者和实施主体确实是"我"，但字里行间，我们又真切感受到并应该承认："我"是个谦卑的受益者。"我"并非发起整个行为的主体；相反，"我"感谢这三年的工作经验，是它赋予了"我"这般能力，成就了今天的新"我"。类似的例子（尤其在正式场合中）俯拾皆是。因此，由该词定义所引发的一个亟须深思的问题是：主体似乎是陷于主动与被动之间的一个悖论。当每一个主体采取主动时，它同时也是被动的，因为主动即是对某事做出反应。[①] 主体总是通过控制与依赖而受制于他人。

从哲学的语言论转向开始，坚持自我意识来开启世界之力量的主体范式就被宣告过时了。让-弗朗索瓦·利奥塔认为，语言是第一位的。主体不过是在语言中预留的一个位置，这个位置可以由言说者占据。语言范式坚持认为：世界总是通过语言来开启的，并由此让行动中的人在语言中消失，即"我"在说的过程中，退隐于"我"的话语。关于主体的退隐，福柯曾有个著名的比喻：他将主体比作海滩上的一张面孔，在海浪的冲刷下消失得无影无踪。主体的死亡，对于言说的"我"来说，仿佛是一种解放，将"我"从未被赋予的可以生存之处的构架中解放出来。"我"既是运动的主体，又是运动的对象，"我"并不能自由设计自己，而是更多地服从于话语的和非话语的实践。这些实践为自身成为主体提供了可能性。[②] 由此，主体是一个分裂的概念，成为自我塑造的图式。纵观近几十年的文学文化研究，学界几乎一致否认启蒙时期完全自足的主体，而认为它是一种符号构建、一个意义过程。主体是一个自我符号域，自我性（selfhood）建立于人与自身的出离。形成身份的意义并不是源于自身。

沿着这一范式转向，笔者在本书中所说的自我，并非一个拥有充分自我意识的、完全自主自为的先验实体；而是一个通过言说形成的过程。主体拥有一种指涉自我，从而向他者辐射，并由此通达世界的话语能力。但是，自我并非像语言范式那样走出语言，便无处安身，它始终同时处于"说"与"被说"两

---

① 转引自丹·扎哈唯：《主体性和自身性：对第一人称视角的探究》，上海译文出版社，2008年，第112页。

② 彼得·毕尔格：《主体的退隐》，陈良梅、夏清译，南京大学出版社，2004年，第7页。

个层面。让我们以圣・奥古斯丁在《忏悔录》中提供的"呼唤证实自我"模式为例：

> 我来到了迦太基，我周围沸腾着、振响着罪恶恋爱的鼎镬。我还没有爱上什么，但渴望爱，并且由于内心的渴望，我更恨自己渴望得还不够。我追求恋爱的对象，只想恋爱；我恨生活的平凡，恨没有陷阱的道路；我心灵因为缺乏滋养的粮食，缺乏你、我的天主而饥渴，但我并不感觉这种饥渴，并不企求不朽的粮食，当然并非我已饱饫这种粮食；相反，我越缺乏这粮食，对此越感到无味。这正是我的心灵患着病，满身创伤，向外流注，可怜地渴求物质的刺激，但物质如果没有灵魂，人们也不会爱的。①

我们能清晰地感受到一种可以被称为自反性的性质，和一种在自我展示中把握自我、感知自我的思维模式。《忏悔录》是典型的自省文本，它记录了一个罪人向神的倾诉与坦白；推而广之，任何一个人的叙述都是一个自我符号化的过程，即将自我的过去通过当下的信息编码，组织为一个有意义的向度，并有接受主体的文本。就像引文中的交流模式所示："每一个叙述的自我都是以自己的发展的终结为前提。它必须仿佛已经达到自己的港湾，以便能够报告自己的航行。"② 追逐意义是人之本然属性。释意、达意与构意则是主体最根本的三大经验活动，将自我同时卷入推进他者与暴露自我两个过程中。而自我本身并非意义之源。因此，将主体视为话语的产物，而非超越话语本身的先验主体，反映了人的本质在于追寻意义。既然主体是通过言说而形成并确立的过程，那么主体性则是指说者将自身定位为主体的能力，只出现于语言符号的运用（而非语言本身）这一根本行为之中。也就是说，"主体"即某人说起"自我"。正是在叙述化的过程中，人才得以将自身构建为一个主体。

从主体到符号

作为研究意义的学科，符号学将主体作为贯穿始终的关键予以考察，换言之，将主体视为话语之产物，就是要将主体视作一个符号。人使用符号并且由它定义自身。正是意义将主体与符号联系于一体。而主体本身就是一个符号。在符号学发展历程中，曾有不少符号学家就"符号、意义与主体"展开讨论，对于"从主体到符号"这一思想路径，我们可以做一梳理。

---

① 奥古斯丁：《忏悔录》，周士良译，北京：商务印书馆，1996年，第36页。
② 彼得・毕尔格：《主体的退隐》，陈良梅、夏清译，南京大学出版社，2004年，第22页。

　　首先，应该回到起点——索绪尔的符号学原理。他最先提出符号的定义：由能指与所指所组成的一个封闭二元对立系统。据此，符号是任意的或具有相关性的。而意义正是形成于关联中的差异。索绪尔符号学的关键在于：差异与系统。符号示意在于两个方面：一方面取决于系统中与之相似的其他符号，而另一方面取决于话语中与之邻近的符号。推而广之，任何文本表意皆是如此。比如，叙述学发展的第一阶段，即以俄国和法国学者为代表的经典叙述学。托马舍夫斯基、什克洛夫斯基、普罗普及托多洛夫、格雷马斯、热奈特、J. C. 高概等对文本形式构成的讨论。这一阶段的理论受结构主义形式论的影响，文本被视作封闭自足的系统，提倡新批评所说的"细读"。对叙述中的主体问题展开研究，主要集中于作为话语主体的人物，如何参与构成文本及其对文本主旨的影响。这方面具有影响力和代表性的观点包括 J. C. 高概的"话语情态模式"，格雷马斯的叙述方阵对人物作为叙述的"行动元"所做的相关讨论，经典叙述学集大成者热奈特在其代表作《体格》《叙事话语：新叙事话语》中利用"叙述声音"展开分析的叙述话语。总体而言，早期研究集中于文本内部构造，认为叙述学是描述性科学，尚未走向文本解释。

　　对于很多人而言，"能指、所指"所显示的封闭二元系统说起来很顺口，赵毅衡指出：中国符号学在索绪尔的影子中已经徘徊了几十年[1]，而皮尔斯的符号学系统对索绪尔的研究做出了重大的突破，并且具有寻找意义形式规律的普遍方式。皮尔斯喜欢凡事三分，符号的各方面都是"三元方式"（triad）的。意义规律也服从三元方式的本质形式。符号学的任务也有三个阶段：其中符号的第一性（firstness）是显现性，是"首先的、短暂的"；当它要求接受者解释感知时，就获得了第二性（secondness），成为坚实的、外在的，能够表达意义的符号；然后出现的是第三性（thirdness）："我们就会对于我们所看到的事物形成一个判断，那个判断断言知觉的对象具有某些一般的特征。"[2]

　　符号本身也可以三分：再现体（represtntamen）（即我们通常所说的"符号"是符号再现体的简称）、对象（object）、解释项（interpretant）（如《红楼梦》中贾宝玉建议清理满池凋零的败叶时，林黛玉叹道："留得残荷听雨声。"此处，诗句中的核心意象"残荷"是符号再现体，黛玉看见的荷塘残相是再现对象，她从中体味出一种别样的韵味和惆怅则形成解释项，并开启了新一轮的符号示意），从而打破了索绪尔的封闭系统，将符号的构成以及示意的

---

① 赵毅衡：《回到皮尔斯》，《符号与传媒》，2014 年第 9 辑，第 7 页。
② 赵毅衡：《回到皮尔斯》，《符号与传媒》，2014 年第 9 辑，第 7 页。

模式视为涉及三方的复杂互动。意义不再是从能指到所指的任意直通车，而是通过从"二"到"三"的示意结构的改变，多出了一个无尽衍义的世界。正是皮尔斯符号意义的三元模式，发展出了无限衍义的原则：符号示意过程在理论上是不会结束的；在实践中，符号表意虽然能被打断，却不可能被终结。[①] 并且，无限衍义正是主体思维方式的本质特征。

皮尔斯的符号再现体，不同于索绪尔的任意能指（后者要么与对象相似，要么与对象邻近）。如果说索绪尔的符号体现了主体的绝对意志；那么皮尔斯则否认了这种任意性和系统封闭性，而是承认主体就是示意链条中的一环，加入了无穷的意义世界。

我们可以清晰地看到，皮尔斯对索绪尔的突破点在于：其符号三元结构引入了动态的解释项，从而打破了静态、任意、封闭的二元系统。皮尔斯的解释项大致类似于索绪尔所说的所指，但又具备"无限转换"（endless commutability）的属性。故皮尔斯的解释项被称为"无限逼近真理火炬传递路程上的又一次再现"[②]。解释项使主体可以无限接近真值，也正因为这种无限转换性（以及由此而来的无限衍义属性），削弱了符号再现体（相当于索绪尔所说的能指）对再现对象的依赖。

所以，解释项是主体理解无限衍义的关键。皮尔斯将其理解为符号的综合示意效应，认为解释项不仅解释了符号如何指涉或再现，而且解释了符号的释义如何同时影响到包含了符号以及使用符号的主体系统。皮尔斯注意到，符号不仅再现或指称了某对象，同时也施加了某种引导性的驾驭功能，使运用符号的主体形成一种可以借此而引导生活的模式或习性。这些模式或习性可以是情感的、行为的以及认知层面上的。[③] 既然所有信息和知识都是经由符号传递的，那么，我们认知世界的唯一方式就是运用符号对再现系统产生作用。

就人类语言及认知方面而言，解释项被皮尔斯视为使人组织自身思维、观念并将之范畴化归类的系统性机制。主体将一个符号替换为另一个符号系统的延展过程，实现了意义的阐明（articulation）。[④] 而这个阐释循环圈——部分

① 赵毅衡：《回到皮尔斯》，《符号与传媒》，2014年第9辑，第8页。

② Kaja Silverman. *The Subject of Semiotics*，New York & Oxford：Oxford University Press，1984，p. 15.

③ James Liszka. "Some Reflections on Peirce's Semiotics"，《符号与传媒》，2014年第9辑，第18页。

④ James Liszka. "Some Reflections on Peirce's Semiotics"，《符号与传媒》，2014年第9辑，第21页。

意义取决于整体，反之亦然——似乎是许多后现代主义理论之基。后现代主义提倡用一种构建主义的观点来看待对象，即指符号的对象是由符号系统构建的，并非是独立于所在符号系统的一种存在、力量或构成。正如德里达这样评价皮尔斯："在解构超验能指①的道路上，皮尔斯走得很远……我将逻各斯中心主义和在场的形而上学理解为对这种所指产生的强大系统性和不可抑制的欲望。而皮尔斯将指称物的无限性（不确定性）理解为使我们承认自己确实是在运用一个符号系统的原理。推进示意之处正是阻碍示意之处。这件事本身就是一个符号。"②

在符号三分模式中，三个部分的基本功能曾被总结为：1. 承载信息；2. 为其他事物（其对象或指称物）提供信息；3. 将信息传递给其他事物。其中，符号再现体（即我们通常所说的符号）是信息载体，对象决定符号中的信息，而解释项是信息得以传递的方式方法。③ 一个符号承载对象的信息方式，使之可以告知主体（使用符号的人），并由此产生某种示意效果。

解释项的观点在其他符号学者那里有不同形式的回应与印证，如罗兰·巴尔特理论的核心是内涵（connotation），即二度示意系统。任何直接指向的意义都是外延式示意（denotation）；需要由此二次生成的意义则是内涵。文学是典型的二度示意系统，因为它依赖语言，而语言本身就是一个示意系统。赫尔叶姆斯夫（Hjemslev）进一步指出：外延式的能指和所指共同构成内涵式的能指。换言之，二度示意系统会无限延伸，更深刻地卷入主体的个别具体意识。比如，巴尔特曾列举法国著名的时尚杂志《她》（*Elle*）上的法式大餐是如何通过食物的概念来引发主体形成"精英、高雅、艺术"等概念的，并由此体现和捍卫精英文化。德里达更是坚持：能指与所指都具有二度性（从而反对索绪尔的能指优先）。在示意过程中，一个词在置换自身之前就置换了另一个词。德里达认为，所有示意的词都遵守二度秩序。二者之间没有绝对的区别，因为都带有所有其他相关示意元素留下的"痕迹"。德里达还认为，所指永远无法完全在场，意义只不过是词与词之间游走的闪烁之物或是彼此的置换。通过皮尔斯的解释项，所指（巴尔特的内涵和德里达的自由置换）都是可以无尽转换的。换言之，意义是能指与所指之外的第三物。

---

① 德里达认为，西方思想史总是围绕一个占核心地位的超验所指展开。

② 转引自：James Liszka. "Some Reflections on Peirce's Semiotics"，《符号与传媒》，2014年第9辑，第22页。

③ 转引自：James Liszka. "Some Reflections on Peirce's Semiotics"，《符号与传媒》，2014年第9辑，第23页。

所以，根据皮尔斯的理解，最初的再现就是对解释项的再现。符号示意就是通过再现逼近现实的过程。皮尔斯式符号学的示意三分模式认为，符号再现体与再现对象之间的关系是示意与现实性之间的关系。有学者认为，皮尔斯所说的"对象"，等同于"现实性"①。皮尔斯认为，我们有直接经验，但对现实性只有间接的认识；除非我们发现如何再现这一现实性，否则，对于我们的思维而言，对象或现实性依然是无法领悟和渗透的。所以，只有能被再现的那部分现实性才可能反过来影响我们。这充分回应了本书的主题：意义之于自我，是理解符号的关键所在。皮尔斯坚信，再现成为我们把握现实性的唯一路径，并且我们能够真实地再现现实性。

主体掌握现实性的具体过程如下：符号（再现体）或能指在某些方面再现了对象或指称，而对象本身只有作为一个解释项或所指时才是可能的；并由此在个体思维中引发另一个解释项或所指。而这个解释项或所指将以同样方式通过示意的接力赛，形成更多新的解释项或所指。② 所以，当皮尔斯说，主体是一个符号再现体（原话为：人自身即是一个符号）时，我们并不感到惊讶（关于解释项与主体示意的关联，我们将在下一章中具体阐述）。而"能指就是为另一能指再现一个主体"。比如，拉康将皮尔斯的理论运用到了无意识领域。因为他认为，主体并没有意识到示意过程。主体并非先于能指的先验实体，而恰恰是由能指才得以确定。③

所以，人生是一条绵长的思维链。作为语言的产物，主体参与这一链条之中，也通过语言来认知世界。正如对外在世界的掌握和认识一样，我们对自我的掌握和认知同样受制于符号三元模式，即只能通过再现认知自我与他者。而这一点也在本威尼斯特关于语言与主体性关系的论述中得到回应。本威尼斯特认为：主体性建立在语言的运用上，是指说者将自身定位为"主体"的能力。通过语言，人才得以将自身构建为一个"主体"。语言和主体性彼此依赖。个体只有在话语内发现自身的文化身份，通过将自己识别为"I"，并与"You"对立起来。"I"意味着：言说当下情景话语的那个人，而该话语中包含了"I"那个人。并且这一情景只有在其独特性中才是有效的。这两个"I"永远无法

---

① Kaja Silverman. *The Subject of Semiotics*, New York & Oxford: Oxford University Press, 1984, pp. 15—16.

② Kaja Silverman. *The Subject of Semiotics*, New York & Oxford: Oxford University Press, 1984, Ibid: 17.

③ Kaja Silverman. *The Subject of Semiotics*, New York & Oxford: Oxford University Press, 1984, Ibid: 18.

还原为彼此，永远横亘在现实性与示意之间。所以，本威尼斯特所指的"话语"是两个人之间的话语，在此过程中，其中一个"I"向另一个"I"说话，并得以定义自身。主体从来都不是独立自主的，而总是置身于话语之中。只有在主体思维中，才能形成产生意义的关联。总之，主体性是关联性。诚如拉康认为的那样：作为能指的主体总是话语的产物，语言（如俄狄浦斯危机所示）控制了看似超脱语言的主体事件。所以，皮尔斯符号学的价值在于揭示了示意与主体性的关联。

接下来，我们要进入"叙述与自我"的世界，手中持有的钥匙："自我－符号－意义"三项式关联。

第二章 何处觅佳作：解释项的启示

道生一，一生二，二生三，三生万物。

老子《道德经》

本章提要：根据皮尔斯的定义，符号是一种三元示意模式（triad）。一个符号由符号再现体（representamen），符号所指涉的对象（object）以及在符号指涉过程中生产的意义解释项（interpretant）组成。与之对应，意义规律也服从三元的本质形式，意义不再是（索绪尔所说的）从能指到所指的任意直通车，而是从"二"到"三"的示意结构。因为符号的第三位——解释项——开启了新一轮的符号示意。该定义道出了符号示意的本质特征：首先在于无限衍义的可能性（即每一个符号的解释项都会成为下一个符号的再现体）；而由于无限衍义正是主体思维方式的本质特征，进而揭示出主体缺失之存在状态（即主体一刻不停地使用符号以逼近意义的真值）。因此，皮尔斯式符号的核心在于符号解释项，它涉及一套开放的意义机制；而由于自我在世的方式就是对意义的感知、阐释与传达，所以，符号解释项成为理解自我示意的关键环节。

任何艺术文本，都体现着一种努力：追逐强大的意义能力。由此，方可使文本摆脱从符号到所指对象之间单调的直线轨迹。这种意义能力，就是一种诗性（poeticalness）或者我们常说的"文学性"。越是上乘佳作，越是令人深思，越是反思人性。与此对应，从接受者的角度而言，越能延伸到文本之外者，越具有"文艺气息"。我们常言"文人"有个通病，常常"无病呻吟"，也就是指这种文学作品具有赋予感知对象意义的能力。因为，一旦文本产生脱离了叙述者，进入受众的阐释视域，延续文本生命力的接力棒就交移给了接受者：每一次阅读，每一次接受与理解，都是在激活与重构文本"意义"。本书关注的正是从接受者的感知角度而言，文本叙述所携带的意义能力。

一个文本就是一个世界。其示意规律对于接受者而言，必须是一个谜。而理解文本意义之关键是符号的"第三性"——皮尔斯所说的符号解释项。根据皮尔斯的定义，符号是一种"三元方式"，意义规律也服从三元方式的本质形式，符号的第三位——解释项——开启了新一轮的符号化，从而使示意成为延展不息、相继转换的动态过程。这也正是笔者所谓的"文学性"意义之所在。一个被认为颇有诗意的文本，必定会成功地将对象陌生化，拉长阅读过程，引发接受者无尽的意义联想。

当柏拉图认为艺术是影子的影子（再现的再现，符号的符号）时，就已经暗示了文学的使命，在于与所再现世界之间形成的陌生化远距离。我们应当借助文本，沿着影子的影子，走得更远……直到《会饮篇》中所应许的那样：

> 这时他凭借美的汪洋大海，凝神观照，心中涌起无限欣喜，于是孕育出无数的优美崇高的思想语言，得到了丰富的哲学收获。如此，精力弥满之后，他终于豁然贯通唯一的涵盖一切的学问，以美为对象的学问。

首先，让我们进入神秘的符号第三项："解释项"。

何为解释项

"解释项"被皮尔斯精练地概括为符号的"意指效力"（significate effect）。它是指符号再现体在解释者心中所创造的某种东西。皮尔斯强调："那些需要解释心灵利用间接观察来理解符号的所有部分，都是外在于解释项的。"[1] 而所谓"间接观察"（collateral observation），是对符号所指称之事物的先前了解（previous acquaintance），它们并不属于解释项。与之相反，符号的解释项是指"某种你在之前绝对没有清楚意识到的东西"，被皮尔斯称为符号的"涵义"（significance）[2]。换言之，解释项是一种符号，它是可以翻译或发展的原初符号。[3] 符号之所以为符号，就是因为必须在某个方面为某个解释者再现某物。也就是说，解释项可被理解为符号自身的转换与翻译，具备"无限转换"（endless commutability）属性，以便符号接受主体实现意义的深化与推进。而理想中的最终解释项则可以被理解为：为了与一个符号系统相连接或者相互联系——符号把自身翻译到另一个符号系统中所采用的一种方法。这里说的"系

---

① 皮尔斯、李斯卡：《皮尔斯：论符号　李斯卡：皮尔斯符号学导论》，赵星植译，成都：四川大学出版社，2014年，第43页。

② 皮尔斯、李斯卡：《皮尔斯：论符号　李斯卡：皮尔斯符号学导论》，赵星植译，成都：四川大学出版社，2014年，第44页。

③ 皮尔斯、李斯卡：《皮尔斯：论符号　李斯卡：皮尔斯符号学导论》，赵星植译，成都：四川大学出版社，2014年，第159页。

统"，就是在一个存在链接关系的群体中，由所有那些能够相互支撑彼此的对象所组成的一个集合①。如果说索绪尔的符号体现了主体的绝对意志；那么，皮尔斯则否认了这种任意性和系统封闭性，而是承认主体只是示意链条中的一环，加入了无穷的意义世界。

关于对象与解释项的边界，皮尔斯做了详尽的区分（考虑到相对于索绪尔式符号而言，皮尔斯式符号定义的突破口正是在于符号指涉对象之外的第三位解释项，这一点至关重要）。皮尔斯曾以"命题"为例说明：在一个命题中，解释项是该命题的谓项（predicate），其对象则是该命题的主项（subject）所指称的事物。任何属于解释项的部分都是用来描述事实的性质的；而任何属于对象的部分则旨在将此事实和其他相似的事实区分开来。② 比如，以"被火烧伤过的小孩以后遇到火就会避开"为例。命题的谓项就是"要么所有孩子都没有被烧伤或孩子未曾被烧伤过；要么没有机会靠近火或可能靠近火"；而该命题的主项就是"可能被解释者从日常生活经验中选择出来的任何独立的对象"③。解释项的部分是用来描述事实的性质或特点的，而对象则是用来区别其他相似事实。在专论何谓解释项这一部分中，皮尔斯曾总结道："符号把某种事物代替为它所产生或它们改造的那个观念，或者说，它是把某物从心灵之外传达到心灵之中的一个载体。符号所代替的那种东西被称为它的对象；它所传达的东西，是它的意义；它所引起的观念，是它的解释项。"④

对于此二者的边界，赵毅衡有一个通俗易懂的解释：对象是符号直接指明的部分，是意指过程可以立即见效的部分，而解释项是需要再次解释，从而不断延展的部分。⑤ 符号意义本身是无限延展的过程。解释项必然变成另一个符号，因为"符号就是我们为了了解别的东西才了解的东西"⑥。一言蔽之，对象是符号的直接指称，解释项则没有边界，是对象各种属性的总和，会随着主体所处位置的变化而变化。

---

① 皮尔斯、李斯卡：《皮尔斯：论符号 李斯卡：皮尔斯符号学导论》，赵星植译，成都：四川大学出版社，2014年，第168页。

② 皮尔斯、李斯卡：《皮尔斯：论符号 李斯卡：皮尔斯符号学导论》，赵星植译，成都：四川大学出版社，2014年，第45页。

③ 皮尔斯、李斯卡：《皮尔斯：论符号 李斯卡：皮尔斯符号学导论》，赵星植译，成都：四川大学出版社，2014年，第45页。

④ 皮尔斯、李斯卡：《皮尔斯：论符号 李斯卡：皮尔斯符号学导论》，赵星植译，成都：四川大学出版社，2014年，第49页。

⑤ 赵毅衡：《符号学：原理与推演》，南京：南京大学出版社，2011年，第104页。

⑥ 皮尔斯语，转引自赵毅衡：《符号学：原理与推演》，南京：南京大学出版社，2011年，第104页。

　　符号再现体（即人们通常意义上所说的"符号"）与其对象及其解释项之间存在一种三元关系，这种三元关系的实质是一种无止境的再现系列：符号代替的对象是一个再现，后面的解释项是另一个再现，而再现的意义本身也是一个再现。主体所获得的意义是自身存在的文本化及其可以获得解释的方面。皮尔斯认为，这种前一个再现后一个的再现系列，可能会在其极限之处存在一个"绝对对象"（absolute object）——这与某个"绝对主体"相对应。在论及意义对象的非均质性（即个体主体所获意义之片面性）时，赵毅衡曾说：主体意识之所以存在于世，正是因为获得的意义各不相同。如果意义相同，就只有一个绝对的主体。[①] 也就是说，每个主体意识把事物变成对象的方式不同，形成的解释项不同，获得的意义也不同。诚如皮尔斯所言："意义只不过被认为是像脱去了不相干的衣物的再现本身一样。"[②] 然而，衣物似乎不可能被完全脱去，它只是因为某物变得更加透明。因此，这里存在着一种无限的回归（infinite regress）。最后，解释项只不过是另一种再现，真相的火炬传递到后一种再现之中，而这种再现同样也具有解释项。符号示意是主体在世的根本路径——追求那个或许可以称为绝对的解释项。

　　那么，上述的三元关系，可否拆分为两对二元关系的机械叠加呢？根据皮尔斯的观点，符号过程定义是符号再现体、对象和解释项三者间的合作，这种三元关系不能被简化为任何二元关系。皮尔斯曾以"给予"（giving）为例说明这种不可简化性：

> 　　分析"A 把 B 给予 C"之间的关系，什么是"给予"？它不是说 A 让 B 离开自己，C 随后拿起 B；在这种给予之中，任何物质传递并不都是必然会发生的。它是 A 依据规则让 C 成为拥有者。在有任何"给予"的行为之前必定会有某种规则——无论它是否只会是最强的规则。[③]

　　显然，"给予"这一行为中含有三个对子：A 放弃 B，C 接收到 B，A 让 C 拥有。但我们并不能通过将这三个二元事物结合在一起，就得出"给予"这个三元事实。换言之，这三个二元事实都发生在一个行为之中。

　　由此，解释项是理解皮尔斯符号定义的核心之所在，它道出了意义规律的

---

① 参见赵毅衡、陆正兰：《意义对象的"非均质化"》，载《中国人民大学学报》，2015 年第 1 期。

② 皮尔斯、李斯卡：《皮尔斯：论符号 李斯卡：皮尔斯符号学导论》，赵星植译，成都：四川大学出版社，2014 年，第 49 页。

③ 转引自皮尔斯、李斯卡：《皮尔斯符号学导论》，赵星植译，成都：四川大学出版社，2014 年，第 172 页。

本质形式是一种三元方式。通过解释项，符号成为主体的再现系列，可以自身繁衍，生生不息，从而形成永无止境的示意链条。

解释项之于自我的意指效力

解释项的这种定义强调了符号并非只是再现其对象，更在于影响了主体心灵。这进而暗示：符号之于主体的效力在于自我的延伸，自我向未知领域的推进。一个符号必须具备一种能力，这种能力可以使它在某个解释者心里创建另一个对等物或者一个更为深刻的符号，从而使得解释者可以理清该符号的原初意思及其指称、深度与广度。[①]

符号如此影响心灵，"决定某种由对象所间接引起的事物"。这种决定（determinantion）即解释项，而这种决定中的直接影响因素就是符号再现体，间接原因是对象。而每个符号就是再现体、对象、解释项之间的一种三元模态。在致维尔比女士的信中，皮尔斯从解释项作用于主体的示意结果这一点出发，进一步将符号定义为"这样一种东西，它被别的东西（即它的对象）所决定，并且由此决定着一种作用于某人的效力，我把这种效力称为符号的解释项；如此，后者就间接地被前者所决定"[②]。对于皮尔斯而言，解释项是符号的综合意指效力，它不仅说明了符号是如何指称或再现对象，更说明符号的翻译（阐释）是如何同时影响使用或接受符号的主体，以及解释项所属的整个符号系统。[③] 解释项被皮尔斯视为使人得以组织自身思维、观念并将之范畴化的系统性机制。而主体将一个符号系统替换为另一个符号系统的延展过程，实现了意义的阐明（articulation）。[④] 有学者在分析符号的"三元条件"[⑤]（triadic condition）时，曾强调符号的解释条件在于：解释项可以被理解为符号的翻译，符号必须把自身翻译为另一种发展得更为充分的符号，或"一个符号的意

---

① 皮尔斯、李斯卡：《皮尔斯：论符号　李斯卡：皮尔斯符号学导论》，赵星植译，成都：四川大学出版社，2014 年，第 159 页。

② 皮尔斯、李斯卡：《皮尔斯：论符号　李斯卡：皮尔斯符号学导论》，赵星植译，成都：四川大学出版社，2014 年，第 44 页。

③ James Liszka. "Some Reflections on Peirce's Semiotics"，《符号与传媒》，成都：四川大学出版社，2014 年第 9 辑，第 18 页。

④ James Liszka. "Some Reflections on Peirce's Semiotics"，《符号与传媒》，成都：四川大学出版社，2014 年第 9 辑，第 21 页。

⑤ 李斯卡（James Liszka）认为符号的三元条件是 a. 呈现条件：主体对对象的某些方面进行选择，用符号把对象呈现为这些方面；b. 再现条件：符号必须再现一个对象；c. 解释条件。

义就是它不得不被翻译成为的那个符号"①，而这个过程会对翻译者产生某种效力，解释项可以被视为过程、产物及效力。

针对解释项对于主体的具体意指结果，皮尔斯继而将其分为：情绪解释项（emotional interpretant）、能量解释项（energetic interpretant）以及逻辑解释项（logical interpretant）。

情绪解释项是指符号自身会产生一种感觉（feeling），是人们在认知事物时所产生的感觉，有时甚至就是符号能够产生的唯一意指效力。以电影背景音乐为例，作为典型的指示符号，电影中的背景音乐是电影叙述文本不可分割的一部分，与文字、画面、影像一起参与了意义的建构，因为它表达了电影文本叙述主体的音乐观念，而此观念与电影叙述的其他方面往往互为注解、彼此强化；并且这种音乐观念存在于电影文本接受主体的一连串感觉之中。比如王家卫执导影片《花样年华》时，曾解释：该片讲述的是 20 个世纪 60 年代以香港为背景的故事，因此在制作该片的原声音乐时（以慵懒、怀旧、无奈、迷茫的小提琴音为主体，兼容了旧上海百乐门、苏州弹词、印度尼西亚民歌以及拉丁风味的咖啡音乐），一张多元却意指相同的原声大碟被精心打造而成，以呈现当时复杂纷呈，却最终总能被贴上共同标签的感觉——香港之声。②

如果一个符号要进一步产生更深一层的意指效力，就会卷入更多的意指行为。这种意指行为就是皮尔斯所说的"能量解释项"，比如一句命令。它往往作用于主体内心世界发挥其心灵作用，但它是一种单一行为。文学叙述中的"回忆"是较为典型的例子。因为回忆具有"根据个人的回忆动机来构建过去的力量，它能够摆脱源于经验世界的强制干扰，在创造诗的世界的艺术中，回忆就成了最优的模式"。有时甚至是"回忆的场合和回忆的行为，而不是回忆起的东西，占据了中心地位"③。

而符号更进一步的意指效力"逻辑解释项"不再是一种单一行为，而是一种可以被视为普遍本质的思想，皮尔斯称之为一个心灵符号。也就是说，逻辑解释项产生的是一种心灵效力（mental effect），但属于一种"普遍应用"

---

① 皮尔斯、李斯卡：《皮尔斯：论符号　李斯卡：皮尔斯符号学导论》，赵星植译，四川大学出版社，2014 年，第 166 页。

② "The Sound of Hongkong"：在这张电影原声大碟发行的附页说明中，王家卫提道：For me, music is not only for the mood, but also the sound. I came to Hongkong when I was five, and the first things that impressed me were the sounds of the city, which were totally different from Shanghai. 这里所说的"香港之声"，就是指通过电影音乐符号在人们心中产生的一种意指效力、一种感觉。

③ 宇文所安：《追忆：中国古典文学中的往事再现》，郑学勤译，北京：生活・读书・新知书店，2004 年，第 149 页。

(general application)。皮尔斯曾强调：并非所有的符号都具有逻辑解释项，只有心智观念（intellectual concept）以及与之相似的观念才具有；它们都与一般物（generals）存在联系。对于主体存在的一种特殊作用力，类似于对未来的自我所说的祈使命令句，皮尔斯建议称其为"自我暗示行为"（act of auto-suggestion）①。

我们以《追忆似水年华》（*À La Recherche du Temps Perdu*）中的一段叙述为例，其中，叙述者"我"追忆一个曾让自己心动不已的女孩的名字时，抛出了一个从情绪解释项，到能量解释项，再到逻辑解释项，呈抛物线滑动的符号轨迹：

> 吉尔贝特这个名字，在我身边回响，使我想起叫这个名字的姑娘的存在。这名字不仅仅提到一个不在场的姑娘，而且是在对她叫唤（情绪解释项）；这名字就这样在我身边一掠而过，可以说是在产生作用，其威力因抛物线接近目标而逐渐增大；——我感到，这名字负载着一个人对叫这个名字的姑娘的了解和概念（能量解释项）……这名字投出一条美妙的细带，颜色如天芥菜花，如光泽般不可捉摸，如地毯般覆盖其上，我不厌其烦地行走在这样的地毯上，脚步缓慢，恋恋不舍，如同在亵渎圣物（逻辑解释项）……②

从符号自身产生的感觉，到作用于内心的单一行为，再到一种"普遍应用"的心灵效力（即对于主体形成规则的效力），上述三种解释项体现出主体认知世界的三个渐进过程。在这段文本中，逻辑解释项是能量解释项的一种效力，而能量解释项又是情绪解释项的一种效力。

由此可见，解释项对主体的作用力，在于总会生成主体的新维度。因为事物一旦进入主体意识，就需要被再现，这种指称的压力就决定了符号的产生；换言之，符号的诞生就是主体将事物对象化，并因此涉入话语的过程——这也就是皮尔斯所说的"符号由其对象决定"之意。而"符号决定其解释项"是指主体使用符号指称对象，将主体意向性投射于所言说的对象时，对象在主体的意识中发酵，而形成（对于主体而言）的新方面，反过来充实丰富了主体的存在。这些"新方面"，就是皮尔斯所说的符号的"意指结果"　（significate

---

① 皮尔斯、李斯卡：《皮尔斯：论符号　李斯卡：皮尔斯符号学导论》，赵星植译，成都：四川大学出版社，2014年，第47页。

② 马塞尔·普鲁斯特：《追忆似水年华》，徐和瑾译，南京：译林出版社，2005年，第一部《贡布雷》，394～395页。

outcome）。也就是"除了符号自身表达所需要的语境与环境之外，还明确显现在符号中的那种东西"①。

事实上，我们可以发现，符号接受主体对命题谓项（即命题符号的解释项）的理解是无法穷尽的，而命题示意的关键就在于符号在接受主体意识中所激发的"歧义"。所以，有一千个读者，就有一千个哈姆雷特。意象派经典诗作是源于对中华形象与汉字语言的不同程度的误读。《红楼梦》因各种"为我式"的解读，衍生出了各式各样的"红学"；海明威小说中那浮出水面的冰山一角，允许读者顺势探出不同语境下的"水下原貌"。由此可见，符号表意是一个开放的动态过程，人类文化活动的多义性正是源自主体解释标准的不同。甚至有学者认为，许多时候，符号解释歧义越多越好。② 无论好坏与否，至少这是不争的事实。在符号接受主体心里，每个解释项都可以变成一个新的再现体，解释项的意义不在于一个终极理解，而是朝着这个终极观念无限逼近的相继努力。符号示意，必定是无限衍义（infinite semiosis），而主体则是朝向终极理解奋进的那个谦卑主体。

在《追忆似水年华》中，叙述者"我"对玛德莱娜蛋糕和椴树茶水的体味，有一段极为细腻的描述，堪称符号解释项与无限衍义的精彩注解：

> 我对阴郁的今天和烦恼的明天感到心灰意懒，就下意识地舀了一勺茶水，把一块玛德莱娜蛋糕泡在茶水里，送到嘴里。这口带着蛋糕屑的茶水刚触及到我的上颚，我立刻浑身一震，发觉我身上产生非同寻常的感觉。一种舒适的快感传遍了我的全身，使我感到超脱，却不知其原因所在。这快感理解使我对人世的沧桑感到淡漠，对人生的挫折泰然自若，把生命的短暂看作虚幻的错觉，它的作用如同爱情，使我充满一种宝贵的本质：确切地说，这种本质不在我身上，而是我本人。我不再感到自己碌碌无为、可有可无、生命短促。我这种强烈的快感从何而来？我感到它同茶水和蛋糕的味道有关，但又远远超出这种味道，两者的性质想必不同。这种快感从何而来？它意味着什么？到何处去体验这种快感？我喝了第二口，感觉并不比第一口来得强烈，接着又喝了第三口，感觉比第二口有所减弱。我该停下来了，茶水的效力似乎在减弱。显然，我所寻求的真相并不在茶水之中，而是在我身上。茶水唤起了我身上的真相，但还不认识它，而我也

① 皮尔斯、李斯卡：《皮尔斯：论符号 李斯卡：皮尔斯符号学导论》赵星植译，成都：四川大学出版社，2014年，第45页。
② 赵毅衡：《趣味符号学》，重庆：重庆大学出版社，2015年，第27页。

无法对它进行解释，只希望能再次见到它，完整无缺地得到它，以便最终能弄个水落石出。我放下茶杯，转向我的思想，只有它才能找到真相。但怎么找？每当思想感到无能为力，就会毫无把握；至于这寻找者，它既是它应在其中寻找的阴暗地方，又是它有力无法施展的地方。寻找？不仅如此，而且是创造。它面对的是某种尚未存在的东西，只有它才能将其变为实在之物，然后把这种实在之物弄得一清二楚。①

这段文字向我们抛出了一个意味深长的命题：主体通过符号文本所欲捕捉的，到底为何物？是符号再现体直接指称的对象（即用回忆唤醒的茶盏和蛋糕的滋味）吗？但这种味道迅速被（皮尔斯所说的情绪解释项）一种无法诉诸语言的快感替换；继而又被湮没于记忆深处。"我"苦苦地想跟上它的脚步，寻觅真相，却发现真相只不过是思想上的无能为力与意义上的渐行渐远。留下的茶水与蛋糕，反而指向那个在回味（即符号再现）中失望的自我——主体从对事物的探寻返转为自我的认知直至无穷。这一段中的叙述者，俨然是一个退隐的叙述主体：承认自己能力有限，只选择记录所感知的一切，随符号释义之链向前滑行。

解释项与自我示意的关联

在梳理了何谓解释项之后，我们可以进一步理清自我、符号与意义之间的关联。而关于自我与意识的关联，《追忆似水年华》中也有一段意味深长的描述：

我的思想不也是个隐蔽之处？我感到自己深藏其中，却可以看到外面发生的事情。我看到一件外界之物，意识到我看到了它，这种意识处于我和它之间，用一层薄薄的精神将它裹住，使我无法直接触及其物质；这意识在我同它接触之前就已化为乌有，就像炽热的物体，即使你把湿的物品放在它旁边，它也不会受潮，因为水分在它周围蒸发得一干二净。②

在这段文字中，可以看出："自我"不是可以自由做主的主体，甚至连自己的"思想"也不完全受制于"我"；思想更像是联系"我"与"事物"的一种方式或过程。与此同时，事物拒绝被"我"对象化，抵制思想的包裹与渗

---

① 马塞尔·普鲁斯特：《追忆似水年华》，徐和瑾译，南京：译林出版社，2005年，第一部《贡布雷》，45～46页。

② 马塞尔·普鲁斯特：《追忆似水年华》，徐和瑾译，南京：译林出版社，2005年，第一部《贡布雷》，第85页。

入。"我"似乎不只囿于某个特别的个体"我",而成为人的自我意识的普遍写照:无法直接用思想去把握事物。或许,我们可以大胆为之续笔:唯有用符号向之推进。因为这段叙述,已将"我"的思想文本化,并将那难以名状的事物变成"我"言说的一个"对象"。

使用符号从而获得意义,是主体的本质属性。主体是一个"待在"(becoming)的过程,一种指称自我、向他者辐射从而通达世界的话语能力。自我总是在不停地感知、阐释、叙述、交流的动态过程中,将自己文本化,才得以成为"主体"。而意义是主体意识与对象世界之间的一个双向构成物。主体获得意向性的压力让事物变成对象,并迫使信息感知变形。而主体通过符号获得的意义,反过来充实主体的自我存在意识。因此,符号、主体与意义这三者之间形成彼此注解的"三位一体"式关系。换言之,缺少任何一方,其余都无法精准地界定自身。其中,符号是(主体认知的)必经路径;意义(的获得及其对主体的反作用力)是最终目的;而(使用符号从而获义的)主体则承载了经由路径、通达目的这一自反性过程。

这里隐含了几个问题。首先,主体并非先验而自足的自我意识,而是一个自由但必须自觉谦卑的符号自我;通过符号示意,主体必定会进入与他者共在的意义世界中。其次,符号(符号的生命力在于其第三位——解释项)必定无限衍生、发展、充实,以至无限逼近真值的。最后,主体追寻的意义永远指向自身的有限性。意义的无限衍生,正是因为符号是意义之阙如,主体有所缺失,才需要符号。符号总是反映了主体所不具备的那部分。

为何断定主体不是先验自足的自我意识?这源于符号与意义的关系。符号示意的基本条件是再现,而再现的条件是对象的不在场。根据《旧约·出埃及记》,当以色列人出埃及时,曾在西奈山下用金子铸造了一对金牛以供祭拜,结果引起神的震怒。因为神是先于一切,创造一切,无所不在的万有之基。既然是处处"在场",就无须用符号替代。反过来说,铸造的偶像符号恰恰说明了人类对神信仰的缺失。所以,"摩西十诫"的第一条便是:不可祭拜偶像。又比如,我们之所以会在重要时刻拍照,是对正在流逝的当下自我作纪念,以便当下自我被未来我替换,或者当自我不复存在时,作为替代自我的一个符号。这或许能解释为何多数男性对于婚纱照中那个"妻子"的热衷程度远不如妻子本人,因为妻子是在场的;若斯人已故,感情犹在,则会时常捧起照片,聊慰相思之苦。而女性对那个再现的自我似乎兴趣也十分浓厚,这是为了用那个更美的再现自我来弥补在场的真实自我之所缺。所以,一旦符号指涉对象在场,符号就会自动取消,也就无须释义。反过来说,符号的出现是因为主体尚不清楚对象所携带的意义是什么，一旦意义确定，主体则不必再使用符号。上述两例说明了同样的问题：在场无须符号，使用符号是因为缺席。赵毅衡将符号与意义的这种关系概括为"得意忘象，得鱼忘筌"①。主体之所以需要符号，是因为意义认知不够。如前所述，符号总是指向主体所不是的那片领域，总是暴露出主体的缺失。于是，这里似乎出现了一个循环怪圈：主体在世，就会追求意义；追求意义，就会使用符号；符号越多，则越显示意义之阙如。这一无奈的事实，反过来印证了理解符号的关键在于其第三位——解释项：解释项道出了符号的真谛在于无限衍义，因为符号始终是主体的思维路径，而非意义本身；终极的意义属于那个绝对的主体。而使用符号的主体，只能在漫漫认知道路上求索，沿着无尽衍义的链条，层层剥除真相的外衣。

其次，意义为何一定是丰富的？每个符号都承载着三种意向性：符号发出主体所希冀的意义符号编码及所在语境规定携带且落实的意义，以及接受主体重构的意义。在符号示意的过程中，三种符号意义经常不一致。例如，《红楼梦》中向袭人论及死亡之义时，关于怎么个"死"法，贾宝玉有一个诗意的设计：

> 哭我的眼泪流成大河，把我的尸首漂起来，送到那鸦雀不到的幽僻之处，随风化了，自此再不要托生为人，就是我死的得时了。（第三十六回）

这段最能代表贾宝玉个性的话，恰恰是说给最听不懂的袭人听的。而此时袭人规劝宝玉的那份忠心又的确是感人的。两个最不志同道合的人却向彼此表达了最心底的话语。这并非一个简单的"反讽"或"对照"就可以完整形容。袭人极尽心力，用心良苦的一番规劝，却引出宝玉对自我本性最淋漓尽致的一次剖析，甚至是对死亡的宣言。贾宝玉的这番心里话是一个没有回应的独白。袭人并不理解他对死亡的看法。因为中国传统文化看不到死亡的积极意义，因而她不可能理解贾宝玉。传统中国文化将个体的价值定位于自己在周围人际关系网中的恰当角色。因此，和西方死亡哲学传统关注死亡的本体性、个体性相比，中国的死亡哲学更注重死亡的社会性和伦理意义。在传统中国文化语境中，贾宝玉成了一个终极意义上的弃儿。②

事实上，在每个主体的心里，每个解释项都可以变成一个新的再现体，构成无尽的阐释系列。每个符号从发出到接收会衍生出多种"歧义"。所以，对

---

① 赵毅衡：《符号学：原理与推演》，南京：南京大学出版社，2011 年，第 47 页。
② 参见文一茗著：《〈红楼梦〉叙述中的符号自我》，第三章《红楼梦叙述中的"自主"与时间意识》，苏州：苏州大学出版社，2011 年。

于每个使用符号的主体而言，必然会将符号抛入人际交往之间，而符号也必然会将更多的主体拉入意义竞争的世界。每一个携带歧义的他者对主体而言，都是一面认知之镜，因为他者所携带的意义折射出自我之所不是，迫使主体正视意义的片面性和自我的有限性。列维纳斯认为，主体性是通过在与他者面对面的遭遇中，臣服于一个他者而得以形成的；也就是说，主体性总产生于交互主体性，总是在人际符号网中形成的，并将自我确定为主体的话语能力。但这不是在将他者的"差异"还原为自我所知道的同一意义中，而是在基于他异性（alterity）的不同意义中得以形成的。所以，符号学要求主体尽可能地用"第三人称视角"来将自我文本化。胡塞尔有一段关于"共同主体"的话，常被人们引用："每一个自我主体和我们所有的人都相互一起地生活在一个共同的世上，这个世界是我们的世界，它对我们的意识来说是有效存在的，并且是通过这种共同生活而明晰地给定着。"① 所谓意义对象的非均质性，就是为了证明主体的意义能力是相当有限的；在意义关系中，他者就是另一个自我，"移入"就是在他者中生活，化入他者的存在，并因而进入他者的生命奋进之中。②

我们以拉康的自我符号域为例。根据拉康的自我三分，自我是建立在自我之外的。想象域所提供的只是回应在镜像中所看到的所感觉到的统一与分离。而现实域是无法企及的"终极解释项"，是一种共享的文化构建，一种关于周遭世界的共识。自我永远是不断延伸的（the self is always derivative），并且自我符号总是提示着自我的不足。欲望（desire）是渴望自我的完整，而每一个个别所求，则是需求（demand）。受拉康心理分析影响的女性心理分析坚持认为，语言符号总是从外部定义主体，从而制造一种关于自我的缺失感。③

作为符号的"意指结果"，解释项打破了索绪尔符号的封闭示意系统，使示意成为延展不息、相继转换的动态过程。符号的这种三元模态，揭示出主体在世的境遇，即不停地使用符号示意，而个体所获之义必定是片面的意义，所以，自我只能谦卑如故，无限逼近真相。

---

① 转引自弗莱德·R·多尔迈：《主体性的黄昏》，万俊人、宋国钧、吴海针译，上海：上海人民出版社，1992年，第63页。

② 参见赵毅衡：《意义对象的非均质性》，载《中国人民大学学报》，2015年第1期。

③ Nick Mansfield. *Subjectivity：Theories of the Self from Freud to Haraway*, New York University Press. 2000，p. 66.

第三章 身份：自我的符号化

理智喜欢待在相同的身份中，喜欢自己处于同一性的稳定状态，喜欢将异者同化。所有其他的选择都是非理智的。

伊曼努尔·列维纳斯《死亡与时间》

本章提要：身份不是自我，而是自我的一种认知范畴，以及作为对这种认知的再现。确切而言，身份包括人格与认同两层含义。我们存活于世，必然要通过具体的身份来确定、展示并规范自我。基于对身份的这种理解，我们不妨探析身份之于自我的意义所在。首先，身份是自我表意的符号化，身份即自我的命名。其次，身份可以引发自我作向上或向下的还原。最后，身份之于自我的意义在于：身份是自我认知的符号修辞，使自我得以维系、规范，并将自我意义的诸方面文本化。

身份（identity）源自拉丁语"idem"，它具有两层含义：包括人格（personality）与认同（identification）。所以，有的学者建议："identity"一词准确的中译应为"主体的认同"[①]。根据这个译法，我们可以进一步从三个层面来理解身份：首先，我们常说的某个"身份"其实是主体的一种认知范畴；其次，作为对这种认知的再现（representation），身份呈现为具体的角色（character）。从认知到再现认知的上述过程，是自我表意的符号化（semiosis），身份即自我的命名。身份可以复杂多元、变动不居，是自我投射的面具；而承载具体身份的自我（self），是一个固定的符号模式。主体在世，必然通过具体的身份来确定、展示并规范自我。基于这一理解，我们便可以探析身份之于自我的意义所在。

---

① 赵毅衡：《符号学：原理与推演》，南京：南京大学出版社，2011年，第345页。

身份即自我的命名

身份是自我的符号化。这句话包含的意思是：身份是自我的认知以及这种认知的再现。从根本上而言，身份可以被理解为自我遭遇他者，并与他者共在所必有的经验性"面具"。这里首先涉及一个自我认知的过程，就像任何概念都是将事物"对象化"的符号过程一样，"我"必须通过排除他者的他异性，才能使自身的概念明晰起来；同时，基于与他者的相似性，将自身划入可以从属的某个范畴。正是通过相似与相异的排列组合，自我才能以某种形式得到界定。所以，身份首先是一种关于自我塑形的认知，体现为一种自我意识，是关于主体自身的元语言，即解释自我、赋予自身意义的元符号能力。

洛克（John Locke）曾将个体的人定义为具备思维能力的存在：拥有理性，可以反思，能够在不同时间地点将自己认定为那个相同的思考的个体。[①]该定义旨在揭示人的本质属性是自我反思的能力。正是这种自反性（self-reflexivity）使个体可以在不同境遇能够"将自己认定为自身"。反过来讲，就是能为不同阶段自我的意义活动确立同一个话语源头。这种自反性能力是一种元自我的符号能力，这种能力关系到对个体的论断，即主体能形成一套覆盖自身全域的评价体系。所以，身份即同一人格，是指个体的持续存在以及这个人对这种持续存在的认知。[②]如当我们在感知、品味、沉思或行使意志力时，我们能够知道我们正在这样做。哈姆雷特具备足够的元符号能力，因为他的痛苦不仅是在"生死之间"进行抉择的进退维谷，更在于意识到自己深陷其中的境遇。诚如纳博科夫所言，人的本质特性在于能意识到关于自我的意识（Being aware of the awereness of the self）。因此，主体之于自身的关系，就是我们称自身为"self"，从而将自身与其他事物区分开的表意系统。个体身份就在于："一个思维主体的相同性"。[③]进一步说，主体性是将自身定位识别为同一主体的话语能力，这是身份赖以存在的基石。

所以，身份（即对同一自我的认同）源于主体的元意识，即自反性的同一性，它将自我的过去、当下、未来统一于同一个符号自我中。洛克曾指出，身份不在于个体实质的同一性（identity of substance），而在于自我意识的同一性（identity of consciousness）："当审判的那日来临，每个人将会根据自己所

---

① John Perry（ed.）. *Personal Identity*，University of California Press，1975，p. 12.

② 诺伯特·威利：《符号自我》，文一茗译，成都：四川教育出版社，2011年，第40页。

③ John Perry（ed.）. *Personal Identity*，University of California Press，1975，p. 39.

行得到应有的那一杯，而自己是知道这一点的。"（to receive according to his doings, the secrets of all hearts shall be laid open.）这句话印证了对个人身份的识别与论断，不在乎外在化与肉身，而是那个人为其肉身外在化意义负责的意识，以及同一意识所负责和承担的行为。① 因为所有的身体都受制于其实质的持续改变，这种改变是渐进的，而语言无法为每个不同的状态命名，所以保留了相同的名字，并被认为是同一事物。② 如追忆往日的叙述，"我"可以将过去"我"与未来"我"统一于同一自我中，身份成了对某种状态下的自我的命名。所以，归诸实质的身份不是完整的身份，归诸某一个身份的自我也不是完整的自我。反过来讲，身份作为自我的命名（符号化），必须具有持续性，因为它确证了主体的持续存在。正如休·梅克（Sydney Shoemaker）所言："自我是一种逻辑的构建，并且是根据记忆来界定的。"③ 所以，洛克将灵魂定义为由连续的记忆与角色串联起来的一系列精神状态。④ 澳大利亚当代女作家麦克法兰（Fiona McFarlane）2014 年的新作《夜晚的来客》（*The Night Guest*）描述了一位在海滩独居的老太太，每天夜里都觉得有只老虎在她的房子外面徘徊，她因此焦虑万分。政府出钱雇了一个钟点工来帮忙照顾她的生活，她就给钟点工讲过去的故事。故事通过她们的对白展开对于身份和记忆到底可不可靠的探讨。⑤

而身份的界定又源于三方主体意识竞争的结果：主体的自我认知（将自己作为认知对象）；他我（alter-ego）的认知（通过胡塞尔所说的移情，从自我的意向性出发所理解的他人关于自我的形象）；以及他者的认知（即列维纳斯意义上的永远无法为"我"所同化、无从接近的绝对他者）。所以，根据上述分类，无论出于哪种认知，它将必定不完全是关于自我的真相：前两者是自反性的认知结果，带有明显的唯我论痕迹，因为作为认知对象的自我，不可能被如其所示地再现给主体。用列维纳斯的话来讲，认知是一种与在完全意义，处于外部的事物之间的关系。主体接近（作为对象的）自我的方式，构成了对象自我的一部分。作为一个意向对象，它总是属于由意识的意向性赋予意义的世界。所以，身份注定是自我的片面化，从这个意义上讲，列维纳斯提出的主体

① John Perry（ed.）. *Personal Identity*，California：University of California Press，1975，p. 51.
② John Perry（ed.）. *Personal Identity*，California：University of California Press，1975，p. 112.
③ John Perry（ed.）. *Personal Identity*，California：University of California Press，1975，p. 119.
④ John Perry（ed.）. *Personal Identity*，California：University of California Press，1975，p. 59.
⑤ 匡咏梅：《互联网时代的全球化和地方化：2014 年英语文学年度报告》，《外国文学动态研究》，2015 年第 3 期，第 60 页。

概念可谓是根本性地转向了外部、"保持着对没有被归入再现或知识范畴的非自我的开放性。"① 而意向性也不再只是对某种事物的意识（这意味着某种事物被再现、被知悉、被归还给同者的霸权），而是"一种退出自身"，或者更根本而言是"与他性的关系"②。尽管自我认知只是为了使自我变得可以理解，而非如其所是（as it is）地呈现；即自我不会被完全知悉，但总会被不同程度地感知，力争成为主体知识中相对固定的内容。认知的理念让我们能够固定"我"的同一性。由此，列维纳斯认为，主体之所以能面对一切降临于它的事物而保持自由，秘密就在于认知。③

更进一步，身份又同时是对上述自我认知的一种再现。如果说，身份是自我的命名，那么必然包括两个方面：对自我的认知以及对该认知的再现。因为身份必然体现为主体对自我角色的承担形式。

如前所述，身份变动不居。它是自我的临时性表演（self-performance），而非完整主体的真实再现。这一趋势在后现代愈发明显。因为后现代视域中的符号自我往往是零散的、非逻辑的、无担待的片段式身份构成，具有浓厚的游戏性质和实验性质，将自我投射于某个转瞬即逝的虚拟身份。一个典型案例是粉丝的身份，人们通过做某个人物的"粉"，将自我投射于一个替代性的或移情式的身份中，从而得到治愈性的自我充实。

由于自我的认知是一种西西弗式的努力，身份是自我的临时性抛出，抛出的是无限接近但永远无法接近真相的自我之本。每一个具体的身份，都用形式暂时遮蔽、替代了自我："最后能集合的自我，只能是自我所采用的所有身份的集合。"④

身份的表演性和临时性，让人想起"人生如戏"这句经典口头禅。根据赵毅衡的分析，我们每个人都不得不采用至少六种舞台身份来诠释人生这出戏，从而实现自我延续：⑤

> 我认为我是的那个人（即"自我"self）
> 我希望他人以为我是的那个人（即"面具"persona）
> 导演认为我是的那个人（即"演员"actor）
> 导演要用以展示符号文本的那个人（即"角色"character）（笔者认

① 列维纳斯：《从存在到存在者》，吴蕙仪译，南京：江苏教育出版社，2006年，第22页。
② 列维纳斯：《从存在到存在者》，吴蕙仪译，南京：江苏教育出版社，2006年，第22页。
③ 列维纳斯：《从存在到存在者》，吴蕙仪译，南京：江苏教育出版社，2006年，第107页。
④ 赵毅衡：《符号学：原理与推演》，南京：南京大学出版社，2011年，第346页。
⑤ 赵毅衡：《符号学：原理与推演》，南京：南京大学出版社，2011年，第348~349页。

为，此处的"导演"可以理解为执行自我文本化工作的叙述主体。）

观众明明知道我是某个人（即我本人的名字所代表的人 person），但是被我的表演所催动相信我是的人（即进入角色的人格"personality"）。[①]

在朱利安·巴恩斯的短篇小说《学法语》[②] 中，在养老院里走到人生尽头的那位老太太，坚持与隐身叙述者（与巴恩斯同名的作家"我"）保持信件来往，用絮絮叨叨的语言展现在暮年之际她急于实现的不同身份。这是一个见证衰老至死的故事，以十一封书信呈现出八十一岁的西尔维娅在养老院中度过的最后三年时光。这十一封信都是寄给"我"（知名作家巴恩斯）的，以及西尔维娅过世以后护工回复"我"的两封短信，除此以外，故事没有给出"我"的回信——整个故事是只有发出，没有回复的单线叙述格局，每一封信就像是一个孤独的世界。

身份与自我的还原

每个主体都游弋于不同的身份之间，通过这些身份向自我与他人演绎、诠释自我。所以，自我与他者互为演员或观众，进而构筑具有符号意义的存在模式。因此，自我之于身份，不仅是简单的叠加关系：主体的一种关于自我的感觉与思考，或者称为对自己的身份"自我说明"的解释元语言，比如哈姆雷特的装疯卖傻。[③] 如果一个人具备足够的反思能力，那么，他的身份就是其自我的自觉延伸，反而有助于调控、完善、充实自我，即个人的意识形态。如果情况相反，一个人缺少自省力，会使得身份容易屈从于主体外部符号的欺骗意义，如马克思与恩格斯认为，意识形态常常以"中立"姿态示人，使社会中大多数人相信这是他们自己的价值标准，并因此做出与身份的相应选择。阿尔都塞著名的例子"询唤"（interpellation），通过一声"Hey, you!"语境赋予身份。主体将自身定位于某个既定的或者追随以自我为中心的本能欲求。所以，一方面，自我似乎拥有对身份的筛选与整合能力；另一方面，身份会迫使自我做出向上或向下的还原。

美国社会符号学家诺伯特·威利（Norbert Wiley）借鉴皮尔斯的符号三元模式，将自我理解为一个三分符号：从时间上分为过去、当下和未来自我，

---

① 赵毅衡曾以"粉丝"群体为例，分析"粉丝"是最理想的观众，因为容易被偶像的人格所打动，从而卷入了自我文本，在这个文本框架中，一切都可以是"真"的，哪怕明知是一出戏。参见《唯粉丝难养也》，载《趣味符号学》，重庆：重庆大学出版社，2014年，第194页。

② 朱利安·巴恩斯：《学法语》，载《柠檬桌子》，郭国良译，南京：译林出版社，2012年。

③ 转引自赵毅衡：《符号学：原理与推演》，南京：南京大学出版社，2011年，第351页。

分别对应于符号的对象（object）、再现体（sign）和解释项（interpretant）。①
并据此提出自我"向上还原"（upward reduction）和"向下还原"（downward
reduction）的概念。

在《符号自我》（*The Semiotic Self*）中，威利将自我理解为一个充满社
会性、对话性、自反性的符号。符号的自我在时间上分为当下、过去、未来三
个阶段。当下通过阐释过去，为未来提供方向。用符号学术语讲，当下是一个
符号，过去是符号指代的客体，而未来则是解释项；或者说，当下是正在叙述
的主我，过去是被述的客我，未来则是接受这一阐述的"你"；当下"我"是
说者，过去"我"是被说者，未来"我"则是一个听者。

自我不是通常意义上说的形形色色的具体身份，而是容纳不同具体身份的
符号结构与内容。既然自我是一个充满弹性的符号化阐释过程，那么，自我就
既不能被拔高到社会组织、文化、互动的本体论层面，也不能被压缩到物理、
化学、生理的层面。前者的做法是向上还原主义的立场，其结果是用少数精英
的具体历史特性或用社会一致性来取代、抹杀个体的独特性；后者则代表与之
相反的向下还原主义立场，用生理差异和生理本能来捕捉自我，为人种差异优劣论
大开方便之门，用一种绝对孤立的视角来审视个体，将自我限定为一座孤岛。

符号自我同时反对向上、向下两种还原方式，因为它们都不能抓住人的本
质，都是非民主的、反平等主义的。依照这两种思维，得出的都是人性扭曲的
结论。符号自我是具有高度自反性、内心一致性、对话性与社会性的概念。自
我需要他者作为反思自身的一面不可或缺的镜子。"我是谁？"这个问题必须被
放到"我与谁的关系"的前提下来考察。这不是否认自我的独特性，不是用他
性来泯灭自我的个体性；而是回到自我与他者的邻近性中反观自我的独特性。
思考"我是谁"必然导向对"我应该成为谁"的追问。自我不是一个光思考不

---

① 参见文一著：《评〈符号自我〉》，载《符号与传媒》，成都：四川出版集团、巴蜀书社，2011
年第 2 辑。诺伯特·威利在其著作《符号自我》（*The Semiotic Self*）中指出：诺伯特·威利的符号自
我是米德与皮尔斯的自我模式的综合：即将两位学者各自的主我－客我与主我－你模式综合成主我－你－
客我；从时间角度而言是当下－未来－过去；用符号术语形容就是符号－客体－解释项。主我实际上就
是主我－当下－符号三元模式；你是你－未来－解释项；而客我则是客我－过去－客体。这些表述指明
了时间、符号以及内心对话之间互动的功能。如果分开看待两种对话，会更清楚地意识到这一点，主
我及你之间的直接对话也同样是符号和解释项之间，以及当下和未来之间的互动。主我和客我之间的
间接对话也同样是符号与客体以及当下与过去之间的互动。叙述使自我成为一个自反性的符号，在文
本时间上分处于当下、过去、未来三个阶段。当下正在叙述的那个我（the narrating self）通过阐释过
去（the past self to be narrated），而为未来（the future self receiving the narrating self's interpretation of
the past self）提供方向。当下"我"是符号再现体，过去"我"是符号指代的对象，而未来"我"则
是解释项。参见 Nobert Wiley. *The Semiotic Self*. Chicago：The University of Chicago Press，1994.

行动的主体，而是将反思的终极目标指向自我矫正的动态行为主体，对自我负责的主体。因此，自我的概念处于一个动态的维度中。

由此可见，自我处于一个具有高度弹性的阐释过程之中，自我不仅仅是通常意义上说的形形色色的具体身份。福柯、德里达采取了消解主体的说法，是因为他们认为自我只是语言文化的构成部分，错把具体的身份（identities）当作类属的自我。然而，具体的身份是具体的历史文化语境下的产物，因此所谓的长期固定的身份，其实可以来去自由、游移不定。事实上，身份栖居于自我内心，表达了自我的种种品质。

既然自我是具有自反性、对话性的概念；那么，作为自我之学的主体性（subjectivity）研究，则表明了自我对"自我意识"所形成的无意识。因此，主体性这一概念是一个充满元意识色彩的符号，即要求站在自我的元层面回顾自我。但是，"主体性"这个概念的诞生带有悖论色彩，就像胎记一样是天生的，因为自我反思或自我意识听起来有点像自己拔起自己的头发脱离地面。这就是哲学史中麻烦的自反性的盲点（blind spot）问题。也是戴维·卡尔（David Carr）所说的"主体性的悖论"（The paradox of subjectivity）①。同时作为反思主体与被反思客体是否可能？可以像康德那样用一个先验自我来填充盲点；也可以通过将自我无限化来填充盲点，将主体客体混合起来，像黑格尔那样将二者组成为一个上帝；也可以用冲突悖论来填充盲点，如形式主义者——罗素、希尔伯特以及卡尔纳普所做的那样，或者换一个方式，像德里达那样。然而，像哥德尔那样，用非冲突的方式来填充盲点的做法，相当复杂。同样可能的是否认盲点的存在，但是要做到这一点，一个人需要一种向上的还原方式。最终，可以简单地将其接受为一种无法避免的，人类心理构成中的一个特征。尽管主我也许会试图去谈论自身，主我只能够与"你"交谈，并且，以一种更为间接的方式与客我交谈。

自我需要一个他者作为反思自身的一面不可或缺的镜子。"我是谁"这个问题必须放到"我与谁的关系"网络中来考察。这不是否认自我的独特性，也不是用他性来泯灭自我的个体性，而是回到自我与他者的邻近性中反观自我的独特性。

符号自我的动态阐释性使人拥有充分全面的自我反思能力。符号自我的三元关系模式，即"主我－客我－你"的循环圈，将反思中的自我放入"他者"

---

①　Carr，David. *The Paradox of Subjectivity*. New York，Oxford：Oxford University Press，1999.

的位置；这种"他性"就建立在与他人的一致性基础之上。它提供了可以消除悖论的差异。[①] 自我意识的自我意识是自我关于自我的对话，处于第二秩序的思维层面，有别于主体对日常客体的（第一秩序）普通思维。人在一个集体（与他者）中的归属感形成了自反性力量。这种一致性使得"移情换位""角色扮演"（米德语）等能力成为可能；而这又进一步形成了自反性能力。事实上，韦利将"自反性"与"一致性"视为自我理论中的两大核心概念，认为它们有逻辑意义上的相互依赖性。自反性和阐释是同时发生的，都是交流的本质特征。在内心深处，主我以阐释的方式对"你"说话，同时以自反的方式与客我说话（即与自己说话）。那么，自我不只是自反性的，而且是自反－阐释性的动物；正是这种特征，使它与"其他客体以及身体"区分开来。两种过程对于定义自我都是必要的，因为它们都是人性的特质。我们在内心不能只是反思而不能解释；反之亦然。[②]

自我要做的就是在元层面上复制自身。在思维的第一秩序中，主我不能看见主我。可是在思维的第二秩序中，完整的自我可以成为自反性的客体。在物理和生物具有自反性的前提下，盲点位于第一秩序，即部分客体看不见自己，因为这个部分正是执行观看或反射的装置。身体分为两个部分，并且因此它只能看见自身的一部分。自我反思的人类也同样也可以分成两个部分，可是人类不是通过分裂自我，而是通过复制自我实现这一点的。正在反思的人，在第二或元层次克隆一个"我"或者说复制了自我。现在，盲点完全位于客体之外。自我反射的人工制品或生物只能看见自己的一部分，其盲点就在内部。自我制造的人可以看见自己的所有，其盲点在自身外部，即位于元层次的瞭望台上，通过它，盲点可以看见自身。[③] 也就是说，符号的自我是双层面的自我。

既然身份是自我确定的必经之路。而自我是一个三元符号结构；那么，在符号自我中，身份会扮演什么样的角色呢？纵观历史上对身份的讨论，可以看出：身份并非自我之内在固有，但身份是主体在世生存必有形式。换言之，身份是对自我的一种"命名"。不管是前现代的既定（given）身份，还是现代强调的自由选择（to choose），或是后现代实验体验游戏中的过程（becoming），都使自我得到塑形。自我通过种种具体的身份（自我命名）来解答"我是谁？""我该做什么？""我的选择是什么？"等人生问题。正因为是一种命名，所以身

---

① Norbert Wiley. *The Semiotic Self*, Chicago University Press，1994，p. 80.

② Norbert Wiley. The Semiotic Self，Chicago University Press，1994，p. 122.

③ Norbert Wiley. *The Semiotic Self*，Chicago；Chicago University Press，1994，p. 122.

份不是实有之物，而是游移不定、随境而迁，但与自我的界定又如影随形。这就是我们常说的"人，是观念的产物"。比如论及"为人父母"（to be a parent）时，心理和认知意义（pyschological）上的父母概念先行于生理意义上（biological）的父母概念，亦即作为具备有限能动性的主体，自我需要某个具体的身份，才能感知自我、认知自我、规范自我从而不断地更新自我。"人类社会活动是一个不断制造意义，规范意义，而又受意义规范的过程。"①借用符号自我三分模式，符号自我的图式呈现为：

　　　　对象—符号再现体—解释项

　　　　过去我—当下我—未来我

　　　　被述我—叙述我—聆听我

　　　　"我是谁?"—身份—"我应当成为谁?"

　　向上还原是指对自我身份进行一种社会一致性的、人际互动的、责任道德的超我解释与需求，将自我置于集体再现的视域之中；向下则是向本能的、以自我为中心的、本我的、个体心理学的、无拘无束的、没有任何担待的，甚至近乎生理学意义的位移。向上还原使自我成为他人眼中的有价值、主体间性的自我，文化符号的自我，对于他人而言，这是一个理想的自我形象，如《新约》中提出的最大诫命"爱人如己"（to love your neighbor as you love yourself）。又如中国儒家思想中强调的"克己"，道家哲学中强调的"上善若水"。哈贝马斯提出的高现代性（high modernism）概念，就是指通过理性话语建立交往伦理乌托邦式的天堂。主张在社会一致性中思考个体身份的，还有法国社会学传统的集体再现以及解释认知、伦理、审美批判的社会基础及文化内涵。他们认为集体再现不仅构成并且决定了个体与集体身份的定义，并且集体再现的结构，告诉人们主体是如何对世界进行分类。而认知、伦理、审美判断是身份的主要参数，使它们产生于社会互动的实际领域中。②

　　不过，极度的向上还原，大于自我所能承担的分量，或许是一种灾难。2014年美国年度畅销小说《无声告白》（Everything I Never Told You），描述了一个活在父母期望中的女儿，最终选择自杀的家族惨案。这样的主体身份看重话语交往超过内在本能。反过来，过度的向下还原，会让主体滑入不为他

---

① 祝东：《仪俗、政治与伦理：儒家伦理符号思想的发展及反思》，《符号与传媒》，2014年第9辑，第80页。

② Scott Lash and Johnathan Friedman（ed.）. *Modernity and Identity*. New Jersey：Blackwell Publishers Ltd 1992，P. 4.

者保留任何余地的本能之中，甚至丧失自我控制与自我管理，成为他人的负担甚或烦恼，比如垮掉一代文学中的浪子形象等。而大多数人一生在上下还原之间徘徊、掂量。如《哈姆雷特》中，在"to be or not to be"之间进退维谷的哈姆雷特；《红楼梦》中，在情与悟之间纠结不已的贾宝玉；在电影《黑天鹅》中黑天鹅/白天鹅、角色/人生之间不知所措的芭蕾舞演员妮娜。这里涉及还原过程中的两个课题：首先，在多大程度上自我做出了向上的位移？自我是以什么作为新我的标准？

更深一步地推究，这里会卷入对自我的疑问：身份的演绎性、临时性以及上下的不断还原，是否说明自我是一个虚假概念？因为在自我进行位移时，很难判定那个真实的自我到底在哪儿，或者说，自我的持续性、一贯性与稳定性何以得到保证。在人类历史上，前现代、现代、后现代不同时期的身份定义，跟随不同的历史文化语境发生变化。在前现代传统社会中，身份被理解为外在决定之物，比如在原始部落社会中，由血亲关系决定你是谁；在中国传统社会中，即处于典型的"情景中心"文化模式中①，个体的身份在以血缘为基础的家族人际网络中是既定的，并且自我一生的轨迹也是因既定之物而被固定的。所谓"安分守己"正是此意。然而，现代性语境中的身份定义日趋多元化。一方面，社会意识形态的控制力量，正是通过日常生活渗入主体的血脉之中。另一方面，随着媒介发展，个体拥有的虚拟空间形式趋于多元化。多元的社会空间和日益增强的身份流动性，为身份的自主定义开启了大门。从而我们"不得不自由地"选择身份。韦伯（Weber）注意到，在很大程度上，因来自生活各领域的多元性导致的日益增长需求，使我们的主体性正在被去中心化。② 所以，针对这一情况，成熟的身份意味着连贯一致，有所衡量地接受并承担起这些多元化需求。现代意义上的责任，意味着为自己行为所致的结果肩负责任，而这在日趋复杂的当下社会中显得愈发困难。在传统社会中，我们的生命在一种明确的信仰或至少是道德旨归的引导之下，是明确的；而现在却不得不由自己来决定一切。随着信息时代的到来，身份形式进一步地临时化、虚拟化，甚至形成了一种"生命中不可承受之轻"。有的学者指出，这就是为何中世纪底

---

① 参见许烺光：《中国人与美国人》，徐隆德译，台北：南天书局，2002 年。许烺光将传统中国文化描述为"情景中心"（situational-centered）模式，即将个体价值置于（以血缘为基础的家族利益为中心，并向外辐射而形成的）社会人际网络中。而将以美国文化为代表的新教文化形容为"个体中心"模式（individual-centered），即在"神—人"对话的关系上形成的个体价值。

② Scott Lash and Johnathan Friedman（ed.）. *Modernity and Identity*. Oxford：Blackwell Publishers Ltd 1992，P. 5.

层的民众享有一种精神的宁静，这是现代的人们永远无法得到的。① 而当代社会的文化语境是：符号能指（身份）的无限增生与所指（自我意义）的日趋落空与轻浮，这二者呈现出反方向发展的趋势。哈贝马斯反对裂变，追求总体性，准确来说，为后现代的过度分裂化狂潮提出了必要的遏制，但利奥塔则反对总体性而拥抱异质性。利奥塔斥责哈贝马斯不合时宜地重复古典哲学的宏大叙述，德里达也批判哈贝马斯不顾当代社会走向分化的基本事实，试图重归一去不复返的一统社会。② 后现代语境则更加强调对身份的这种选择意识：个体可以下意识地实验身份，或者说身份可以游戏化。随着集体再现话语的衰减，身份似乎经历着从外在决定（向上）向内在选择（向下）的过程。伴随这一衰减和转变过程的，是一种对身份的焦虑感。"担忧我们处在无法与社会设定的成功典范保持一致的危险中。"③ 对身份过于渴求也是致命的。詹姆斯（William James）在《心理学原理》中曾说：

> 如果可行，对一个人最残忍的惩罚莫过如此：给他自由，让他在社会上逍遥，却又视之如无物，完全不给他丝毫的关注。当他出现时，其他的人甚至都不愿稍稍侧身示意；当他讲话时，无人回应，也无人在意他的任何举止。如果我们周围每一个人见到我们时都视若无睹，根本就忽略我们的存在，要不了多久，我们心里就会充满愤怒，我们就能感觉到一种强烈而又莫名的绝望，相对于这种折磨，残酷的体罚将变成一种解脱。④

身份不再是组织生命的意义单元，而更多地成为断裂自我的宣泄与欲望投射。

历史上关于身份的讨论也是因时而定的。以波德莱尔为代表的巴黎学派所说的那种现代性的身份可谓转瞬即逝，旨在重申巴洛克寓言中的感观性。它应和了齐美尔在19世纪末提出的日常生活的审美化。这种现代性其实是大多数现当代社会学理论排斥的。随着身份的形成，关注点已经从生产领域转换到消费和娱乐领域，身份再现也从宏大叙述领域置换为离散的临时个体抒写。这要求更强程度的自反性并增长了自恋的情节。比如，我们自恋依赖他者以成为自己，只有他者才能形成消费资本的符号价值。当身份不再是向外的投射，而是

---

① 转引自阿兰·德波顿：《身份的焦虑》，陈广兴、南治国译，上海：上海译文出版社，2014年，第46页。

② 刘少杰：《后现代西方社会学理论》，北京：北京大学出版社，2012年，第139页。

③ 阿兰·德波顿：《身份的焦虑》，陈广兴、南治国译，上海：上海译文出版社，2014年，第6页。

④ 阿兰·德波顿：《身份的焦虑》，陈广兴、南治国译，上海：上海译文出版社，2014年，第7页。

一种断裂的内化；自恋就成为一种身份的"诊断"。

身份之于自我的符号意义

身份再现静态的、既定的自我形象，是为了催生动态的、崭新的理想形象。身份体现为一种对自反性的呼吁，旨在平衡不同角色的需求，使主体深刻意识到对不同自我的筛选。由此可见，身份的意义在于解释项—未来我。身份是当下我抛出的临时符号文本，这个符号文本整合了过去我的经验，向未来我的期望奋进。所以，主体的存在表现为一种"争取未来的斗争"①，表现为一个存在者为了维护其未来而操的心。未来能够为一个在当下忍受痛苦折磨的主体带来一份慰藉或补偿。这种安抚慰藉所承诺的是一种现在因为先行到未来，从回忆中受惠的未来。"现在的苦楚比起将来要显于我们的荣耀，就不足介意。"（《新约•罗马书》8：18）。詹姆斯对"自尊"提出过一个公式，认为个体的自尊受制于时时刻刻督策我们的理想及我们为理想所付诸的行动，取决于我们实际的现状同我们对自身期待之间的比率：自尊＝实际的成就÷对自己的期待。② 这里的期待就是主体关于未来自我的意识（consciousness of the future self）。比如，整部美国文学史可以被视为一部"美国梦"的兴衰史。

笔者在第一章中已经讨论论过，身份是通过自我再现而将自我认知与意义连接起来的符号再现体；它指代了单子式的自我，却通过对自我的询唤，迫使自我与他者"面对面"，而隐射共在图式中的自我。第一人称视角"使我们通过认知他人而认知自我"③。身份使自我生活在与他者的关系之中，自我在与他者的关系之中涉及身份。身份使自我能够把握一个变幻莫测的经验世界，使自我的意义明晰起来。并且，符号的无限衍义的属性说明：身份永远无法符合他者对"我"的认知，而只是无限接近。但身份并不能揭示显明他者，因为对于自我而言，他人只不过是另一个自我，认知他人的途径依然是（通过移情）向自身的回归。用列维纳斯的话说，他人代表了一种无对象的维度，让自我形成一种没有目标的饥饿④，即他人是我所不是⑤。与他人的对话关系成为构建身

---

① 列维纳斯：《从存在到存在者》，吴蕙仪译，南京：江苏教育出版社，2006年，第12页。
② 转引自阿兰•德波顿：《身份的焦虑》，陈广兴、南治国译，上海：上海译文出版社，2014年，第49页。
③ 李允熙，*Person，Dialogue and Love：The Narratives of the Self*，《符号与传媒》，2016年第12辑，第11页。
④ 列维纳斯：《从存在到存在者》，吴蕙仪译，南京：江苏教育出版社，2006年，第41页。
⑤ 列维纳斯：《从存在到存在者》，吴蕙仪译，南京：江苏教育出版社，2006年，第117页。

份的根本方式。正如任何符号之于自我的境遇那样，主体一旦开启自我文本化，身份就在新我与旧我之间不停繁衍意义与认知。

身份成为自我反思的符号学命题在于：作为意义的符号组合，任何文本都有其身份，对任何文本的理解都源于对文本身份的理解。所以，主体对周遭文化的释义，始于对文本身份的了解与识别。比如，将钢琴经典曲目用作某学校的上课铃声，此铃声背后的身份是学校权威；对李少红版《红楼梦》的解读，离不开对这位导演细腻风格的理解。反过来，主体对自身的维持与发展，也是通过自觉的文本身份链接而确证强化自身的。如《追忆似水年华》中的叙述者"我"，在永不止息的写作身份中确证自我的存在。蒙田在其带有自传性的著作《随笔》中，才意识到"自己就是他现在所了解的那个人"[①]。身份成为关于自我认知的文本。自我实质是一个叙述构建的过程。身份的叙述（符号化），是理解自我的形式条件。

当自我对身份具有自觉的整合筛选能力时，反过来，身份对于自我而言，又具有一种双向调节的意义。有的学者指出：

> 作为个人价值的组织者、实践的整合者及符号能力的优化者，身份对一个健全的自我而言至关重要。良好的身份是自我融入世界的桥梁。但是，假如身份对一个人从心理、社会意义来讲并不真实的话，那么，反而会成为内容与结构之间的阻碍，扭曲符号能力的正常运作。[②]

自我是身份关系这一形式的组成项，而主体都是通过完美地包裹着自我内涵的自我形式来理解、思考、诠释世界的。形式是事物显露自身并给我们把握它的机会的途径，是事物身上可照亮的、可领会的部分，是支持事物的载体。事物永远是立体的，它的外表包含着它深层的东西，同时又让它显现出来。[③]但当我们深入事物之现实（自我）时，这种深入不能打破形式（身份），而只是滑过了形式的表面。于是，在世之我在走向自我的同时也退出了自我。它有着一个内在与一个外在。而正是通过意义，自我的外在才得到了调整，并与内在产生关联。由此，身份是自我认知的符号修辞，使自我得以维系、规范，并将自我意义的诸方面文本化。

---

① 彼得·毕尔格：《主体的退隐》，陈良梅、夏清译，南京：南京大学出版社，2004年，第27页。

② 诺伯特·威利：《符号自我》，文一茗译，成都：四川教育出版社，2011年，第39页。

③ 列维纳斯：《从存在到存在者》，吴蕙仪译，南京：江苏教育出版社，2006年，第6~47页。

第四章 "意义世界"初探

主体之所以必要，是因为主体的意向性在与世界碰撞时，从事物的可领悟性中释放出意义。意义是事物为我的意识存在做的贡献，我之所以能栖居在这世界上，正是因为世界迎着我的意向性产生的持续而充沛的意义之流……与事物的相遇，是意义的唯一源泉。

赵毅衡《哲学符号学》

本章提要：《哲学符号学》一书，尝试为作为意义之学的符号学梳理出一个清晰的学理边界和行之有效的方法论，并在此过程中，从"意义"这一根本角度来反思人的认知。这套关于如何用符号达意的理论，让我们可以窥见主体认知的规律与范式。要叩开这座理论大厦，我们必须持有的钥匙是：意义的构成；意义的方式——文本化；意义的目的——真知。最后我们回归的是符号学的基本命题，即思维与符号之间的关系。

意义的形式是赵毅衡先生一直关注的核心问题。在其近年发表的系列论文——现已整理出版为《哲学符号学：意义世界的形成》（*Philosophical Semiotics：The Forming of theWorld of Meaning*）一书中，他尝试着构筑意义诸理论（小写单数的 theories of meaning，有别于语言哲学中的大写单数 Theory of Meaning），从而为作为意义学的符号学梳理出一个清晰的学理边界和行之有效的方法论，并在此过程中从"意义"这一根本角度，来反思人的认知。赵毅衡先生为此付出的努力是令人钦佩与感激的，这一路走来并不容易，却又是必然的。在其前两部铺路之作（《广义叙述学》《符号学原理》）中，他就"如何用符号展开叙述"一系列文本符号学问题展开了细致入微的阐述，将我们引向对意义本身的思考。

人能触及的意义，必然是符号的意义。符号的发出与接受，体现了人的本质及其思维方式——穷其一生追寻主体存在的意义；并且只有通过符号来表意

(signification) 和释意（interpretation）。符号学就是意义学。这座关于意义的理论大厦之所以看似无所不包，没有边际，正是因为它（关乎主体自身如何思维与自我表达）可以为所有人文学科提供出入通达的门径。但凡涉及对人的探究都会回溯到这里寻求问题的缘起。因为，追寻意义是人性使然。人之所以为人，在于能运用各种符号创造一个意义世界，而意义世界就是意识用符号再现的世界。这套关于如何用符号达意的理论旨在为我们摸索出一个清晰可辨的框架，让人窥见主体认知的规律与范式。进入这座理论大厦的路径，首先是意义的构成：自我－符号－意义三项式。由此进入的是意义的方式：文本化。从而深入意义的目的：真知。最后回归的是符号学的基本命题，即思维与符号之间的关系。

　　要说清意义问题，必然从意义的缘起"主体"开始。赵毅衡在行文中尽量避开"主体"一词，而常以"意识"一词代之。因为主体一词歧义太多，主观色彩较强。不过，主体确实是意义问题绕不开的起点。应当说，主体是语言范式中对意义源头的界定。主体、符号与意义所形成的是一种"三位一体"的三项式格局。简单而言，主体就是在符号化过程中形成的自我意义。正如笔者开篇指出的，主体是一个过程，是一种通过示意而形成并确立自我的符号化过程，一种指涉自我并借此通达世界的话语能力。因此，主体性就是将自我定位成主体的能力，只出现于叙述话语（符号运用）这一根本属性之中。而"意识"就是催生主体的元符号能力，是主体追寻意义的精神存在[①]。主体是意识体现与"我"有关意义的面——主体是意识的符号，而自我的主体存在即意识。主体是一个话语过程，意识就是话语能力。这种解读听起来，有点像循环解释，三者之间形成了彼此界定、互为注释的关系。正如赵毅衡所言："人的意识存在于世的基本范式，是投射意向性，把事物变成意义对象，把事物的某些观相变成携带意义的感知，携带意义的感知就是符号。意识存在于其中的生活世界，就是意义世界。"[②] 赵毅衡虽然并未对意识给出明确的定义，但意识就是获义意向性的源头，这是自明的事实。赵毅衡曾做过一个生动的比喻："动物不断寻找食物，而意识不断寻找意义。"[③] 存在于世的主体，具有寻找意义的话语能力。而对意义的感知、表达、理解与交流，都必须通过符号的运用才能完成。符号被赵毅衡概括为意义活动的必然方式："不用符号无法表达任

---

①　赵毅衡：《形式直观》，《文艺研究》，2015 年第 1 期，第 18 页。

②　赵毅衡：《符号学：原理与推演》，南京：南京大学出版社，2011 年，第 1 页。

③　这句话是赵毅衡老师在与笔者的邮件交流中提到的。

何意义，任何意义必须用符号才能表达，既没有不用符号的意义，也没有缺乏意义的符号。"① 符号与意义，成为人之所以为人的必然属性与本质。主体是意识将事物对象化的过程。

只要携带"意识-符号-意义"这个三元关系项，便可叩开主体存在的意义世界，及其划分的关键：事物 vs. 对象。

"事物"并非"对象"，落入主体意识的物才是对象。只有进入了主体意向性之中的物，它的某方面才可能被主体片面化地感知从而成为对象。"对象"不同于事物之处，在于它是事物的主观转化。一个有意义的世界，是我们"用第一人称方式生活"的世界（living first-personally）。意识的主要功能是发出意向性，这种意向性的根本目的就是获得意义，正是获义意向性的压力让事物变成对象。尚未进入主体视域之内的物，是"零度自然"。而哪怕是无人问津的"荒野"或者"小说"，因为被人命名（符号化）为"荒野"或者"小说"，就已经成为主体（至少是潜在的）认知对象。赵毅衡在多处强调，获义意向性压力，是物成为对象的原因：不同意识决定了因人而异的经验结构，只有对我个人的意识有意义的部分，才会组成个人世界。"周围世界是主观世界与客观世界在意义中的融合。"物与对象的区分，切中了意义的核心元素，这也是赵毅衡给出的"意义"定义：意义是主客观的关联。②

既然符号是主体认知、把握世界的根本途径；那么除非通过符号，否则主体无法建立与事物之间的联系。符号便是主体将事物对象化的一种思维方式。比如"概念"就是我们对物进行命名，用前理解将之范畴化整理其可被认知与取效的可能性。"人对事物的认知、对物的命名，已经包含了对物的性质之理解与描述，是实践世界意义化的出发点。"③ 齐泽克举过一个例子，关于人如何为自我命名。说的是一个人精神异常，总将自己视作一粒米，而非一个"人"。在经过长期的专业治疗之后，这个人好容易纠正了原来的"谬见"。可刚一出院，迎面走来一只鸡，他立即旧病复发。医护人员极力劝慰，示意他是一个人，不是一粒米。他却哆嗦道："我知道我是人，可问题是，它（鸡）会不会把我当作米？"这个例子令人发笑，也引人深思。有人说此人真算个诗人。估计是说他能摆脱以人为中心的视角去看待事物，并由此反过来将自己对象化，从非我的角度来进行自我命名。这或许是许多富有诗意的篇章所共有的特

① 赵毅衡：《形式直观》，《文艺研究》，2015年第1期，第23页。
② 赵毅衡、陆正兰：《意义对象的"非均质化"》，《中国人民大学学报》，2015年第1期，第2页。
③ 赵毅衡：《哲学符号学》，成都：四川大学出版社，2017年，参见导论部5。

点：能假定性地将自我对象化。正如卞之琳在《断章》中所描述的那样："你站在桥上看风景，看风景的人在楼上看你。明月装饰了你的窗子，你装饰了别人的梦。"诗，总会流淌出一种出离自我的情怀。

对象化是主体的一种"用途式意义"，总是一种自我的主动作用。既然事物是独立于主体意识的，所以赵毅衡指出，"物化"与"对象化"是两个相反的概念。物在意向性的压力下转化为对象。对象就是意义化的物（黛玉葬"花"）；而物化指符号完全丧失意义性（黛玉焚"稿"）。赵毅衡强调，意义世界的一切都在符号性与物性这两个极端之间滑动。正因为主体意识将自我与其他区分开来，所以，物是在意识的获义意向性压力之下的意义呈现即对象，而这一切是通过符号得以完成的。艾柯的《玫瑰之名》中，威廉修士携弟子阿德索破案时，曾启发后者："观念（概念）是事物的符号，而意象（物质表述）是观念的符号，符号的符号。"他在书中另一处又写道："一本书是由符号组成，而这些符号言述的是言述事物的其他符号。"以此类推，以至无穷。概念并非天然地指示事物，而是必须先有事物落入意识之中才可以。对象必然是意识的对象，而意识也必然是对象的意识。

自柏拉图以降，符号就被认为是"在示意行为过程中，通过观念而指向被命名的事物"。早在中世纪经院哲学中，对符号的界定就和"示意""被命名的事物"（对象）相连，如艾柯的《玫瑰之名》中，威廉的两位精神导师奥卡姆与培根所代表的观点。正因为如此，意义不完全是被动给予的，而是体现出主体的有限能动性，也就是赵毅衡所说的"主客观之间的关联"。意识与物，均不能独立地成为意义之源。而主体必须谦卑地沐浴在主客观碰撞而汇的意义之流中。主体能触及的只是物质世界的一个部分，它包含了意识对物的认知、经验的累积以及知识对物的加工与使用。赵毅衡在多处强调对意义的理解，在于"主客观之间"。他有一个富有散文气息的描述："主体之所以必要，是因为主体的意向性在与世界碰撞时，从事物的可领悟性中释放出意义。意义是事物为我的意识存在做的贡献，我之所以能栖居在这世界上，正是因为世界迎着我的意向性产生的持续而充沛的意义之流……与事物的相遇，是意义的唯一源泉。"[①] 事物面对意识的意向性压力，呈现为承载意义的形式构成的对象，以回应此意向。由此可见，意义是一个双向构成物，它是意识的获义活动从对象中得到的反馈，能反过来让意识主体存在于世。正因为意识也要靠意义的回应才得以构成，所以，赵毅衡借用王阳明的"身－心－意－知－物"序列拓展出

---

① 赵毅衡：《哲学符号学》，成都：四川大学出版社，2017年，参见导论部分。

一个主客观循环模式：（心灵）意识－（获义）意向－（对象事物给予）意义－（心灵）意识。①

既然意义是使主客观各自得以形成（使自我成为主体，使事物变成对象）并存在于世的关联。那么，符号就是事物"有关意义"的面。而意义必定是有限、片面的，是一个趋真的过程。因为意向性的两大特点——方向性和相关性——决定了单次获义行为所得的对象，注定是"非均质"的。意义必然是在意向性所形成的五大格局——悬隔、噪音、背景、衬托、焦点——中交错共生的。②

明白了意义的构成，就可以进入意义的方式。赵毅衡指出了一个或许常被人误解的事实：不是特定的意义要求特定的符号表现它，而是特定的符号决定特定的意义可能被表现出来。这就是赵毅衡所说的"模塑"，即符号体系的构造获得了决定意义方式的模式作用。在第一章，笔者曾提出：英文句式中（尤其是正式的表述中）倾向于弱化作为主语的我（I），以此带给人一种不那么主观且承认有限性的自我言说方式。人充当做主之主体的语法地位，往往会被刻意隐去，一个句子中主语的位置更倾向于保留给非我的他物。一方面，行为的承担者和实施主体确实为"我"，但另一方面，字里行间我们又无不感受到并必须承认："我"是个谦卑的受益者。我并非为整个行为做主的主体；相反，所陈述的某个他物（人/事），是它成就了今天的新我。

意义的实例化，正在于通过符号再现（represent）存在，而进一步迫使主体去理解之。这就引出了赵毅衡在论及意义方式时常常提到的一个重要概念：文本。意义是存在的能被描述（文本化）并获得理解（得到解释）的方面。主体的意向面对符号文本引出的给予性，才成为意义的真正实例化。③ 任何再现都是解释主体的文本化过程。不管以何种方式呈现一个对象的过程，已经包含了我们对该对象的理解，正是这种理解对事物进行了模塑，规定了表达与理解事物的方式。而文本就是"我"的意识选出来的一系列意义单元（符号）组合成的关于自我并作用于自我的面。作为被意识"区隔"出来的事物观相，文本是一个意义组合呈现，是提供意义的符号集合，具有一定的合一性。文本是一个意义组合，文本不一定指其物质存在，文本更不一定是文字文本。关键是满足意义的合一性，而为了保证合一的意义，文本必须有边界。比如《红楼梦》，

---

① 赵毅衡：《展示：意义的文化范畴》，《四川戏剧》，2015 年第 4 期，第 21 页。
② 赵毅衡、陆正兰：《意义对象的"非均质化"》，《中国人民大学学报》，2015 年第 1 期，第 2~9 页。
③ 赵毅衡：《展示：意义的文化范畴》，《四川戏剧》，2015 年第 4 期，第 8 页。

哪怕是只取前八十回也可以形成一个完整的意义单元。意义的片面化、对象的非均质性和文本的边界是一脉相承的。而文本的边界取决于它的特定解释方式，或者说取决于文本接受者的意义构筑方式。

所以，文本是解释者将文本形态与解释"协调"的结果。任何解释都是文本化行为，因为对于解释主体而言，它都形成了某一种意义。比如，赵毅衡认为，其中最重要和直接的元素就是"体裁"——体裁最大的作用，是提示接受者应当用何种方式解释眼前的文本。赵毅衡建议将体裁本身视为指示符，因为一个文本被生产出来，就必须按它所属的体裁规定的方式得到解释，这就是"期待"①。体裁指明社会文化规定的文本归类方式。如经典小说改编成电影，接受方式就被规定了"娱乐化"、视觉化。微信公众号发布的小文章，一旦结集出版成书，就要求我们赋予其更为严肃和广泛的认可度。

文本与解释，实际上形成了互相构筑的局面，文本不是客观地存在，而是相对于解释而存在。以叙述学中的经典问题"不可靠性"为例。不可靠叙述的形成，源于三方主体的认知差——文本价值（隐含作者）、叙述者及文本接受解释者。传统的修辞学派执着于在文本证据甚至作者意图中去寻找文本与叙述者之间的价值差所形成的不可靠性；而认知学派则坚持将不可靠性的裁定权交给解释者一方。也就是说，所谓的不可靠叙述，即隐含作者与叙述者之间价值取向差异的体现，也是相对于解释者对隐含作者与叙述者的界定而言的。这也是为何当前符号学的重点落在了对意义的解释上。如果说，作者孕育了文本；那么读者则维持其生命。无人问津的文本也是等待解释的潜在文本。"世界万物的意义，是它与我们的心灵的联系方式，而这种联系方式，取决于我们心灵的解释。而心灵的解释并非随意的，我的接受受制于我在理解时选择的文化范畴，而我的选择在极大程度上取决于对象展示给我的方式。"②

展示（demonstration）典型地体现出意义乃主客观的关联，以及文本是主客观互动的结果。展示的目的是让某物成为具有某种社会文化身份的符号文本以达成一定的意图目的。③ 也就是说，意义被给予的方式，在很大程度上影响了意义，这也充分说明了意义的社群规约性。

文本被展示成什么，我们就认为它具备什么样的意义。展示迫使文本成为

---

①　赵毅衡：《展示：意义的文化范畴》，《四川戏剧》，2015年第4期，第11页。

②　赵毅衡：《论区隔：作为意义活动的前提》，《西北大学学报（哲学社会科学版）》，2015年第2期，第10~14页。

③　赵毅衡：《论区隔：作为意义活动的前提》，《西北大学学报（哲学社会科学版）》，2015年第2期，第10页。

意义的简写式，是一种"元语言提示"①。而解释方式，就是人的意识中元语言集合的搭配。赵毅衡举例说明：面对杜尚的小便池，观者不得不用艺术的元语言来解释它，而部分取效小便池原有的意义范畴归类。② 换言之，小便池之所以成为艺术，是因为接受者用艺术的方式来解释它，才使它成为艺术。所以，艺术就是"被展示为艺术，从而促使我们当作艺术而理解的东西"③。用阿尔都塞的话来讲，是我们被文化体制"询唤"到艺术接受者的地位上来，才成就了艺术品。所以，文本作为意义的承载物，是解释者关照的对象。解释者的意志最能决定意义的走向。意向行为保证了意义的产生，这就是赫施所说的"意义"与"意思"的区别在于：意思是文本内在的，只与作者意图有关；意义则是外在的，是解释行为的产物。奥格登与瑞恰慈的定义是："一个符号被解释为即是的某种东西。"这正是赵毅衡强调的，意义是主客观的契合，是世界之所以能被主体构成的原因，因为它取决于解释者把符号"作为"什么。也正因为如此，符号的解释必定超越个体意向性而进入社群。世界必定是"主体间"的。我们大致能理解他人的意义活动，是在参照我自己的行为、经验与符号使用方式假定推断的结果。我们总是带着自我去解释他人，在他人中成为自我。

"社群"是贯穿赵毅衡意义理论的另一个核心概念。只有通过社群分享的意义方式，才能克服个人死亡带来的意义终结。表达与解释意义所需的符号，其意义必定是社群规约的。任何符号，最终都要落入公共语言（社群规约）中，才可以保证意义分享。"只有用在符号指称的事物相同时，才能交流可类比的意义……如果符号不同，哪怕指称相同，也无法交流。"这里涉及"解释规范"（就是赵毅衡所说的"元语言"）的问题：我们能构成一个社群，不一定是生活在同一区域，而是共享一套元语言。我们能描述个体的体验，是因为有公共语言。瑞恰慈说：人的社群交流是必需的，因此强制性地创造意义共享。皮尔斯指出，符号必须"把自己与其他符号相连，竭尽所能，使解释项能够接近真相"④。

---

① 赵毅衡：《论区隔：作为意义活动的前提》，《西北大学学报（哲学社会科学版）》，2015 年第 2 期，第 10 页。
② 赵毅衡：《论区隔：作为意义活动的前提》，《西北大学学报（哲学社会科学版）》，2015 年第 2 期，第 11 页。
③ 赵毅衡：《论区隔：作为意义活动的前提》，《西北大学学报（哲学社会科学版）》，2015 年第 2 期，第 14 页。
④ 赵毅衡：《论区隔：作为意义活动的前提》，《西北大学学报（哲学社会科学版）》，2015 年第 2 期，第 21 页。

正因为符号意义必然是一种"交往关系"，所以赵毅衡认同皮尔斯所说的"探究社群"。个人的实践，由于无知、懒惰、自满、死亡，会停留在一种特定的解释上，而一旦由探究社群开展解释活动，符号意义的延续和演化，在空间上时间上都没有停息的可能，只有社群才能保证无限衍义。如后人不停对经典的重新演绎，为之注入新的时代内涵。

那么，社群的边界究竟在哪儿呢？就此，赵毅衡援引了费什的观点："不是一群人共享某种观点，而是某些观点或组织经验的方式共享了一批人……他们的意识是社群财产。"① 社群的边界，是个体理解通过共同的文化规范过滤之后沉淀下来的。正如文本的体裁属性，本质在于文化的读法规范中那样。这就引导我们对下一个核心概念进行重审与界定：文化。

文化必定是个社群性概念。文化是社群中意义及其规范与方式的集合，文化研究就是对社群达意方式的研究。赵毅衡精辟地概括为，"当我们的文化元语言（即解释规范）不同时，并不共享一个意义世界，或并不完全共享"。比如，社会剧变不完全是生产方式的演变，更重要的是意义方式的更新，任何文本的解读与表意都离不开文化制约，都必须落到文化的各种文本联系之中，这就是赵毅衡所说的，"在人类文化中，既没有纯文本，也没有纯解释"②。所谓的"新历史主义"或"新批评"读法，也是意向性程度不同而已。再比如，就像前面讨论的不可靠叙述一样，不可靠，是相对而言的，因不同文化社群而异，是一个流动的概念，和特定的阐释社群绑在一起。

在辨析文化与文明的区别时，赵毅衡将"文化"强调为"归家"，更突出人的精神层面，在时间取向上是过去型，因为文化是累积的、已在的。已经完成的意义活动累积成文化，而且靠社会元语言影响意义的解释方式，从而造成文化向未来的延续③。复古也是为了创新。典型代表有历史上的新古典主义与文艺复兴。主体的存在，体现为因争取未来而操心。比如，我们在比较文化时，常会认为清教文化由于有彼岸的价值关怀，是一种典型的未来取向文化；相比之下，世俗文化着眼于当下，而当世俗文化达到一定的人文高度，则会取向于过去。

所以，从时间上讲，意义的取向在于未来。文化是一种元符号能力（自觉运用符号并对之进行反思的能力）。如赵毅衡指出的：称一个人是"有文化的

---

① 赵毅衡：《哲学符号学：意义世界的形成》，成都：四川大学出版社，2017 年，第 256 页。
② 赵毅衡：《文本内真实性：一个符号表意原则》，《江海学刊》，2015 年第 6 期，第 22~28 页。
③ 赵毅衡老师与笔者的邮件中分享了此观点。

人"，意思是他有足够的先前意义累积，并且能用这些积累对新的意义活动进行评价和再现。文化是元语言，对所有单个具体项提供普遍的意义支撑。

从文本－社群－文化这条路径来探索人的认知历史，就会得出一个文化示意的规律：四体演进。任何体裁对表意方式的限制，最后会妨碍意义。因此，赵毅衡总结出了一条清晰可辨的思维演进路线。四体演进是人类掌握世界的方式和唯一体系：从隐喻开始（同一性），通过提喻（外在性）、转喻（内在性）最后进入反讽（否定）。以美国文学史为例：早期的美国文学是一部关于清教徒拓荒的史诗，经过浪漫主义的浸润而步入现实主义的思索，再迎来"迷茫一代""垮掉一代"的探索与彷徨，最后彻底陷入后现代的虚无与怀疑。并且，也正是在这虚无的荒原上进行着神话的复燃。整部美国文学史，就是美国梦的符号演变。赵毅衡指出，崇高感必然让位于怀疑论。这是十分深刻而尖锐的意见。人的认知复杂了，主导反讽的精神是自我批评，重新开始的是另一种表意方式，必须靠一种新生的体裁恢复意义类型的"青春"。四体演进几乎成了人类各种表意体裁的共同规律，也成了符号意义行为的必然。比如，从史诗到荒诞派戏剧；从白话章回体小说或西方悲剧中的颂唱到意识流小说；不可靠叙述愈发成为在现当代文学中备受青睐的叙述技巧。

那么，沿着这条规律走下去，人的认知能否触及真知？

皮尔斯认为，符号的目的就在于表达事实，它把自身与其他符号相连，竭尽所能使解释项能接近完全的真或绝对的真，即接近真的每一个领域。赵毅衡十分钦佩皮尔斯对真知的这份执念，认为这在推崇意义虚无的当代话语中难能可贵，也是赵毅衡反复强调"回归"皮尔斯的缘故。

符号示意是一个趋真的过程，真知是终极目的和奋进方向。赵毅衡将真知视为"人类社会符号表意的基本原则"，因为人不可能接受不包含真知的文本。这里涉及一个真知范围问题。尽管真知是每个符号的"最终解释项"，但由于主体的认知注定是片面的，所以，真知就是一个朝着完美目标挺进的过程（truth process）。社群真知让个人与社群的意义活动朝真知方向行进。由此，所有的符号文本都应当是"部分真知"。赵毅衡曾多次援引皮尔斯："完美的真知无法说出，除了承认自身的不完美。"这句话类似"道可道，非常道"。它是说表达真知的符号文本本身是一个再现。所以，赵毅衡点明了一个我们或许并未充分留意的常识："文本内真知。"每个文本接受者在解释活动之前，都会签一个"述真合同"（verdiction contract），即相信该文本所说为真，无须到文本外的经验世界去核实的"真知"。赵毅衡将之概括为融贯论（文本要取得融贯性，必须为此文本卷入的意义活动设立一个边框，在边框之内的符号元素，构成了一个具有合一性的整体）。为了保证意义活动顺利展开，叙述主体必须为自己的叙述权威"设限"，划定一个框架，要求接受主体服从在这个范围中的权威。由此衍生的叙述技巧有叙述分层、叙述框架等。再比如，人物的主体性是读者必须认定的一种"情节假定"。为此，赵毅衡列举普林斯用过的一个十分有趣的例子：用读小说的方式读电话本，会发现人物太多，情节太少；反过来，会觉得更差。也就是说，文本解释的合法性，是源于接受者与文本互动所形成的意义边界；在开启文本之前，必须承认文本是"真"的。这是一个解释循环，如艾柯所言：文本是解释在论证自己合法性的过程中逐渐建立起来的一个客体。换言之，虚构（fiction）就是否定文本外真知。

事实上，符号学并不能肯定何为真知，但符号学集中判别真的形式条件，形式科学关注的是真知的条件。皮尔斯把真知视为满意的同义词。赵毅衡明确指出，真知是一种"双重符合"，即文本内逻辑一致，文本外与"事情"符合。[①] 这里涉及文学述真的问题：文学到底是否应该为事实负责？这首先要看是哪个层面的事实。事实上，文学并不需要为经验真实负责，而是要为价值真实负责。因为文学艺术不只是比喻化地借用经验材料来虚构创作，而是比经验更高一层地反映了现实世界的"内在整体性"。这也是为何有"诗比历史更真实"之说。而艺术自亚里士多德起就被视为是对现实世界所具有的必然性和普遍性的模仿。比如，我们必须追问莎士比亚悲剧中的人物是否真有其创作的历史原型，因为我们认识到，他们的确深刻地反映了人性。

在论及形式真知问题时，皮尔斯曾言，符号学研究的是现象的形式成分。赵毅衡认为，形式是事物的本质，因为它使事物归入了人化的意义世界中的某个范畴。和内容相比，形式具有广度，是共现、规律和普遍性。[②] 叙述，即文本化过程，是"再现"的代名词。我们对叙述技巧的分析，实际是解释符号文本的形式条件。新批评提倡的"细读"（close reading）有道理，它提供了"事物"；而阐释学强调的"重构"，是文本意义落实的根本，是一个对象化的过程——这也正是赵毅衡所说的主客观之关联、主客体之互动。文本意义的形成，就是一个来回试推的过程。

上述讨论的一切都是关乎语言这一符号如何再现思想的。如本章开头所述，主体是一个话语形成过程。我们到底是先有语言，用语言规范思想；还是

---

① 赵毅衡：《真知与符号现象学》，《华中师范大学学报（人文社会科学版）》，2016 年第 3 期，第 78~84 页。

② 赵毅衡：《形式与内容，何为主导》，《中国社会科学报》，2014 年第 10 期，第 2~9 页。

先有思想，再诉诸语言再现？这体现在意义诸理论中，赵毅衡所回答的最本质问题——心语假说。

赵毅衡认为，"心语"是内省的、非语言的交流。只有当我们与自己说话时才会用。不需要用某种媒介予以再现。《新约·马太福音》中有一句话："你们祷告，不可像外邦人，用许多重复话，他们以为话多了必蒙垂听。你们不可以效法他们，因为你们没有祈求以先，你们所需用的，你们的父在已经知道了。"（《新约》6：7—8）认为神洞察人心，明鉴一切。人的诉求、心意，无须诉诸语言（符号），才能让神知晓，所以无须刻意"强调"。另一处也说："我若用方言祷告，是我的灵祷告，但我的悟性没有果效。这却怎么样呢？我要用灵祷告，也要用悟性祷告。"（《新约·哥林多前书》14：14—15）。这里的"灵"是指可以描述的心思，"悟性"则指属灵生命本身。也就是说，与再现符号（祷告之词）相比，被再现的心意和灵命才是最重要的。

一旦开始与他人交流，"心语"就会被某种共同符号"意符化"，成为外显的语言符号。而如此"意符化"之后，也就是被姿势、语音、文字等交流语言取代之后，人再也无法记得在"无语"状态下是如何思维的，因为心语已被"覆盖"。心语虽然依然存在，与社群语言同时展开，但成为退隐符号之流下面的"潜语言"。只是社群语的再现力量十分强大，以至于我们很难意识到心语在操作。

心语不是再现，所以它是精准的；而语言是再现符号，所以容易产生歧义（相较于思维而言）。赵毅衡将心语假定为天生具有的，类似语言的存在；是一种无法再现的心理构成。恰如程序员与机器的关系那样，心语是人被神所"预设"的。又恰如柏拉图的"记忆之说"所描述的那种无法名状的起源，但隐约记得的那种完满（真知）的状态。

洛克认为思想是符号，而词汇是思想的符号，因此词汇是符号的符号，所有的语词都是元符号。皮尔斯则认为，符号之所以能传达意义，最根本的原因是"人的思想本身就是符号"。思维-符号就是我们自身，它并不用于交流。如"注意力"是一种思想中的指示符；语言中所有的连接词和模态动词最容易以心语方式显示，因为这些虚词的意义实际上是一种心理态度。赵毅衡认为，指示符的意义活动，是意识构成的起点和根本方式。人的活动意识起点具有指示性。在场的被感知的部分，会引发对不在场的部分的认知。比如，宋代皇帝主持宫廷画师考试，曾出过一题，要求绘画的对象是"竹林、小桥、酒家"。夺冠的李唐通过竹林深处隐约招展的一面旗（指示酒家在竹林深处）引发观看者对酒店的联想。事实上，任何符号文本都需要通过想象指向不在场的所指，才能"意味深长"——这是对符号再现的片面性以及意义的有限性这一事实的承认。指示性是先天自明的；相比之下，像似性需要依靠经验累积。所以，意识示意符号递进的排序为：指示性－像似性－规约性①。人造文化的符号体系的创立，能够使符号摆脱指示性而倾向像似性和规约性。皮尔斯认为，人的意识是历时性地三分递进；赵毅衡的排序则具有共时性。

皮尔斯指出，思维－符号的内在语法并不是语言的句法，而是联想造成的思维－符号单元之间的链接。这种内在语法涉及三个方面：第一是作为感觉的内在品质，第二是影响其他观念的能量，第三是一个观念把其他符号与自己融合在一起的那种倾向。这是一种"运动感知"，但由于它们携带意义，因此是符号。赵毅衡进一步指出，一般符号载体必须被感知，而思维－符号则不一定，因为这种载体是感知本身。这是对思维符号的"非再现性"最精准的解释与描述。所以，思维符号是"前语言"的。

我们有理由支持心语假说。比如，有一种文本倾向，就是暴露语言的"无能"，感到语言符号只不过是滑过了事物的表面而已，语言在揭示什么的同时，也总在遮蔽什么。语言这种特定的符号，反而拴住了主体的"巧舌"。它决定了只有心语的某些方面才可以被再现。恰如柏拉图的理念说认为的那样，艺术世界（用符号再现的世界），是摹本的摹本，影子的影子，和真实隔着三层。这也回答了符号学的一个最基本的问题：我们为何必须用符号才能使意义成为可能。因为我们孜孜以求的意义，是主体存在的意义，是心语的再现，必须通过再现的再现（即符号）才能落实。

所以我们会刻意暴露叙述痕迹，承认有限性，反指自身之所不是。这或许是主体沉浮之后逐渐意识到："此中有真意，欲辨已忘言。"心语先于社群语，也大于社群语（它无法被社群语等值再现）。所以，与经典的隐喻叙述格局不同，当下叙述格局的更趋向自省或对语言范式中的主体进行自嘲，以此回应先哲发出的"知不知，上；不知不知，病"的忠告。

赵毅衡的学理思路为我们指出：意识是获义意向性的源头，是人存在于世的精神必需（得以成为"主体"）；在获义意向性的压力下，意识将世界"非均质地"对象化、文本化，激发生成生生不息的阐释之流，用以反馈主体的存在。尽管我们无法完整再现思维（心语）本身，但它是我们符号化的动力，使"再现"成为主体在世的根本方式。

---

① 赵毅衡：《论区隔：作为意义活动的前提》，《西北大学学报（哲学社会科学版）》，2015 年第 2 期，第 54~60 页。

第五章　叙述之外，何处安身

当我不再渴望那被认为存在于别处的生活，承认自己的空虚时，它就会赢得促使自己以全新的方式看待世界的眼光：世界不再是一个将它排斥在外的秩序，而是作为各种形式、色彩和形象的复合体，而这一复合体又正是主体要揭示的。这样，主体就进入了一个新的世界。在这个新的世界里，感性的和精神紧紧交织在一起，使得其中的一个看起来总是同时也是另一个；就连我在这个世界里体验到的自己都不再是孤独的个体，而是作为一个灌注一切的生命运动的一部分。

彼得·毕尔格《主体的退隐》

本章提要：本章并非对《主体的退隐》做出的系统述评，但是，确实在多处不自觉地回应着这部书，因为它系统地展示出：文学最大的使命，不在于向自我告知什么，而在于打破自我习以为常的认知语法，还原如若初见的视角，重新拥抱这个世界。

归根结底，叙述是借某种形式实现的自我指涉。正如反身代词"我自己"（oneself）清晰所示：任何形式的自我指涉，反过来将自我作为只能用符号（语言）隐喻的对象。我们所留意的思想史中的主体，从古典时期（那个安之若素的自我）滑向现代时期（那个极度自恋，并因此焦虑空虚的孤影）的运动轨迹是：叙述的重心从自我之外，转而指向自我本身，并深入自我之内，涉入后现代的自我迷宫。叙述不仅在审视自我的行为与诸种符号连接，更在于我是如何感知那个被称作"我"的造物。那么，关于叙述的最大谜题浮出水面：叙述必须以走出自身为动力，或者说，没有符号所承诺的方向——自我的终结——叙述无从展开。由此引发的另一个麻烦在于：自我的内在必定是特殊性的存在；而自我表达（叙述化）又必须依附于被作为共性感知的语言符号。那么，语言的承诺终归是苍白的：当我们希望通过向自我再现确立自身的独特性与本真性时，却总是落入普遍性之中，因为叙述本身基于自我与他者所共有的示意符号。这真令人泄气，因为从源头上击败了自我设计的所有范式。

内部的思维，注定被外部的语言符号塑形与分类。难怪古今学者时常提醒世人语言的不可靠性，警告人若将思考诉诸语言，会令他们陷入茫然。因为"这种经验首先是恐惧的经验，而这一恐惧显然源于赋予日常存在以坚实性和可靠性的一切范畴的失效"①。

自古以来，我们被告诫"道可道，非常道"，大道隐于无形。这么看来，自我并非叙述文本的主人，而是其符号化过程中的一个器皿：

> 我恰恰不是作为思想着的我，它经历了那些支撑日常存在的一切范畴的崩溃；它不是其思想的主体，而是其媒介，作为媒介，它觉察到了自己是一个自己也积极参与其中的巨大毁灭过程的中心。②

在这段颇具后现代之风的"咒语"中，那个古典浪漫主义（认为作品乃自我示意之结晶），不过是一碰就破的泡沫而已。自我依凭只能被隔离在真知的透明之门外。任何感知于自我而言都在顷刻之间遭遇语言符号的转换，而这种变形被萨特总结为文学叙述可加以利用的优势：

> 我所感知到的一切，在我感知到它之前，我便已知道我会感知到它。在这之后，我所仍能感受的，就只剩下了一半，因为我此时的全部心思便是对其下定义和进行思考。在感知时，我太过仓促行事，用语言来发掘那些所感知到的东西。于是，这边挤挤，那边压压，感知便被示范性地构造了出来，它最多也就适合放进一本装订好的书。③

尽管如此，叙述之外，自我似乎无处安身。所以，无处安身这一遭遇，成为叙述的重点关注对象。叙述既开启了自我，同时也遮蔽了自我。自我总是（也似乎只能）通过叙述，来证明自身存在的合理性与合法性。难怪罗兰·巴尔特对于自我言说的困难有着如此令人忧郁的结论：

> 主体不再被视作知识的基础，而是迷误和互相取代或者互相渗透的语言的中转站。因此，这个主体能够将各种不同的写作方式置于彼此对立之

---

① 彼得·毕尔格：《主体的退隐》，陈良梅、夏清译，南京：南京大学出版社，2004年，第177页。

② 彼得·毕尔格：《主体的退隐》，陈良梅、夏清译，南京：南京大学出版社，2004年，第180页。

③ 彼得·毕尔格：《主体的退隐》，陈良梅、夏清译，南京：南京大学出版社，2004年，第158页。

中，而唯独不能表达自己。①

那么，文学是自我迷失其中，还是找回自己的场所？看来，言说自我注定是一场离心运动，是自我用符号出离自身的表现。叙述证明了自我与语言符号的悖论，而文学成为对这一认知的最好揭示。任何文学叙述，都指向自我的缺失而非自我的圆满。唯有将自身与世界拉开距离，才能开启自我指涉。而各种指涉的努力不过服务于一个循环叙述的怪圈：自我认知，自己无法认识自身或世界。并且，在这一认知怪圈中，自我必然分裂为"说"与"被说"两种存在形态。认知不过服务于自我渴望认知的诉求，如《浮士德》所示：

> 精神将你们训练得服服帖帖
> 就像套进西班牙长靴
> 以后它将慎重地
> 踏上思维之轨
> 并且不会东摇西晃

尽管如此，唯有叙述才可能将自我置于自身的缺失与苦难之上。正如狄德罗所言："我"书写下的思想，就是"我"。用符号得以文本化的思想才是自我。"我"是叙述这一符号化的过程。"使我成为我的，不是意图、计划，也不是回忆，而只是当下的行动，即写作。"②

既然语言符号无法告知自身关于对象的真相，那么，文学的使命何在？文学的最大使命不在于向自我告知什么，而在于打破自我习以为常的认知语法，刷新程式化的诸种再现模式，还原如若初见的视角，重新接受并激活世界的意义。因此文学使人明白："我"并不能如其所是地还原事物，就像真正的智慧始于敬畏，伟大的文学作品赋予我认知的幸福感，自我在其中被陌生化了。

> 由于我不再拥有使自己对世界进行排序的坐标系，所以它觉得一切都仿佛是第一次看见……不是因失去定位而产生的不安，而是身体上无所适从的感觉。与这种感觉结伴而来的，仿佛是有一种不曾相识的幸福的临近。仿佛一个新的意义向我开启，它在词语与态度上觉察到了极富含义却

---

① 彼得·毕尔格：《主体的退隐》，陈良梅、夏清译，南京：南京大学出版社，2004 年，第 188 页。

② 彼得·毕尔格：《主体的退隐》，陈良梅、夏清译，南京：南京大学出版社，2004 年，第 65 页。

又非意欲之含义的东西。①

比如，文学向"我"诉说一棵树时，仿佛"我"从不知道"树"为何物。此刻，"我"与"树"构成霍夫曼斯塔尔（H. Von Hofmansthal）所说的"最充实崇高的在场"。的确，自我符号化时是分裂的：既遭遇外在，又将自身体验为内在。难怪，自我的元意识成为当代文学转向中一种普遍的意识。文本的元意识是将自我文学化的意义能力，这成为对付空虚的一种审美支点。

元意识本身并不能解决自我的谜题，而是将回归自我时的茫然对象化。为了回应"道可道，非常道"的警示，自我主动退隐于语言符号的排列组合游戏之中，从而守护语言符号那苍白的承诺，因为语言符号总是承诺从一般性滑向特殊性，从外部走向内在。

自我明明是残缺不全的，但又时常被空虚与厌倦所扰，自我被自我中心视角之下的符号域欺骗得团团转。所以，当现代主体击破古典自我（将内在与外部二者处于理所当然的对应秩序之中）之后，主体将对世界的认知视作服务于自我的目标时，唯一的出路只剩下在叙述中与空虚共存。在写作过程中，一次又一次地"再现"孤独与空虚，用欲望符号将之包裹起来。然而，随着现代性的不断推进，文学家更多是"强烈体验到自己的存在被自己生活其中的秩序所遮蔽"②。亦即被理性程式化，对自我存在构成强制性的叙述干预。自我不得不再一次栖居于叙述之中。所以，现代主体叙述图式的悖论在于：无法叙述自我。现代性自我表述将自己构想为一个规划，并最终将自己设计为"它本来就是的自我"。这样的表述，显然有助于把握一个自相矛盾的自我经验：

> 从启蒙中形成的我想要成为自己行动的结果，却又遭遇了不能赋形的东西；居于深处的经验图式，感情构架，还有无穷的欲望。欲望和自我塑造的碰撞不仅导致无穷的冲突，还导致我无一刻能"拥有"自己。自传写作是能最终说出自我个性的尝试。自我不能停止写作表明，"真正的我"是独立于写作的。③

自我的"真相"是一种未进入叙述编码之前的存在状态。卢梭自传中的自

① 彼得·毕尔格：《主体的退隐》，陈良梅、夏清译，南京：南京大学出版社，2004年，第126页。

② 彼得·毕尔格：《主体的退隐》，陈良梅、夏清译，南京：南京大学出版社，2004年，第124页。

③ 彼得·毕尔格：《主体的退隐》，陈良梅、夏清译，南京：南京大学出版社，2004年，第96页。

我之苦恼在于："它一方面清楚自己是一个与他人绝对不同的个体，另一方面又徒劳地赋予这一认知以具体的形象，因为它不能说出它是什么……因为，他饰演自然的人，如同他人饰演上流社会人一样。本真性被视作这一规划的对象时，它就导向自己的反面。"①

尽管符号是最根本的自我属性，却无法借此进入真正的自我。所以，现代文学中弥漫着一种双重自我关涉所持有的焦虑，及由此形成的元意识气质："作为一切可能的认知依据，以及作为对自我设立的依据之不可靠性的恐惧。"②

叙述似乎成了一种使自我出离自身的离心运动，因为寻求意义的符号化过程，是面对弥漫于（上述境遇中）焦虑存在的应对本能。元自我意识的作用在于发现了对付"特殊性"的方法。"我被从其思想表达的内容上"引开，被迫进入语言给出的可然性空间。自我迷失在语言中，但同时又未完全失去自己，因为自我"在语言中找到了表达的可能性"③。这就是说，语言符号所承诺的，不过是关于自我的影子的面或点。因为文学史中的符号自我，经历了从普遍到特殊，从外到内，从与世界的交往坠入孤独的运动轨迹，到最后只能拥抱那个说与被说的自我。笛卡尔的"我思故我在"，使自我确之凿凿地建立于认知（知识与原理）的普遍性之上。然而，《蒙田随笔》中，那个随丰富经验而变动不居的"我"，以及帕斯卡尔在《思想录》中对思想之脆弱与人性之空虚所发出的嘲笑，又将自我卷入经验的特殊性。

帕斯卡尔批评笛卡尔时那句"我将自己视作一切的中心"，如接受使命一般地追求个体特殊性，是自蒙田以来现代性主体的最大动力——服务于一个证明自我存在的设计："我针对源于自我个体化的威胁而写作。"④ 并且，将"自己感知、思考和体验的一切与自我相关涉"⑤。现代性主体是第一人称视角所勾勒的一幅自恋画像。然而，拉康所坚持的心理治疗方式，就是要使接受者在

---

① 彼得·毕尔格：《主体的退隐》，陈良梅、夏清译，南京：南京大学出版社，2004年，第95页。

② 彼得·毕尔格：《主体的退隐》，陈良梅、夏清译，南京：南京大学出版社，2004年，第82页。

③ 彼得·毕尔格：《主体的退隐》，陈良梅、夏清译，南京：南京大学出版社，2004年，第82页。

④ 彼得·毕尔格：《主体的退隐》，陈良梅、夏清译，南京：南京大学出版社，2004年，第209页。

⑤ 彼得·毕尔格：《主体的退隐》，陈良梅、夏清译，南京：南京大学出版社，2004年，第81页。

"由被自恋占据的我中认清幻想所折射的结果"①，从而放松对自己的固守与近乎强迫的专注，从而击破因在普遍性（认知与符号）与特殊性（内在）之间受挤压而痛苦不堪的自我。于是，自我明白了：苦难源于自我不能与自身分离，与世界或他人没有实际的关联。自我只是一味地围着自己转，②而自己又是一个循环怪圈，致使叙述不断趋向元化。听凭语言的摆布，希望在叙述中实验对自我的放弃：

> 文本中的运动是双重的，我放手让自己进入语言，目的是在其中近乎消失；而此时的我还是在场的，作为语言的掌握者，它通过复杂的句子结构和近乎仪式化的第一人称代词的重复，显示出其力量。这一自身矛盾运动中的两个因素，从不同的层面进入文本。我的自我放弃，表现在语义层面，而回到自我的意志则对句法产生影响。③

然而，叙述（尤其是文学叙述）的野心似乎在进一步收敛：愈发强烈的文本元意识与受众参与意识，将叙述本身上升为一种生活方式：一方面尝试在片面化的文本中重温与世界的关联，转向与"你"的共在；并将这一渴求对象化地置于自我的面前。从中可以依稀听到圣·奥古斯丁的"我对你说"，和德·赛维涅夫人对所爱之人（女儿）敞开心扉的叙述之流："世界之于我的存在，只是因为我能对你诉说它……她对每一桩小事都感兴趣，因为她在经历它的那一刻就已经知道，她将会将它们告知所爱之人（女儿）。"④通过关涉他人而获得力量，将自我植根于与他人的叙述交流图式之中。所以，自我必须接着指向过去的叙述（因为叙述都是作为预设的"完成时"），永不停歇地向前运动，朝向一种自我新的可能性前进，成为一个因"叙述"而存在的另一个"我"。

---

① 彼得·毕尔格：《主体的退隐》，陈良梅、夏清译，南京：南京大学出版社，2004 年，第 81 页。

② 彼得·毕尔格：《主体的退隐》，陈良梅、夏清译，南京：南京大学出版社，2004 年，第 119 页。

③ 彼得·毕尔格：《主体的退隐》，陈良梅、夏清译，南京：南京大学出版社，2004 年，第 146 页。

④ 德·赛维涅夫人的自我设计，是通过叙述，走出自我，感受到自己是一个为了爱他人而生活的人，并且由此获得第二个存在维度：她的此时和此在充盈着对女儿的爱。"她对每一桩小事都感兴趣，因为她在经历它的那一刻就已经知道，她将会将它们告知所爱之人（女儿）。"因此，这样的自我"不是笛卡尔的孤独无形的自我，而是感受到自己生活的我，因为对它来说，有他者的存在"。确立一切的重要经历，不依赖对自我反思式的回归，而是基于同他人的关系之上。参见彼得·毕尔格：《主体的退隐》，陈良梅、夏清译，南京：南京大学出版社，2004 年，第 44 页。

第二部分　推进·小说

第一章 小说叙述中的符号自我

我还不明白在多大程度上，一天可能既漫长又短暂。生活起来当然漫长，可是漫漫无边，最终又相互浸透了，从而混杂起来而丧失各自的名称。只有"昨天"或"明天"这样的字眼，对我还保留一点儿意义。

阿尔贝·加缪《局外人》

本章提要：形式言说着文化，叙述技巧和叙述意图实乃表里关系。形式必须被超越，但超越形式必须首先回到形式本身。因为表层的文本叙述技巧与策略本身，言说着说者的意图。我们不妨从说者自我的角度，经由叙述形式而进入文本内涵。关注叙述学中的主体性问题，是探索小说叙述艺术形式美的必然走向。

关于自我，现在或许可以做一总结：首先，它并非意味着绝对的自由意志，而是处于"互动"之中的话语能动性。自我只有通过符号在示意的过程中得以确立自身；自我在行使能动性的同时，将自己暴露为作为对象的客体，沿着无尽的示意链条滑向深处。作为"the self"最根本的表意行为与存在方式，叙述又卷入了更深层次的意义问题。

如前所述，人的根本属性是追逐意义。人可以停止编码或停止发送信息，却无时无刻不在表达意义。叙述主体一旦开启叙述，就涉入以下境遇：第一，它是叙述信息的源头；第二，它却不能被认定为意义的源头；第三，它参与了示意。但其参与的方式，往往遮蔽了其作为主体的有限性，让人觉得它似乎掌握着对叙述文本的最终解释权，只要跟随它的意图，就能追溯意义之源。

由此看来，叙述主体对人最大的迷惑在于：在叙述世界中，它以上帝自居；仿佛其主体地位的确立是先于符号编码的，示意是完全由其操控并决定的（既定、静态而封闭的）话语游戏。而事实上，根据前面的分析，我们清楚地意识到，主体是一个"待在"的形成过程，主体只有通过符号，才能在示意过程中确立自身，并且示意过程是随着符号解释项的自由转换而无限绵延开来，直逼真值的。换言之，叙述主体在表述的同时也在被表述；正是这种主体与客体同为一体的身份，以及说与被说、看与被看之间所形成的张力，使其得以参与符号示意。"叙述"形式是指符号发出主体受控于接受主体的示意方式，体现出两个主体"之间"互动的关系而非单向的意图输出。因此，叙述者的主体性就是叙述主体与接受主体之间的交互主体性。

叙述作为一个符号文本，是互动性文本。在一种文化中，符号文本互动产生以后才进入传播流程。符号文本是一种符号化过程，它在文本信息传播过程中使意义不断增值，使符号自我不断丰富繁衍。在这个过程中，符号的发出主体和接受主体可以互相承认对方是符号表意行为之主体。这就是说，一个理想的表意行为，必须发生在两个充分的主体之间：一个发出主体，发出一个符号文本给一个接受主体。其中，发出主体在符号文本上附带了它的意图和信息，符号文本携带着意义，接受主体则推演出解释意义。这三种意义常常不对应，但是传达过程首尾两个主体的"充分性"，使示意过程中可以发生各种调适与应变。所以，在实际符号传达过程中，"充分性"并不是自我资格能力的考量，而是自我有处理意义问题的足够自觉。所以，在符号化过程中，自我是与他者相对应而出现的：没有他者，就没有自我；他者的对立面就是自我。自我并非意义对错或是否有效的标准，而是取决于示意活动双方是否承认对方是符号游戏的参与者，只有承认了对方的存在，表意与解释才得以进行。

事实上，主体一旦开始叙述，自身就成了一个符号：正在叙述的自我成为符号再现体（sign），它不停地编码，从而再现、整合作为对象的自我（object），而这个被述的自我，又即刻被抛入那个在未来正在生成的自我即解释项（interpretant）当中，而这个未来的自我又牵引着叙述与被述的自我张力，冲向一个尚待生成的意义空间，等待下一轮的符号示意。这一符号自我模式的提出者诺伯特·威利（详见第一部分"理论·缘起"中论证"身份：自我的符号化"一章）显然借鉴了皮尔斯的符号三分原理，将自我表意的思维方式图式化为一种自我内心对话模式。自我是一个充满社会性、对话性及自反性的符号，因而处于一个高度弹性化的阐释过程之中，是一个动态的符号化过程。在时间上，自我分别处于过去、当下、未来三个符号化阶段。其中，当下我通过阐释过去我而为未来我提供方向。用皮尔斯的术语来说，当下我（作为行为的自我）是符号再现体，过去我（作为形象的自我）是符号指称的对象，而未来我（被自我内化的社会观念）则是使意义探及无限（开启新一轮叙述）的解释项。

比如，小说叙述中的时间问题，本质上是一个生产意义过程的问题。或者换个说法，时间是指一种符号流（semiotic flow），其中的某一段（当下）为了回应另一段（过去），而塑造了第三段（未来）。死亡意识是自我提前进入未来（终结）而产生的自我感知，这种预设的自我感知（即"塑造"出的未来），代表自我当下的"自主自为"如何回应过去的"命定"（如生命的缘起）。

从上述模式可以看出，符号自我的动态阐释性，使人拥有我们称之为自反性的能力。符号自我的三元模式，即从叙述—被述—新的叙述这一释意链条，将反思的自我置入他者的位置；自我意识成为自我关于自我的对话，处于二度示意的思维层面；而不停生成的新我，这就属于巴尔特所说的二度示意系统，迫使主体朝向纷至沓来的内涵式的符号能指。自我所做的就是在元层面上复制自身。在思维的第一秩序中，"主我"不能看见"主我"。可是在思维的第二秩序中，完整的自我可以成为自反性的客体。在物理和生物自反性的情况下，盲点位于第一秩序，即部分客体看不见自己，因为那个部分正处于观看或反射的装置。身体分为两个部分，并且因此它只能看见自身的一部分。自我反思的人类也同样分成两个部分，可是人类不是通过分裂自我，而是通过复制自我实现这一点的。正在反思的人在第二层次或元层次复制了自我。现在，盲点完全位于客体之外。自我反射的人工制品或生物只能看见自己的一部分，其盲点就在内部。自我制造的人可以看见自己的所有，因为其盲点在自身外部，即位于元层次的瞭望台上，通过它，盲点可以看见自身。[①] 这就是说，符号的自我是双层面的自我。每一个符号自我都指向自身之外。自我是无止境的符号链条。当下我以阐释的方式向未来我说话，同时以自反的方式与过去我说话，反思与阐释使自我之符的含义无限延伸。而这正是本书关注的核心：即人的符号性之所在——自我永远具有朝向另一个自我的潜能与意向。

任何符号表意和解释活动，都需要从一个意识源头出发，然而，主体在文本层面往往会分化为若干层次，体现在若干个体身上，这就形成了叙述信息多个源头的叙述格局。叙述主体是符号文本表达的主观感知、认知、判断、见解的来源。[②] 叙述主体在文本层面分化为隐含作者—叙述者—人物（说者）（对应于电影叙述中的大影像者—叙述代理—人物）。其中，叙述者又可以平行分化为多个复合叙述者，形成叙述集团；或垂直通过叙述分层，将叙述权层层下

---

① 文一茗：《评〈符号自我〉》，《符号与传媒》，2011 年第 2 辑，第 305 页。

② 赵毅衡：《当说者被说时》，北京：中国人民大学出版社，1998 年，第 23 页。

移。① 根据前面我们对主体所做的符号学解读，可以得出以下三点结论：第一，叙述主体是一个随着叙述文本展开，而正在形成并确立自身的自我。第二，叙述主体负责文本所有信息的部署，有一套精心设计的符号编码与叙述格局，甚至有明确的意图导向，但其并非意义的决定者。意义是叙述主体意图、接受主体释义、文本携带信息三方之间来回试推的符号化过程，而且无限开放。其中任何一方主体，都无法企及意义的终点。而在这个过程中，叙述主体（本身亦为一个符号）不断丰富其符号自我的内涵。第三，在这个不断丰富自我、更新自我的过程中，叙述主体向接受者抛出的每一个信息点，都成为反射自我的符号再现体，它指向主体的过去，将既有的自我形象作为再现对象，不停抛向未来那个待定的自我之域。由此观之，符号文本发出的第一个接受者总是另一个自我。在叙述文本层面，它可以是叙述自我拟定的接受主体。所以，与叙述主体的分化相对应的也有接受主体的分化：隐含读者—受述者—人物（听者）。接受主体可以视作叙述主体以他者自居的自我，在叙述符号化过程中扮演了聆听者和释义者的角色。换言之，它占据着符号自我三分模式中解释项的位置，由此，打破了叙述主体示意的封闭系统，使叙述主体成为多棱镜中的影像，成为动态的符号自我，成为那个扑朔迷离，游移于文本发出与接受两端的"隐含作者"②。

由隐含作者牵引出的一个备受争议的概念——不可靠叙述。所谓叙述的不可靠性，是指符号文本的隐含作者与叙述者的价值取向并不一致。作为一种文本现象，它可以使文本更加别开生面，更具"说服力"，在增加阅读难度和趣味的同时，也将文本内涵引入更为深邃的领域，更加调动接受者主体的自反能力。所以，在意义暧昧的后现代文本中，不可靠叙述被视为一种主题而非单纯的技巧形式，因为它代表着意义的不确定性。不可靠叙述体现出人们的关注点，由文本素材（what），逐渐转向文本呈现素材的方式（how）。作为一种叙述形式，不可靠叙述指涉的是：一个文本中所承载的多方主体（叙述主体、读者接受主体及代表整个文本价值取向的隐含作者）意识之间的竞争与较量。研

---

① 参见文一著：《〈红楼梦〉叙述中的符号自我》，第一章第一节：《分层中的主体纠缠》，苏州：苏州大学出版社，2011年。

② 以布斯为代表的英美修辞学派，从文本的发出端来推导隐含作者，认为隐含作者是作者的"第二自我"，具有特定时空的主体性；而法德认知学派则认为隐含作者是接受者从符号文本中推导出来的一种文本品格，代表文本的整体价值取向。赵毅衡认为：隐含作者是文本身份引申所得的类自我，很难认同它与真实自我应当是重合的，而只能说它与真实自我有关。它是作者在写作时启用的一个临时身份，也可以说是自我的一次分化。

究不可靠叙述是在探讨（三方主体意识竞争的符号化过程中）意义的生成机制。因此，在没有读者的真空中去研究文本形式的修辞，或者在不考虑文本的情况下去空谈游移不定的读者感受都会使对不可靠叙述的分析变得极不稳定，并且对于不可靠叙述的分析会随时代语境的变迁而变质；而将这两种做法进行简单叠加并不能形成可行的分析方法①。因此，目前对不可靠叙述的文本分析容易流于随意化、片面化与个别化。根据符号学理论中对自我的分析，我们可以尝试着将作为符号的自我运用于对文本中不同主体的分析，用符号自我这把新打的钥匙为不可靠叙述这一难题打出新的大门。

如前所述，隐含作者是在信息发出主体和接受主体之间来回试推的过程中形成的。隐含作者是一个动态的符号自我，在文本符号化过程中，不断被抛出静止的叙述者形象，并且这个自我形象与隐含作者之间必须形成差异，也就是有"出入"。这说明，隐含作者抛向未来我的作为解释项的文本信息，恰恰是主体分化后，自我形象的"出入"，而非对象我本身。这就迫使叙述接受主体以迂回甚至比较的阅读策略来理解作为解释项的未来我。比如，接受主体不得不考虑：两个自我在何种程度上不一致？隐含作者的自我（即作为符号再现体的自我形象）对作为对象的叙述自我有无什么纠正？纠正的时间点对于文本示意有无影响？是否因为过晚反而导致激烈的叙述竞争局面？而这种叙述局面本身，是否应该被理解为一个象征的文本符号，是否道出了叙述命运本身的无奈？还是刻意让读者从这种耐人寻味的"出入"中自反性地感知从旧我到新我的认知转变？

可见，隐含作者在不可靠叙述中，是一个更为开放的、隐蔽的弹性符号自我，它希望将不确定性从形式技巧演绎为一种内涵和主旨。而一旦进入不可靠的叙述世界，自反性则成为必需的认知前提，涉入其中的各方主体也自然易于知晓何谓自反性以及自我的符号性。

有学者在总结西方哲学思想中的两大发展路线时曾指出：

自 20 世纪初，思想界和文学艺术界在总体上处于一种内向的、反省的精神氛围中，显出两条较为清晰的线索②：一方面，实践的自身意识开始超前于

---

① 参见陈俊松：《再论"不可靠叙述"》，《天津外国语学院学报》，2010 年第 1 期。该文作者认为：强调作者的修辞学派和强调读者的认知学派都具有明显的片面性；"不可靠叙述"实际上是叙述者的感知和表达，隐含作者的意图以及读者的参与和识别这三方共同作用的结果。这一点，在稍后专论"元叙述转向中的自我认知"一部分有详细阐述。

② 倪梁康：《自识与反思——近现代西方哲学的基本问题》，北京：商务印书馆，2002 年，第 690～693 页。

理论的自身意识。前者是指对自身实践行为的知晓、评判甚至承担责任，一种道德的自身机制（moral agency）[①]。它取代了具有浓烈知识论色彩的理论自身意识概念。另一方面，与前一条发展线索相交织的是自身意识的问题：有一个从个体向群体，乃至整个人类的自身意识发展线索。这使得自身意识的真实性从"自身"被挪到了"交互之间"。一个人与其他人的结合才能产生出作为纯粹意志的自身意识；人的本质被揭示为不是自为的，而是与处于周围世界不可分割的状态中，自我通过其种种行为被重新理解。根据这一线索，不难发现：当代西方叙述学的发展脉络，清晰地呈现为以下几个阶段。

以俄法学者为代表的经典叙述学派，如托马舍夫斯基、什克洛夫斯基、普罗普及托多洛夫、格雷马斯、热奈特、J. C. 高概等对文本形式构成进行了讨论。这一阶段理论受结构主义形式论的影响，将文本视作封闭自足的系统，提倡新批评所说的"细读"。对叙述中的主体问题研究，主要集中于作为话语主体的人物如何参与构成文本，及其对文本主旨的影响。这方面具有影响力和代表性的观点有：J. C. 高概的"话语情态模式"，格雷马斯的叙述方阵对人物作为叙述的"行动元"所做的相关讨论，经典叙述学集大成者热奈特在其代表作《体格》《叙事话语：新叙事话语》中通过"叙述声音"所分析的叙述话语。总体而言，西方叙述学早期研究集中于文本内部构造，认为叙述学是描述性科学，尚未走向文本解释。简而言之，以俄法学者为代表的经典叙述学派受结构主义的影响，将文本视为一个系统，主要关注文本内部的构成形式，提出通过新批评主义所说的"细读"，研究文本自身（尤其是作为话语主体的人物）的主体性。

后经典叙述学囊括了北美修辞学派和欧洲认知学派。1962 年，韦恩·布斯在其著作《小说修辞》中提出了"隐含作者"概念（同样出现在其生前最后一篇论文《隐含作者的复活：为何要操心？》中），他从修辞方式出发，强调文本价值源于一个"执行主体"（executive author），由此形成坚持"布斯方向"的北美叙述学家们所发展的"修辞学派"（以布斯的学生詹姆斯·费伦为代表）。他们将重心转向文本意图的发出，认为文本是作者全部主体意识的体现，文本生成时具有充分实在的主体性，因此其研究重心在于作为真实作者的第二自我，文本如何得以展开。此外，以纽宁夫妇和弗卢德尼克、塔马尔·雅可比

---

① Hall Donald. *Subjectivity*, New York and London: Taylor & Francis Group, 2004, P. 134。本书以"agency"为关键词，追溯了主体性演变历史，认为主体性内涵与外延的嬗变应和了人的追问、反思、矫正自我的行为能力。

等为代表的德国叙述学家和北欧叙述学家，形成了新叙述学或后经典叙述学。从文本的接受与理解出发，形成与之相对立的认知学派，认知学派认为所谓隐含作者，是读者推导出的拟人格（deduced author）及其主体意识。这一阶段的核心问题围绕主体的发出与推导而展开，包括"不可靠叙述"及"隐含作者"两大方面。韦恩·布斯提出"隐含作者"的概念，由此发展形成的修辞学派，使叙述学研究重心落到文本发出的拟主体，并被视为真实作者的"第二自我"。叙述手法成为隐含作者的"修辞方式"（如叙述视角曾为研究热点）。而以德国学者和北欧学者为代表的认知学派，将关注重点转向文本的接受与理解，注重如何从对文本的认知推导文本的发出与构建（如对不可靠叙述的重视）。

"叙述转向"后的跨媒介叙述。近几十年，随着利奥塔对"科技知识"与"叙述知识"的划分以及新历史主义、符号学对人文社科各领域的影响。一方面，叙述学受到其他领域思想（尤为语言符号学）的影响，如语言哲学中赛尔·奥斯丁理论对叙述意动性的影响，符号学中皮尔斯的符号"解释项""阐释社群"等概念对文本解释标准以及解释方式的影响等。另一方面，叙述学研究发展呈现出"广义化"的趋势，向其他学科漫溢。如在诺伯特·威利（Nobert Wiley）的 "The Semiotic Self" 中提到的 "The Semiotics Self"，就是借鉴皮尔斯的符号定义，剖析了作为话语主体的人及其社会存在中的叙述本性。詹姆斯·侯森斯坦（James Holstein）主编的 *The Self We Live By：Narrative Identity in a Postmodern World*，总结了在后现代社会语境中，叙述如何界定、规范主体的存在方式。卡拉·西尔漫（Kaja Silverman）的 *The Subject of Semiotics* 结合西方的经典文学文本和电影文本，系统地梳理了作为主体如何通过叙述这一符号活动，表达自我、阐释他者、传达意义。本杰明·里（Benjamin Lee）的 *Talking Heads* 运用了奥斯丁的语言学分析叙述化过程中话语主体的属性及特征。当下叙述学发展的趋势体现为：第一，对传统结构主义和形式论的突破。作为高度人文化的符号意义方式，叙述研究将重心落在文本意义的感知与阐释。戴维·赫尔曼在为《新叙事学》一书所写的《引言》中，对此趋势做了全面的概述。此外，具有代表性的著作有马克·居里的《后现代叙事理论》，莫尼卡·卢德尼克的 *Towards a Natural Narratology*，米克·巴尔的 *Narratology：Introduction to the Theory of Narrative*，里蒙－凯南的 *Narrative Fiction：Contemporary Poetics* 等。第二，广义叙述学的趋势。一门覆盖全部叙述体裁的符号叙述学，把所有的符号媒介创造的叙述（尤其是互联网时代层出不穷的新体裁）都包括在视野之内，给予叙述学一个新的审视角度。这方面主要的研究者有布鲁纳、雷斯曼等。当下面临的叙述学转向，将传统结构主义叙述学从语言学模式中的封闭系统中解脱出来，进入后结构主义阶段，注重叙述与意义之间的理据关系。叙述文本成为叙述者、人物与阐释者多个主体之间话语争夺的结果。

与此对应，当代叙述转向中的叙述理论研究重点，聚焦于以下几个方面。

叙述主体在文本层面的分化

第一，叙述主体是文本话语和价值的来源，往往会分化为若干层次。叙述主体在文本层面垂直分化为隐含作者—叙述者—人物（说者）；其中，同一层叙述者还可以水平分化为由多个叙述者组成的多重视角叙述。第二，叙述主体的分化及分层，如跨层、回旋跨层等形式，让文本呈现出彼此抢夺话语的竞争局面，体现出叙述主体可能意图的与自我分裂，从而代表价值取向的不稳定性与多元性。第三，作为叙述者的人物（角色），人物的话语主体性无疑会与叙述者展开竞争，更进一步体现出叙述主体在文本层面的自我分化。叙述者如何通过引语模式（如直接引语、间接引语、自由间接引语等）引入人物自己的话语，以及对人物话语情态、叙述意动性的分析，会影响到接受者对文本整体叙述格局及意义的理解。

叙述形式的自反性

第一，叙述方位的自反性。对叙述方位的研究包括叙述视角与叙述人称。任何叙述的展开，首先需要落实的是叙述方位。而任何叙述的接受都始于对叙述方位的分析。因为这一叙述形式为文本接受者规定了信息接受的方向和范围，从而在一定程度上迫使文本信息呈现出某种倾向性，使其以一种塑形的样态面向接受者，从而提供意义感知的方向性。叙述方位涉及一系列关于叙述主体意向性的形式问题：如叙述视角、叙述态度、叙述距离等。这一叙述形式指示了叙述者"选取"某个特定的身份来认知世界，它隐含了一个符号化的自我，并将其投射于其认知对象的形象之中。而叙述深入对象层面及掌握对象的方式，反过来指示了叙述主体自身的认知水平。第二，不可靠叙述：从经典到后经典。不可靠叙述涉及主体分化过程中的意义偏离。隐含作者与叙述者所呈现的价值出现差异时，不可靠叙述就形成了，即叙述者对隐含作者而言不可靠。修辞学派将其定义为"executive author"，认知学派将其定义为"deduced author"，对不可靠叙述的研究，也呈现出与之对应的重心转移。作为一种叙述形式，不可靠叙述所指涉的是：一个文本中所承载的多方主体（叙述主体、接受主体及人物主体）意识之间的竞争。第三，叙述修辞格局：从隐喻到反讽。詹姆逊和卡勒基于维柯的"四体演进"，总结出符号修辞学中的修辞四格，即从主体认知的角度，将叙述修辞格局的演变总结为外在的统一性、内在的统一性和内在的异质性，即隐喻、提喻、转喻、反讽四体演进模式。从隐喻开始（同一性），通过提喻（外在性）、转喻（内在性），最后进入反讽（否定）。随着人的认知以及随之而来的叙述体裁的复杂化，主导的精神转向是自我批评，反讽成为当代文学发展的一大趋势。

叙述的接受与理解；阐释主体

皮尔斯提出了"探究社群"（Inquiry Community）概念，将叙述研究的重心引向叙述文本的意义生成机制。皮尔斯提出的符号"解释项"打破了索绪尔的封闭示意系统，将示意模式演化为"符号—对象—解释项"的三元模式，并形成了一种开放的意义机制。通过无限衍义而逼近真知，是主体思维的根本方式。"叙述"成为主体在世的根本方式。叙述主体通过各种叙述形式引导文本的感知与接受，接受者的每一次理解行为，都是对文本的激活与重构，并因此成为阐释主体。而意义最终取决于叙述文本与阐释主体之间的关联。此外，皮尔斯提出的"探究社群"与费什的接受美学遥相呼应。皮尔斯认为解释是开放的，应当具有对话性，只有社群才能保证无限衍义，从而影响对叙述文本的解释标准的研究。

自我是一个"待在"的符号化过程，而非先验实体，首先，只有通过文本（叙述化的过程中）才能无限衍义。其次，任何主体，都同时处于"叙述"与"被述"两个层面，这是一种在自我展示中确立自身、感知自我的认知模式。并且，任何叙述都在他者接受的基础上展开。叙述体现的是文本发出主体与接受主体之间的交互主体性。叙述的"自我"只有承认了他者的存在，表意与释意才能进行。

所有的叙述行为都是一种达意并希望获得反馈的信息输出。鉴于此，笔者认为：我们不妨将"叙述性"理解为一种受控于"他者"的达意方式，体现两个主体"之间"互动的关系性质，而非单向的意图输出。

在小说叙述中，作为他者的接受者在时间中的取位分别是：当下时，与叙述主体平行；过去时，高于叙述主体；未来时，则低于叙述主体。在第一种情况下，信息发出和接受双方的认知力、视角都被严格限于"当下"某一点；回忆过去的叙述行为一般带有自辩、忏悔或反思的色彩，因而大多建立在受述者的审视关系基础上；而在第三种情况中，拓向未来的叙述，却因为叙述主体有更大的操作自由而显得比受述者有着更明显的主动权，来引导叙述进程，使受述者保持期待视域。

再比如，小说中作为看客的"我"可以采取三种角度来审视对象：仰视、俯视、平视。我们不难发现，观看角度的高低能揭示出看者与被看之间的关系。看者采用仰视角度，说明看者的身份地位、认知力、价值取向、道德智力等反而低于被看者；俯视则表明看者在心理上认为自己高于被看者；而平视则意味着二者之间具有平等、互视的关系。这种看与被看所揭示出的双方主体之间的竞争，极大地调动了叙述者、受述者及人物三方的主体性。

马克·柯里认为叙述主体这个概念显示出了自我意识的自我意识。他指出：要想使自我意识以叙事的形式出现，它就得在叙事的那一刻放弃自我意识。这使得自我意识与撒谎处于同一逻辑地位，因为当一个人意识到自己的自我意识时，自我叙述的诚实性就该受到质疑，任何效果也就丧失了。当我们在叙事行为中意识到我们是在自我表现或改变自我时，这种表现与改变是以叙事的陈述力为代价的，而这时的叙事意义是以复原过去事件的形式出现的。在讲述"我"自己的故事的过程中，"我"必须否认自己是在创造自我，以便相信是"我"自己在发现自我。

根据符号自我的观点，叙述主体"自我意识的自我意识"，其实就是自我通过叙述行为展现出来的自反性。如果把叙述文本当作一个符号，叙述主体通过这个符号与其对应的（他者）受述者进行阐释性的互动沟通，并借此意识达到自我意识。叙述主体是双层面的自我，一方面与客体对象（受述者）进行对话；另一方面通过再复制一个自我，在元层面与自己对话。

马克·柯里将这种自我叙述的逻辑视为带有"内在的精神分裂症的因素"。文本本身产生了关于主体性多方面品质的后结构主义视角，产生了写作的外在性和叙事的自我指涉性。

而对于受述者的主体性，马克·柯里认为：阅读和对象文本之间的关系完全是相辅相成的关系。这也意味着发现与创作的两极、客观与主观的两极、陈述语与施为语的两极都在相互关系中联结在一起了。叙述与阅读呈现出互相对话的关系，两者相互依存。对于叙述者而言，叙述文本不是受述者"你"却又不能没有"你"。它们似乎是结合在一起的，不能拆开、不能分离。叙事并不能为自己说话，它需要阅读为它说话，而阅读却永远是一种重写。但阅读不能完全自由地阐释文本，不能畅所欲言。阅读总是在客观与主观两极之间摇摆。阅读创造了叙事，而阅读也同样被叙事所创造。在此，马克·柯里充分强调了接受者的主体性。他在书中运用了一个互为镜像的比喻描述这种互相依存的关系，即两面相对的镜子。他认为这个比喻很有用，因为它传达了阅读既是决定对象又被其对象所决定的意义。这个隐喻显示了镀银板与写作的密切联系。镀银板使玻璃变得不透明，并赋予了它创造他者的权利。依照这种模式，任何对文本的解读都是以一种写作反弹到另一种写作①。

为什么面对关于同一小说的各种评论时，我们总能以此家之言攻彼家之说，这是因为我们只以文本现象中的某部分叙述技巧为依据，企图为全书定总调。如果宏观地看待这个问题，我们会发现：小说中令人眼花缭乱、"左右为难"的叙述技巧本身，正是叙述自我斗争、分裂，面对不同价值取向游移不决的自我披露。

自我即符号。卷入叙述的自我，正是指这样一种通过示意而形成并确立的符号化过程——一种将自身定位为"自我"的能力，并且只出现于叙述话语的根本属性之中。有的学者曾如此概括我们的时代：

> 自我的故事说来话长。近百年以来，经验自我的概念，已经成为相当重要的一种社会构成。我们赖以生存的，不仅是自我的故事，别忘了，还有一点更为致命——我们知道，自我是被叙述构建的。②

---

① 马克·柯里：《后现代叙事理论》，宁一中译，北京：北京大学出版社，2003 年，第 149 页。
② James Holstein. *The Self We Live By*. Oxford: Oxford University Press, 1999. Introduction.

第二章　自我如何落实：叙述
"框架－人格"的符号学研究

在我们以主体性的名义加以分类的，分散在三个世纪里的这些哲学之间，有什么共同之处？有蒙田最喜欢，帕斯卡尔最憎恨的自我（Moi），人们每天记载的，人们注意到其勇敢、逃避、间断、无意，人们当作一种不明之物加以实验或检验的自我。有笛卡尔和帕斯卡尔的思维的"我"（Je），仅仅在一瞬间才重合的"我"，但是，这个"我"完全处在其外表中，完全是自以为是的东西，而不是别的东西，向一切敞开，从来不是确定的，除了这种透明本身，没有其他的秘密。

莫里斯·梅洛-庞蒂《符号》

本章提要：叙述"框架－人格"是布局叙述角度时首先要落实的问题。传统叙述学界常以"叙述人称"为名而展开分析。但"人称"其实是一个假象，因为任何叙述都源于那个说事儿的"我"。只是第三人称叙述中，叙述者尽量将自己的存在遮蔽起来，以此构建一个自然叙述语流的"框架"（"隐形"叙述），而非实在可感的，像人物一般的"人格"（"显身"叙述）。也就是说，所谓叙述人称分类，实际上是在分析叙述者干预所述内容（显身/隐身）的程度。当隐身到一定程度，就造成了"第三人称"的假象；反过来，明显到一定程度，甚至可以成为参与故事的主人公，也就是成为使用第一人称的叙述者兼主人公。任何叙述都在上述隐身"框架"与显身"人格"两端之间不同程度地摇摆，形成不同方位的叙述角度来填充叙述格局。文本意义是接受者与叙述者认知能力碰撞较量的结果。理解与阐释的行为，源于这两端形成的认知差。因此，从叙述者认知力及其展现认知力的方式（即叙述者隐身/显身之程度与方式），以及对接受者作用的意指效力这几个方面为依据，我们可以将传统意义上对"叙述人称"的讨论进行重新解读，并整理为隐身框架叙述、人物特许叙述、显身人格叙述；并且认为，叙述角度反指叙述者的意向性，成为文本中指示文本价值取向的重要指示符号。

任何叙述的展开，首先需要落实的问题是如何选择叙述角度。可以这样说，最能体现符号文本意向性及主体分化的文本形式就是叙述角度；而任何叙述的接受，也都始于对叙述角度的分析。"谁在看？如何看？看到什么？"等方面，实际上在为文本接受者规定信息接受的方向和范围，从而在一定程度上迫使文本信息呈现出某种倾向性，使文本以一种塑形的姿态展示给接受者，提示其解读的方式，进而通过接受者的理解与阐释赋予文本意义。这就是说，叙述角度指向文本信息的流出，从而为文本接受者提供意义感知的方向。所以，叙述角度是文本最直接的展示方式，堪称符号文本构建及解读过程中最重要的指示符号。

从根本上讲，叙述是"对一段生命的反思性的择取和组织"[1]，叙述是一种充分自觉，具有高度自反性的主体经验。所以，叙述角度这个指示符号，同时具有极强的自反性，可以反指叙述主体自身，可谓最具有决定性的文本聚合因素。[2] 所谓叙述角度的自反性，就是说叙述角度在指引我们沿着某个方向感知的同时，提供了明确依据，让我们可以反推叙述主体的认知取向。而文本恰恰是在这种"看"与"被看"、指示与反指的符号化过程中显得"意味深长"。这对于有足够元符号能力的文本接受者而言尤其如此。因为他们不仅知道如何通过自己"看见的"去推测"未见的"，而且乐于追问："为何只看到这些？这意味着什么？"[3]

对叙述角度的探讨，涉及一系列关于叙述主体意向性的形式问题：如叙述视角（谁在引导受述者的感知？）、叙述态度（谦卑的仰视叙述？全知的俯瞰叙述？还是平行的观察叙述？）叙述距离（远？近？或忽远忽近？），等等。总之，叙述角度指示着叙述者"选取"某个特定的身份来认知世界，它隐含了一个符号化的自我，并将其投射于认知对象的形象之中。而叙述深入对象的层面及掌

---

[1] 转引自丹·扎哈维：《主体性和自身性：对第一人称视角的探究》，蔡文菁译，上海：上海译文出版社，2008年，第119页。

[2] 聚合（选择）与组合（连接）是文本形成并示意最基本的方式。赵毅衡认为，聚合是文本的构建方式，一旦文本构成就被推入幕后，是隐藏的，所以，叙述角度在意义方式上属于聚合轴。显示聚合的文本，即有意暴露选择过程的文本。

[3] 比如，电影《黑天鹅》中，为何一直采用人物妮娜的主观视角镜头，直到舞剧出演达到巅峰时刻，才让位于观众的全知视角？小说《螺丝在拧紧》为何让读者的感知范围受制于神经质的女教师本人（而非他人）的视角？小说《喧哗与骚动》中的多重叙述角度呈现出的凯迪形象，为何反转折射出四个叙述者的形象？

握对象的方式，反过来指示了叙述主体自身的认知水平。这些问题中最关键的，就是本书要探讨的叙述者认知的自我限制问题，即叙述"框架－人格"问题。

赵毅衡在《究竟谁是"第三人称叙述者"》一文中提出了叙述"框架－人格"这个概念①。传统叙述学界常以"叙述人称"为名而展开分析。如果行文中出现"我觉得"，就划为第一人称叙述；而通过直接指涉某个人物而展开叙述的"他认为"，则被认作第三人称叙述。但"人称"其实是一个假象。因为任何叙述，都源于那个说事儿的"我"。即便是所谓的第三人称，也是由背后的"我说"来支撑整个文本。只不过，这个"我说"在文本中忽隐忽现。有的学者指出："叙述者就在叙述之中，是文本的构成部分。有时候，叙述者是整个叙述作品清晰可感的特征，而有时候则不太明显，以至于我们会忘记其存在。"② 叙述的"我"属于先验范畴，是整个叙述世界之源。只是第三人称叙述中，叙述者尽量将自己遮蔽起来，以此构建一个自然叙述语流的"框架"（赵毅衡称之为"隐形"叙述），而非实在可感的像人物一样的"人格"（"显身"叙述）。也就是说，所谓叙述人称分类，实际上是在分析叙述者干预所述内容（显身/隐身）的程度。当隐身到一定的程度，就形成了"第三人称"的假象，反过来，显身到一定程度，甚至可以成为参与故事的一个主要人物，就成了叙述者兼主人公的第一人称。任何叙述，都在上述隐身"框架"与显身"人格"两端之间不同程度地摇摆，形成不同方位的叙述角度来填充叙述格局。意义，是主客观之间的关联。③ 文本意义是接受者与叙述者认知力碰撞较量的结果。理解与阐释的行为，源于这两端形成的认知差。因此，在赵毅衡的"框架－人格"概念基础上，笔者从叙述者认知力及其展现认知力的方式（即叙述者隐身/显身的程度与方式）以及对接受者作用的意指效力这两方面为依据，将传统对"叙述人称"的讨论进行重新界定，整理出以下三种分类。

第一类是框架叙述。所谓"框架"，就是叙述者尽量隐藏叙述痕迹，让接受者觉察不出其存在。就其程度而言可分为：隐身全知框架和隐身旁观框架。

第二类是人格叙述。将框架叙述颠倒过来，就构成了"人格"叙述。即叙

① 参见赵毅衡：《究竟谁是"第三人称叙述者"》，《西南民族大学学报（人文社会科学版）》，2016年第9期，第179~183页。
② 西蒙·巴埃弗拉特：《圣经的叙事艺术》，李锋译，上海：华东师范大学出版社，2006年7月，第1页。
③ 赵毅衡、陆正兰：《意义对象的"非均质化"》，《中国人民大学学报》，2015年第1期，第2页。

述者明确让接受者感知自己（作为一个实实在在的人物）的存在，刻意暴露自我的叙述机制。就叙述者（兼人物）的认知范围而言，可分为：主要人物－叙述者人格、次要人物－叙述者人格。

第三类是人物叙述。这是介于前两类之间的过渡型叙述角度，也就是叙述者将感知的特权授予某个人物，借其视角展开叙述，而自身退隐其后。根据人物被特许的权限程度，可分为主要人物特许和次要人物特许。

上述三种分类依据的是叙述者隐蔽或显示自身的程度。为讨论方便，我们将上述排序稍做调整，根据叙述者隐身由强到弱的程度来展开详述。首先，从最隐蔽的框架叙述开始，其中最常见的是叙述者隐身全知框架。所谓"全知"就是指叙述者制造一种尽量置身于叙述之外的感觉，却又像上帝一样对所述人和事无所不知。叙述者有任意介入人物内心的权力，也可以对所述之事件任意解释与评论。这样自由的叙述干预无处不在，叙述者却尽量退隐于叙述之外，令受述者觉察不出。全知框架叙述类似电影中的导演镜头"运动平稳，高度自然适中，模拟观众正常而自然的视线"[1]，是观众感觉最为自然的视角。所谓"自然"亦即没有觉察出叙述者的存在。然而，稍加留意，我们就会识别出叙述者的隐形干预。让我们以《爱丽丝梦游仙境》中一段十分平常的第三人称叙述为例：

> 爱丽丝戴上小羔皮手套，身子<u>又</u>缩小了<u>！</u>她站起来，<u>但</u>身子比桌子腿<u>还</u>低，<u>而且还</u>在继续往下缩，<u>幸而</u>她急忙丢下扇子和手套，<u>才</u>避免再缩小。

划线处为笔者画出的叙述干预部分。这些都是再自然不过的行文，甚至是那个感叹号，其实都是叙述者留下的"痕迹"，无形之中牵引着接受者的感知方向，提示接受者如何解读文本的内在逻辑构建。我们甚至可对此稍做的调整，适当加强介入的程度，感觉依然是"自然"的：

> 爱丽丝戴上小羔皮手套，身子又缩小了！天哪！她心理的恐惧感正随着时间一秒一秒地膨胀，如海藻生长般的速度和规模把她包裹起来，直至窒息。她站起来，但身子比桌子腿还低，而且还在继续往下缩，"不行，我可不能坐以待毙，怎么办？怎么办？难道问题出在手套上？"她暗自忖度，于是，她急忙丢下扇子和手套，她这才避免再次缩小。

全知框架叙述多见于西方的史诗、悲剧、社会百科式小说、历史全景小

---

[1]　赵毅衡：《"抢话"与"抢镜"》，《四川戏剧》，2013年第8期，第30页。

说，中国古代章回体小说等。应当说，全知框架叙述是一种传统的叙述形态。因为这种形态所指示的价值，倾向于强调外在价值的统一性。当叙述者以隐身的方式展开自持的全知视角时，指示的是统一的价值取向。

当叙述者有所保留时，就退为旁观框架叙述。所谓"旁观"，就是尽可能对所述人或事不做解释评价，不带感情色彩。叙述者只保留忠实记录的职能，摄影机一般不被人注意。与全知框架叙述相比，旁观框架叙述明显降低了叙述干预程度。据此原理，我们回到刚才列举的《爱丽丝梦游仙境》中的这一段。

> 爱丽丝戴上小羔皮手套，身子继续缩小。她站起来，（比桌子腿还低），还在继续往下缩，她丢下扇子和手套，避免再缩小。

这是降低干预程度后的改写。叙述者尽量保持中立的态度输出信息。这是独立新闻人推崇的叙述立场。在文学中较为典型的有海明威的"冰山"原理：他认为叙述所抛出的，只是浮在水面的"客观"信息，而潜藏在水下的言外之意，应留给受述者去构建。这种平台式叙述，呈现出"不做论断"的姿态，指涉的是一种更为开放的待定意义领域。因为叙述者对自我认知力的设限，可以促使接受者去占领相对的认知高位，从而形成认知压差[①]和阐释动力。如果我们将叙述的形态归纳为：描写、修辞、论断。那么，全知框架叙述与旁观框架叙述的不同在于：全知框架叙述把处于最深层的价值判断推到文本外围，而接受者却只能从最浅层的现象描写部分来解构叙述者的修辞策略。旁观框架叙述则将这种示意排序颠倒过来，只保留文本的信息描述功能，将价值论断抛出文本以外。事实上，任何文本的理解，都形成于叙述者的"说"（said）与"不说"（unsaid）（就是常说的"字里行间"）之间。每个在场的叙述单元，都会将接受者的认知指向不在场的话语空间。这个没有说出的部分，正是任由接受者自我投射的视域。任何符号表意最终都指向自身之所不是。通过所说之"是"而激发受述者对所说之"非"的填补。由此可见，这种叙述角度说明，统一的外在性（至少是一部分）让位于多元的内在性。

有时候这两种格局的混合会强化特定的获义效果，以王鲁彦的《菊英的出嫁》为例。小说叙述者一直压低自己的声音，将接受者的认知限定在菊英娘的感知范围内，好"一起"体会菊英她娘陪伴女儿成长、期待女儿出嫁的心情：

---

① 赵毅衡认为，双方的认知差（cognition gap），即主体对某事物的理解不满意，认为当下的认知可以对此予以修正。这是形成阐释的原因。处于认知高位的一方，会对处于认知低位的一方形成意义输出。参见赵毅衡：《认知差：解释的方向性》，《南京社会科学》，2015 年第 5 期。

　　现在只有她，菊英的娘，十年中不曾见过菊英，不曾收到菊英一封信，甚至一张相片。十年以前，她又不曾给菊英照过相。她能知道菊英现在的情形吗？菊英的口角露着微笑？菊英的眼边留着泪痕？菊英的世界是一个光明的？是一个黑暗的？有神在保佑菊英？有恶鬼在捉弄菊英？菊英肥了？菊英瘦了？或者病了？——这种种，只有天知道！

　　直到最后，叙述者才肯分享其全知角度，接受者方被告知，菊英娘操持的原来是一场冥婚。而这种混用角度的格局，显然比自始至终的全知框架叙述（告诉接受者菊英娘如何割舍不下十年前因病过世的小菊英），更能形成情感效力上的冲击。

　　通过上述比较，可以看出，叙述者对所述人或事的干预与否，以及介入的程度如何，不是形式条件的问题，而是通过形式进入内容的路径问题。这一路径是自反性的，叙述者对信息的掌控方式，道出了叙述者与信息之间的距离。当全知框架叙述与旁观框架叙述混用时，便形成了一个文本中的局部旁观叙述，也就是在采用全知框架叙述的情况下，却对某一个人物采用旁观叙述以显示特别的用意。比如在《旧约·创世纪》中"神吩咐亚伯拉罕献以扫"（"The Command to Sacrifice Isaac"）一节。在这部分叙述中，我们得知，当神欲考验亚伯拉罕，要求将神赐予他的独生子以扫献为燔祭。亚伯拉罕按神指示准备，直到神阻止他举起的刀，用公羊代替以扫。《旧约·创世纪》的叙述者对所述人物总体采用全知视角（比如亚伯拉罕之妻撒拉，年纪老迈时听到神应许自己生子，心中感到好笑，叙述者呈现出其内心的想法），但对亚伯拉罕却基本停留于外在旁观式记录的层面。在这一段令人纠结的记叙中，依然没有与读者分享亚伯拉罕本人在这件事情中做何感想。正所谓"选择"本身即意义，此种混合的叙述格局，可以通过人物主体性之对比折射出不同价值的取舍。或许是信心弱的人物内心，更能见证神的无所不能，从而增加此处叙述的意指效力；而信心强的人物内心，处于"本当如此"的状态，故无须赘述。

　　框架叙述中尽可能隐身的叙述者，还有一种隐蔽的显身方式，就是人物特许叙述，即叙述者与某个人物视角的结合，"特许"某个人物的视角去感知整个世界，从而让人物代替叙述者去诱使接受者的感知方式。比如法庭上辩护律师为辩护无罪，一般会微妙地拿捏当事人的视角制造"紧张自卫"的氛围。在文学领域，亨利·詹姆斯（Henry James）的"视角小说"堪称典范。事实上，受述者的主体意识并不是被动从环境中获得意义，而是"参与意义的生成，把信息的感知（informational），转换为变形的感知（transformational）"。①所以，同一个三角恋故事素材（what），如果分别选取三种不同的人物视角来呈现（how），会带来三种不同的结果：将感知权限特许给太太，就是道德谴责和幽怨的抒写；特许给丈夫，是人性的复杂和忏悔纠结抒写；特许给第三者，则形成大众关注度较高的言情抒写。如前所述，选择本身是重要的指示符，叙述是通过"选择性而把比生活本身所显现出的更多的统一性强加于其上"②。希里斯·米勒（J. Hillis Miller）分析亨利·詹姆斯为何在其《未成熟的少年时代》（*The Aukuard Age*）中放弃了他一贯采取的"走到人物背后"的视角。这种放弃本身隐射詹姆斯在这部小说中放弃了价值判断，也放弃了让他的人物做价值判断③。

　　事实上，人物视角的选择在很大程度上确实指示了叙述者的价值选择，引导着接受者从什么样的角度去感知文本。这也是为何视角分析是 20 世纪小说研究的重点。视角的运用也是视觉文本中的关键一环。电影研究当中的经典案例之一，在希区柯克执导的《惊魂记》（*Psycho*）中，由 70 多个镜头组成的浴室杀人这场戏，说明视角（镜头）的剪辑，在很大程度上能给观众带来感知的复杂性和冲击力。电影中通过镜头视角的微妙切换，从杀人者肩部看受害者的角度转为受害者的眼睛特写，将观众同时置于偷窥狂（杀人者）与受害者的境遇之中。又如在一般惊悚电影中，当危险将至时，常用的后背镜头（从人物看周围切换为人物从后背被看），让观众的认知既超前于人物（意识到人物被袭击的可能而为之焦虑），又能同时感同身受（因为人物看不见其背后发生的情况，而"未知"恰恰是恐惧的根源）。视觉文本中运用的种种"看"法——特写、景深、主观镜头、叠影、运动、自障等镜头问题④——就是书面叙述中

---

①　转引自赵毅衡、陆正兰：《意义对象的"非均质化"》，《中国人民大学学报》，2015 年第 1 期，第 6 页。

②　转引自扎哈维：《主体性和自身性：对第一人称视角的探究》，蔡文菁译，上海：上海译文出版社，2008 年，第 119 页。

③　亨利·詹姆斯惯用"走到人物背后"的视角。但是在《未成熟的少年时代》里，他既不加评论，也不走到背后，只用对话形式，希里斯·米勒认为这一形式不让他走到人物对话和外在行为的背后，直接揭示了人隐秘的愿望。这种形式让人物和作者本人都安全处于隐蔽状态，并使作者得以暗暗描述那种文化产生的效果。详见 James Phelan, Peter J. Rabinowitz 主编：《当代叙事理论指南》，申丹等译，北京：北京大学出版社，2007 年，第 122 页。

④　参看吴迎君：《电影时空双重叙述探析》，《符号与传媒》，2012 年第 1 辑，第 82 页。该文详细区分了电影叙述主体与文学书面叙述主体，指出我们常见的误区是把电影镜头当作叙述者。电影真正的叙述主体是"大影像师"，镜头是其次级叙述代理，即其意向性的直接体现。基于这一区分，笔者将书面叙述中的"视角"问题与电影中的镜头问题进行比较。

的视角问题，即引导对象被感知的具体方式。而不同的看法反指在看的行为本身，从而揭示看的主体的认知力。在对人物视角的使用中，表现的重点渐渐由被观察的事件转向观察的主体。人物视角不再是为了增强表现的逼真性，而是为了再现人物的精神状态。① 看，作为一种认知行为，是具有高度自反性的经验。在文学评论中，有一个普遍的现象是：人们容易跟随叙述者采取的那个人物的视角，花更多的笔墨讨论林林总总"被看"的人物形象，却相对忽略了这些形象的"来源"：形象源于作为看客的自我，也应该回归于自我（the image comes from and goes back to the perceiving self）。因为人物角度叙述的作用，是用一种特殊方式写角度的意识载体，人物角度是叙述主体分化的一种特殊形式。② 人物视角的运用不仅是一种文学技巧，而且是一种思维方式。人物视角的叙述方式尊重经验的有限性和相对性，这是整个社会文化形态压力下产生的态度③。

让我们以最基本的两种看法为例：仰视和俯瞰。

当在看的人物在认知力、身份、道德价值等方面低于被看的对象（人与事）时，就会形成仰角叙述；反之，则形成俯瞰叙述。林黛玉和刘姥姥初入贾府那两段叙述，全知叙述者石头都将看的权限特许给了这两个人物，但用了不同的"看"法。

林黛玉初入贾府，叙述视角让位于这个人物的扫描式全景视角。因为心细敏感的她即将寄人篱下，所以必须仔细打量评估这个全新的生存环境。刘姥姥初会王熙凤一节，石头自述的全知视角也临时让位于这位"没见过世面"的老太太，可她在打量新鲜环境时，却采用了定格式的聚焦视角，以再现其大开眼界的心态。

事实上，《红楼梦》中但凡通过人物看"物"的叙述，都倾向于用大众的聚焦视角来对比黛玉的视角。如宝钗、黛玉初次看宝玉所佩之玉。宝钗看玉，是用细腻的仰角叙述"灿若明霞，莹润如酥"（对应于电视中的特写镜头）；黛玉则采用了扫描式"看"法："项上金螭璎珞，又有一根五色丝绦，系着一块美玉。"宝钗的格外留意与黛玉的功能型记录，反射出两者对"玉"（情）的不同态度：前者重婚姻合缘（符号的形式条件），后者重灵性匹配（符号的意义指涉）。

---

① 赵毅衡：《苦恼的叙述者》，北京：北京十月文艺出版社，1994年，第92页。
② 赵毅衡：《苦恼的叙述者》，北京：北京十月文艺出版社，1994年，第88页。
③ 赵毅衡：《当说者被说时》，北京：中国人民大学出版社，1998年，第245页。

与林黛玉重灵性匹配相对应的，是当贾宝玉反过来看林黛玉时，也是一种写意的"看"法，只能得知她有一种灵性气质："娴静时如姣花照水，行动处如弱柳扶风"；而非看薛宝钗时写实的感官再现："脸若银盆，眼如水杏。"而宝玉眼中所有注重宝钗"肌肤之美"的套话，正在于与黛玉"神韵之美"形成鲜明的反差。张爱玲留意到了这一点："黛玉初出场，（脂砚斋）批：'不写衣裙装饰，正是宝玉眼中不屑之物，故不曾看见。'宝玉何尝不注意衣服……写黛玉，就连面貌也几乎纯是神情，唯一具体的是'薄面'二字。通身没有一点细节，只是一种姿态、一个声音。"① 如此"神、形"并置的视角运用，恰恰反映出贾宝玉自身主体形象的复杂与苦恼：难兼摄神形之美。也就是说，贾宝玉在面对不同的审美对象时，所投射出的是他作为审美主体的不同一面——在属世与属灵之间的徘徊与纠结。

诚如韦恩·布斯所言：视角不是一个技巧问题，而是一个"道德选择"问题。在人物视角叙述基础上，也可以选择多个人物视角，形成复合人物叙述角度。而且对人物视角的选择，也不局限于主要人物。如隐身叙述者与次要人物视角相结合，便会成为"权限"最少的叙述角度。因为这种方位既利用了隐身叙述者不便出面的情况，也利用了次要人物有限的感知范围。事实上，"谁来看""看到了谁"，对整个故事叙述的展开过程，都呈现出明显的指示性。正因为如此，有人在做比较研究时开玩笑道：和书面叙述相比，电影叙述更为"民主"，因为它迫使每个人物都被分配了镜头，即迫使我们看到了每个人物。②

第三类叙述——叙述者兼人物叙述——当叙述者以故事中一个实在可感的人物显身时，便构成了自我暴露的人格叙述。与隐身框架叙述相比，显身人格叙述更为直接地"泄露"了叙述者的认知水平，因为这等于直接承认将所述世界圈定在个体的感知范围内。同样，人格叙述可分为主要人物人格叙述和次要人物人格叙述两种情况。

当叙述者兼任主要人物展开叙述时，叙述者能十分自然地将自己对人和事的态度诉诸笔端，从而与受述者建立"对话"关系。回忆录、自传、忏悔录偏爱这种形式。比如，小说《洛丽塔》《追忆似水年华》，电视剧《大明宫词》（以画外音串联女主人公对一生情感经历的追忆及喟叹）都采用了这种叙述角度。与之相比，当叙述者采用次要人物的格局时，则因为次要人物所知有限，

---

① 张爱玲：《红楼梦魇》，北京：北京十月文艺出版社，2007 年，第 13 页。
② 弗朗西斯·瓦努瓦：《书面叙事·电影叙事》，王文融译，北京：北京大学出版社，2012 年，第 143 页。

隐射人对真相的有限感知，更有助于保持神秘主题。如《白鲸》中存活下来的以什玛利，《了不起的盖茨比》中的尼克，《红楼梦》主层叙述者，自述红尘经历的石头——他们作为叙述者的有限感知，更容易引发我们思考：凌驾于律法之上的绝对自由意志会将"自我"带向何处？被人们奉为传奇的美国梦想在那个喧嚣的爵士时代到底价值几何？通过"满纸荒唐言"所呈现的，是一部有着明确价值指向的小说，还是一种书写矛盾的自我斗争式叙述？①

让我们再对比一下鲁迅的《伤逝》与詹姆斯的《林中野兽》(*The Beast in the Jungle*)。尽管两部作品的主人公均为辜负爱人真情的负心汉，但由于叙述框架－人格的不同结合，导致了风格迥异的意指效力。《伤逝》是典型的显身人格叙述（并且是叙述者兼主要叙述人物），《林中野兽》则是隐身框架叙述与人物特许叙述的结合。正因为《伤逝》中叙述者的自我暴露，使整个文本呈现出一种自我否定的示意格局。涓生（即回忆的"我"）在行文中深情款款地忏悔和自我审判，反而建构了一个虚伪的、不可靠的叙述者形象。与之相比，《林中野兽》中那个俯瞰的叙述者，恰恰因为退隐于男主人公的视角之后，让受述者主动占据了道德审判人物的认知高位，行文至末，当男主人公马彻积聚的情感爆发出来，充满深情、自责、悔恨和悲痛之际，我们与人物的距离相对拉近，为人物感到唏嘘不已。马彻"不自觉"的视角，反而让接受者看到了该人物看不到的局面，赢得了接受者的释怀与谅解；而《伤逝》中的"叙述我"涓生则由于其"自觉的"不真诚和修辞，形成了否定自我的不可靠叙述，难以抚平接受者对其产生的愤怒情绪。也就是说，在前者的情况中，论断的在场反而指向对自身的否定，后者论断的缺席却部分抵消了接受者本该愤怒的情绪。

绝对中立客观（隐身）的叙述不可能存在。上述分类的框架—人格区分，实际上是个关于程度的问题。有学者指出，叙述者的存在越是隐蔽，接受者就越少感觉到在自己与事件之间有居中调停、筛选材料、解释说明的时候，叙述内容也才能越"真实"可感。这就是说，叙述者为了增强接受者的阐释能动性，应该把叙述干预降到最低程度。大量的介入会破坏叙述的真实感，把读者的注意力从故事转移到叙述手法上，从事件本身转移到对事件的态度上。②

由是观之，上述三大分类是以文本意义生成为根据的。叙述角度的布局，是符号发出者自我权限设置的问题。它既指引了受述者，也反指了自身。框架

---

① 文一茗：《〈红楼梦〉叙述中的符号自我》，苏州：苏州大学出版社，2011年，第21页。

② 西蒙·巴埃弗拉特：《圣经的叙事艺术》，李锋译，上海：华东师范大学出版社，2006年，第24页。

叙述就是（相对而言）叙述者的隐射策略：把信息的传达、价值的引导布置在一个（对于受述者）自然而然的叙述语流中。这是一种处于认知高位及充满信心的表现，体现出对受述者的绝对引导。而处于另一极的人格叙述，是一种叙述者自我刻意暴露叙述痕迹的手法。与受述者建立某种"对话性"的认知关联，邀请受述者参与构建文本，甚至表明自身处于认知低位，以激发受述者的阐释动力来填充文本。当全知让位于旁观、叙述者让位于人物，叙述者与受述者的认知对话就会在不同程度上游移于上述两种极端。

值得一提的是，叙述者选择隐身，不一定意味其降低了叙述干预的程度，有时，大方的自我暴露反而让人容易忘记这是叙述者的声音。框架叙述、人物叙述、人格叙述的划分依据并非叙述介入程度，而是介入的不同方式（这一问题在视觉文本中更为复杂，比如后经典叙述学中经常提到的"作者电影"，就是通过自由间接引语模式，使导演主体性在影片中与人物主体性争夺发言权[①]）。而且，绝对的零度介入是不存在的。叙述发展的趋势在于：如何成功地抹除介入的痕迹。从这一点而言，本书的三种分类共享的意指目的是祛除叙述痕迹，以不同方式迫使文本呈现出一定的意义形态。这种效力被称为"叙述的欣快感"，它意味着：

> 读者－观众的优先地位未受质疑。尽可能全部抹去书面或电影陈述的痕迹是使他们心情平静的条件之一。只要意识到叙事的要素经过挑选、组织、服从于叙事外的一个叙述主体，就会损害相信和默契。[②]

那么，我们做此划分的理论意义何在呢？笔者认为上述分类在于"反指"叙述者的意向性，从而提示接受者如何反向追踪其叙述干预之处——而这是理解文本的前提。我们不可能摆脱文本（对象）去奢谈文本价值（意义）。这也是为何赵毅衡明确指出新批评提倡的"细读"研究有其合理之处。[③] 总体而言，框架叙述以"认知高位"迫使文本的意义接受。它以隐蔽话语源头的方式来消除叙述痕迹，形成了巴尔特所说的"快感文本"（即使人满足、来自文化、

---

① 卓雅：《电影中的"自由间接引语"及其引发的主体冲突》，《符号与传媒》，2015 年第 11 辑，第 40 页。

② 弗朗西斯·瓦努瓦：《书面叙事·电影叙事》，王文融译，北京：北京大学出版社，2012 年，第 219 页。

③ 参见赵毅衡：《文本如何引导解释》，《河南师范大学学报（哲学社会科学版）》，2014 年第 1 期。

不与文化脱节且与舒适的阅读活动相联系的文本)①。人物叙述旨在以"认同"某人物的方式来消除叙述痕迹，从而引导文本被接受。人格叙述则以"对话"的方式来消除叙述痕迹，恣意展示（有可能不一定符合阐释社群平均水平）自我来挑战文本的接受，从而形成"享受文本"（即令人迷失、沮丧，甚至给人带来几分烦恼的文本，它动摇读者的历史、文化、心理根基，破坏其趣味和价值观的稳定，使其记忆力衰退，与言语的关系产生危机）。即使是刻意暴露叙述声音的角度，依然是以消除叙述干预意向，从而建立与接受者之间更顺畅的意义关联为终极目的。这时候，消除暴露行为本身，也就反指自身，成为文本中指示文本价值取向的重要指示符。

进一步而言，框架－人物－人格叙述的区分，对应于叙述修辞的分化规律，即外在的统一性、内在的统一性和内在的异质性。事实上，叙述角度的分配体现出多方主体对话权的争夺。文本中的叙述角度甚至并不一定会自始至终恒定，有时会出现"抢话"的局面（人物与叙述者之间的话语争夺）。示意的一致性让位于竞争，是符号（语言）示意的宿命：对自我意义的否定。

---

① 转引自弗朗西斯·瓦努瓦：《书面叙事·电影叙事》，王文融译，北京：北京大学出版社，2012年，第21页。

第三章　引语与虚构性

　　就这样，他们常常生活在一闪即逝的现实中，借助字儿能暂时抓住现实，可是字儿的意义一旦忘了，现实也就难免忘诸脑后了。

加西亚·马尔克斯《百年孤独》

　　本章提要：文本的虚构性是叙述研究的核心问题。传统意义上的虚构和纪实之分，影响着接受者对叙述模式的程式化理解。然而，作为主体在世最基本的表意活动，叙述的广义性为不同类型文本再现方式的融合提供了某种合理性与必然性。基于此，《虚构性、叙述模式及再现他者》（"Fictionality, Narrative Modes, and Vicarious Storytelling"）一文提出了"跨虚构性"（cross-fictionality）这一术语，以真实采访记录的历史文本和纪实文本为例，重新审视文本虚构性及叙述模式之间的关联，认为：虚构的叙述模式，并不局限于虚构文本，而是广泛存在于非虚构文本类型中。我们不妨从以下三个方面对原文所提问题做出回应：叙述的广义性；角色的话语主体性；引语模式及其权威。并由此得出结论：任何文本都体现出将事物对象化的努力。叙述对象虚构或真实，并没有人为划分的叙述模式与之对应。

　　作为自我在世最根本的思维活动，"叙述"是广义的，其示意能力覆盖了各种类型的文本。广义性（generality）是理解其定义的前提。在其缘起、推进及演绎过程中，"叙述"这一术语的界定（包括其构成元素、意义边界及具体的技法模式等）本身是一个精彩的故事，因为其定义在不同时期及语境中的演变，无不折射出叙述主体表达自我、理解他者进而把握存在的路径。本文将要述评的《虚构性、叙述模式及再现他者》一书，正是基于一种融合视域，对叙述的根本属性——"虚构性"（fictionality）予以重新理解，从而打破传统视野下虚构性文本与纪实型文本的人为边框，提出在文本展开叙述这一符号化过程中，虚构性再现模式的广泛存在，从而为我们展示出广义语境中的叙述定义。

《虚构性、叙述模式及再现他者》一文（发表于 *Style*，2017），原本是对纪实型叙述的分析，但其中涉及的叙述角色，采用了典型的"小说"（虚构）式叙述，从而为我们提供了一个有趣的思考点。原书作者在其前期研究中曾指出，虚构型文本的叙述模式容易产生一种双重声音，往往使叙述中所呈现的主体视点多元化。[①] 在此研究基础上，原文作者旨在研究在真实生活讲述过程中，将他人的视角和声音作为一种修辞加以运用。该文援引案例中的叙述者，幸存的比利时裔美国士兵诺利柯（Norrick）——历史见证人——通过引语模式及视角的设置，将历史中的"帕顿将军（general Patton）之死"事件情节化，使之卷入一个有着意义判断的故事中。原书根据因果论、时间向度对见证者/说书人诺利柯最为核心的叙述部分进行排序，为讨论方便，笔者引用如下：[②]

> 故事：《帕顿将军是怎么死的》
>
> 1. 帕顿将军没收了其中的一座城堡。
> 2. 发现城堡中有一位伯爵夫人。
> 3. 这名女子对他产生的影响是显而易见的。
> 4. 她告诉他俄国人都相当糟糕。
> 5. 他信了她的话。
> 6. 后来将军在莱比锡遇到俄国军官时，表现出的态度十分恶劣。
> 7. 事实上，当时他想直接去莫斯科。
> 8. 我们得知他的想法时当然很沮丧，因为大家都想回家。
> 9. 但他执意挺进莫斯科。
> 10. 就这样他没法继续指挥第三军团。
> 11. 艾森豪威尔将军只得解除他的指挥权。
> 12. 后来帕顿将军就率领第十二军团，其实就是个光杆司令。
> 13. 当时他坐在车里——我可以给你看车的照片——
> 14. 也有司机看到了这一幕。
> 15. 帕顿将军听到一声："铁血勇士——他逞勇气，我们流血。"

---

① Hatavara, Mari & Jarmila Mildorf. "Fictionality, Narrative Modes, and Vicarious Storytelling". *Style*，2017，51 (3)，P. 395.

② Hatavara, Mari & Jarmila Mildorf. "Fictionality, Narrative Modes, and Vicarious Storytelling". *Style*，2017，51 (3)，P. 397.

16. 然后那个司机故意撞向帕顿将军乘坐的汽车，制造了一起事故。

17. 帕顿将军当场毙命。

18. 这就是整个事情的来龙去脉。

为引入叙述的广义性及叙述模式的通用性，原文首先抛出一个术语"跨虚构性"（cross-fictionality），作为该文的关键词。此处的"跨"意为人们使用的诸种叙述模式，其实包括了传统意义上的虚构类叙述。虚构文本的构成手法（即原文所说的"叙述模式"）是广谱的（universally applicable），既可用于与经验真实一致的纪实型文本（如原书列举的"确有其事"的历史事件），又可用于与之不符的虚构文本（即再现对象在经验世界中并未真实发生）。为强调这种"跨"的必然性，原书首先区分了两个极易混淆的概念："虚构性"（fictionality）与"虚假性"（fictitious）。

虚构性是指作为一种文本类型的叙述属性，而虚假则是指认知对象在经验存在中的非真实性（unreality）。也就是说，虚构性是一种文本构成属性，用符号再现思维的一种方式；而虚假是文本结论的意义指向或判断结果。前者引发人类思考的是"价值真知"（truth value）的问题，而后者关心的是是否与经验一致的"经验真实"（reality）问题。比如，对于传统意义上享有虚构"特权"的文学文本而言，其使命在于无限衍义，即尽可能地拉长文本阅读认知过程。对于文本接受者而言，文本信息是否与经验真实相符并不重要，重要的是，文本是否能触动接受者去反思存在的本真含义。

做出如此区分后，我们就能更好地将叙述的虚构性理解为一种思维再现方式（mind-representation）。因此，作为思维再现的虚构手法，并不拘泥于虚构型文本，而是同样融合于非虚构型或纪实型叙述的文本边界中。因为叙述是整理思路、把握对象的根本路径。诸种具体的叙述模式是表达自我、理解他者并通达世界的基本形态。它并非虚构编撰的专利，而是广泛存在于纪录片甚或日常交流的话语行为之中。叙述的广义性是原文提出的"跨"虚构的命题之基。叙述是自我将事物"对象化"的思维活动，那么，在再现对象的过程中，就必然会或隐或显地注入叙述干预，即叙述主体的文本意向性。

根据原文引用的案例可以看出，戏说历史便是用说书的叙述模式，再现采访中力图还原的历史事件。此处并不是将某个人物的历史事件虚假化，而是将事件的塑形方式故事化，从而强化说者的叙述权威，并赋予一定的意义解读方向。原文突显的命题是：在再现他人的真实经历时，"故事化"（戏说）的叙述模式可以对读者形成怎样的认知效力。他人的思维（其意向、情感及体验）是如何在其真人事迹采访（这一典型的纪实型文本）中得以再现?[1] 而由此进一步引发的问题在于：如何处理叙述者与被述者之间的关系？在再现他人主体性的过程中，该对说者的叙述权威保留几分？

首先，我们需要比较并辨析传统意义上认定的纪实叙述和虚构叙述主要特征：虚构文本叙述（即前面所说的关于非真实对象的再现），是一种"强制"的必然性产物，也就是说，文本是叙述者修辞意图的产物。所以，作为文本构成元素之一的角色，其主体性（其所思所言所行）是通过叙述者的引语模式与叙述干预恩赐的。以前边举例的原书为例，具体体现在：在纪实型叙述（对历史人物进行还原）中，叙述者如何实现叙述干预；如何通过叙述视角及引语模式的运用，将历史人物帕顿将军塑造为一个承载情节发展的角色（character）。而本书笔者对上述问题的回应如下：一是任何叙述都是说者文本意图的干预，因为叙述即理解，纪实型文本也不例外；二是叙述者与角色之间，存在不同程度的话语竞争，形成的叙述格局尤其呈现在引语模式的使用中。

叙述即理解

不管所述对象是虚构的还是真实的，任何叙述都是对再现对象所做的一种符号编码。因为任何叙述都不可能"如其所是"地还原对象；而是说者通过某种视角将对象进行一定程度的"片面化"。这是一种理解与阐释。抛出的文本总是就说者的某个角度而言的。所谓的"叙述模式"就是对事物的文本化塑形。原文所说的"跨"虚构性，就是基于叙述的本义而反思人为划分的文本边界。

既然任何叙述本质上都是一种赋予意义的过程，那么，具体的形式（即原文所指的"叙述模式"），就应当作为一个叙述者意图干预程度的问题。纪实型文本与虚构型文本的区别在于对象的真实性，而非对其处理的方法。比如，纪实型文本青睐隐形干预或弱度干预，运用俯瞰视角中的第三人称全知视角，勾勒出一个隐形的叙述框架（对于历史文本而言，尤其需要制造一种后来的"必然性"）。这就是亚里士多德所说的所有的历史都是偶然，只不过它已经成为不可动摇的必然。所有"回到过去"，都只能用"后前理解"概念维护历史的偶然性，以保证自己的以后生存。所以历史再怎么偶然，也是最强硬的必然。而虚构气息浓郁的文本，尤其是在塑造一个角色的主体性时，说者的叙述策略往

---

[1] Hatavara，Mari & Jarmila Mildorf. "Fictionality，Narrative Modes，and Vicarious Storytelling". *Style*，2017，51（3），P. 394.

往是：强化其性格、心理及行为的话语皆源于角色自身，也就是加强对文本信息的编码程度，以嵌入某种价值导向。

而原书作者对此观点的推进之处在于提出：虚构文本的叙述策略同样可以用于非虚构文本。如前所述，所谓的"跨"，是由于两种类型文本的区别，在于对象本身而非再现对象的方式——尽管在处理采访这一类典型的历史纪实型文本时，其背后总存在一个控制全局并且希望通过文本与接受者实现意义交流的说者（storyteller）。文本是说者意图的产物，而其意义取决于读者的接受与阐释，即对文本意图（通过重构而实现的）理解。

赵毅衡在阐明叙述的广义性时，曾对"叙述"下过一个定义，他归纳出叙述文本应该包括的八个元素：叙述主体、人物与事件、符号化（编码方式）、时间、意义、文本、接受主体、理解与阐释。某个叙述主体把人物和事件放进一个由符号组成的文本，让接受主体能够把这些人物参与的事件理解成有内在时间和意义向度的文本。通过该定义，我们可以看出：一旦情节化，事件就有了因果－时间序列，人就能在经验的时间存在中理解自我与世界的关系。叙述是构造人"时间性存在"和"目的性存在"的话语形式。保罗·利科在论述时间哲学时也曾说："时间变成人性的时间，取决于时间通过叙述形式表达的程度，而叙述形式变成时间经验时，才取得其全部意义。"这也正是利奥塔在《后现代知识状况》中总结的"泛叙述化"趋势：人文社科知识皆为叙述性的知识，是在讲故事。叙述是人的基本思维方式，是人认知自我、他者与世界的路径，具体的叙述模式，是我们整合社会理解与组织个人经验的方式。

角色能否做主

根据上文，延伸的另一个问题是：角色能否做主？一个文本的展开，就是一场无声的竞赛。从文本的隐含作者，到叙述者，再到角色，文本中卷入的多方主体都在以各自的叙述模式争夺话语权——这就最终决定了文本的叙述格局。其中，最为关键的一环是叙述者与角色之间的话语竞争，也就是原文关注的说者与被说之间的关系，在这个历史采访录中是如何演化发展的。传统意义上，人们倾向于将虚构文本中的角色视为说者主体性的延伸或投射，因为角色似乎是其文本意图的产物；而在处理纪实型文本中卷入的角色时，说者主体性的权限被大大压缩了，因为角色的存在已经是历史的必然。这里引发了一个意味深长的问题，仔细思考，极为有趣：角色（无论在虚构型文本中还是纪实型文本中）能否做主？如何做主？角色是否能作为一个必然存在的话语主体？

要分析这个问题，必须从"角色"的定义开始。亚里士多德界定叙述概念时，明显将更大的权重给予了情节，角色只是为了成就事件逻辑序列的功能元素。自此，在叙述研究中，一直将"character"视作服务于更高文本意图的工具，而非主题本身。并非叙述塑造角色，而是角色构成叙述。这不是时间视域中的先后问题，而是逻辑意义上的生成因果关联问题。有的学者指出，人物是一种角色情节元素。叙述中的人物必须是"有灵之物"①。意即角色（哪怕是拟人的化动物或者其他事物），只要具有"人"（subject）的主体特征，其经历就会具有一定的伦理取向。所谓的"characterization"，就是使角色具备心性、脾气及价值取向，并一定会卷入情节之中。赋予角色"人性"是所有叙述文本共同的要求，因此，虚构叙述文本塑造人物的叙述手法，也可以进入纪实型文本。

如前所述，一个文本叙述的展开，是多方合力的结果，而且是靠动态的阐释得以维系其生命。"角色"这一元素的意义能力，也是一个动态的构建过程（open construct）。作为一个话语主体，角色的内在思维、外在言行，必然是以与叙述者互动而存在的。其话语主体性，不仅仅是其主动向文本索求的抽象属性，也在于其被再现过程中和迫使叙述者布局文本形式的具体方法中。这正应和了"subject"一词的内涵——主体不完全体现在其能动性方面，也包含了臣服于或应对他者的被动性过程中所体现出的自我属性。在传统的角色范畴中，无论是浑圆/扁平角色（round/flat），还是核心/辅助角色（major/minor），最终都要落实到角色的意义能力上及其向读者施加的解释压力上。而叙述者的意向性，则落实到再现角色的具体形式上，如稍后我们将要分析的引语模式中。

因此，笔者认为，作为意义交汇的产物，角色是能够行使话语主体行动的文本元素。其所言、所思、所行，是其作为一个文本元素存在的需求作用于叙述者的产物。

语言符号学家格雷马斯曾对角色的话语主体能动性列出四种情态模式："愿望"（vouloir）、"知道"（savoir）、"能够"（pouvoir）、"应该"（devoir），这套话语情态模式后来又在另一位语言符号学家高概（J. C. Coquet）的《话语与主体》中得到系统阐发，意即一个角色发出了声音，做出了选择，推动了情节，必然是满足这四种模式中的至少一种。具体而言，主体不仅在于叙述，有论述能力，也对其所述内容负责，具有判断力。具体到文本语言中就表现为情态。一个叙述主体是否是行为主体，首先就看他/她/它是否具有"愿

---

① 赵毅衡：《广义叙述学》，成都：四川大学出版社，2013年，第8页。

望"的情态,是否想做某事,并对自己的言行负责。这种"愿望"也可以被视为"承担"或"肯定"的同义词,说明这个叙述主体具有判断性。如果具备这些情态,就进一步考察其是否具备"知道"和"能够"的条件,这两种情态最终成就一个行为主体。具备这两种情态的话语主体才有行动的能力或知识,才可能成为一种行为主体(pouvoir)或认知主体(savoir),第四种情态"应该"(devoir)牵涉到话语中不同主体之间的伦理意义向度。① 例如,《红楼梦》中有一段关于茗烟的描写,令人过目不忘:

> 茗烟站过一旁。宝玉掏出香来焚上,含泪施了半礼,回身命收了去。茗烟答应,且不收,忙爬下磕了几个头,口内祝道:"我茗烟跟二爷这几年,二爷的心事,我没有不知道的,只有今儿这一祭祀没有告诉我,我也不敢问。只是这受祭的阴魂虽不知名姓,想来自然是那人间有一,天上无双,极聪明俊雅的一位姐姐妹妹了。二爷心事不能出口,让我代祝:若芳魂有感,香魄多情,虽然阴阳间隔,既是知己之间,时常来望候二爷,未尝不可。你在阴间多保佑二爷来生也变个女孩儿,和你们一处相伴,再不可又托生这须眉浊物了。"说毕,又磕了几个头,才爬起来。(第四十三回)

脂评庚辰本道:

> 忽插入茗烟一篇流言,粗看则小儿戏语,亦甚无味,细玩则大有深意。试思宝玉之为人,岂不应有一极伶俐乖巧小童哉?此一祝,亦如《西厢记》中"双文降香",第三柱则不语,红娘则待祝数语,直将双文心事道破。此处若写宝玉一祝,则成何文字;若不祝,直成一哑谜,如何散场?故写茗烟一戏,直戏入宝玉心中,又发出前文,又可收后文,又写茗烟素日之乖觉可人,且陪衬出宝玉直似一个守礼待嫁的女儿一般,其素日脂香粉气,不待写而全现出矣。今看此回,直欲将宝玉当作一个极轻俊羞怯的女儿看,茗烟则极乖觉可人之丫鬟也。②

此段实乃对茗烟这一主体的精彩分析。茗烟在此时此刻同时满足"必须"说(此处若写宝玉一祝,则成何文字;若不祝,直成一哑谜,如何散场)、"愿意"说(茗烟素日之乖觉可人)、也"能够"(极伶俐乖巧小童)、"知道"(直戏入宝玉心中)该怎么说这四个话语情态条件。

---

① 文一著:《〈红楼梦〉叙述中的符号自我》,苏州:苏州大学出版社,2011年,第135页。
② 郑红枫、郑庆山校辑:《红楼梦脂评辑校》,北京:北京图书馆出版社,2006年,第384页。

一个角色可以始终保持沉默，但却有其意义能力（capable of signification）。这便是其作为话语主体性的存在，并且，它会反观叙述者作为说者的文本意图。所以，角色自然能为自己做主，并与其他叙述元素共同服务于整体的文本意图，即便是对放弃思考的后现代叙述而言，意义的零散与荒芜，本身也是一种文本意义。因为零散与荒芜的是意义的形式，而非意义本身。基于此，我们就可以将传统的"虚构/纪实"之分，理解为叙述者的干预方式问题，而不是是非界限问题。正如原文所示，同样的叙述底本（事实），由于具有不同的排序、不同的人称视角、不同的引语模式以及不同的语境设置，可以呈现不同的意义解读空间。这就是虚构叙述手法得以"跨"入非虚构文本中的合理性。我们同样可以这样说，既然角色能够做主，那么，说者的叙述模式（再现角色的方式）就有了"跨"的理由甚至必然：叙述模式不是为了操控角色对于经验存在而言的真假，而是将角色作为一个文本元素，并引向整个文本的意义定位。

引语模式与叙述权威

因此，我们可以进一步发问，角色如何做主？它与说者的话语对峙体现在何处？原文着重分析了采访中说者对自由间接语式（free indirect speech）的运用。叙述者本人在文本中是一个特殊的角色，如何处理其与其他角色的关系，是形成该文本叙述格局的直接原因。应当说，说者与被说者的关系本质上是一种"转述"。有学者在归纳出四种常用引语模式时指出，不同语式所隐含的（叙述者与角色之间的）关系较量如下：

> 直接引语（direct speech）：他犹豫了一下。心下想到："我错了。"
> 间接引语（indirect speech）：他犹豫了一下。他心下想到他错了。
> 自由间接语式（free direct speech）：他犹豫了一下。他错了。
> 自由直接语式（free indirect speech）：他犹豫了一下。我错了。①

引语问题其实是主体分化的一种变形，是各个层面叙述主体及相同层面的不同叙述者在"抢话"。对引语问题的探讨，实际是将叙述责任这一话题置入语言框架内做另一番解读；并且，进一步带出叙述主体的价值判断。总的说来，引语的种种变形是由以下两对合力决定的：叙述主体的价值判断姿态和阐释主体对前者做出的叙述责任的追究。正如任何文本技巧最终都要落实到价值

---

① Henry，Y. H. Zhao. *The Uneasy Narrator* Oxford：Oxford University Press，1995，P. 101.

判断问题，引语问题归根结底关系到叙述主体是否能避免与阐释主体产生正面冲突。具体而言，引用的语言符号及人称的转移，无不体现出叙述者与人物角色之间话语的竞争与较量。

对于不同话语主体而言，引语模式在叙述文本中起到了地位分层的标出作用。叙述者根据相应场景，以得体的引语语式呈现不同地位、不同身份的人之间，以及人物与叙述者自身之间的交流方式。凡是地位有差别的人（在"下引上"的情况下），在转述彼此之间的话语时，都会用直接引语，以"引"的语言形式传达身份标记。以此类推，当刚才讨论的情况颠倒过来，即"上引下"时，则是间接引语更贴近说者与听者之间的社会关系。

如前所述，所谓引语，就是用明显的标记把说者与所转述的信息内容以一定的形式加以隔离。因此，除了身份地位的标出，直接引语还可以拉开说者与所说内容之间的心理距离，把二者的立场分开，表示说话者本人对所述内容持否定、质疑的态度，总之是表示心理上存在一定隔阂。与之相比，间接引语的效果就弱化了许多，有时，甚至会走向肯定、一致的立场。

既然一个人物全盘转述另一人所言是出于自己和他人之间立场的差异。那么，推而广之，叙述者直接转述人物语言时，是否就是证明此时的叙述者有意要拉开自己与说话人物之间的距离呢？当然，这种"距离"不能狭隘地理解为"否定"，它可以延展开来，并具体化为许多情绪，如怀疑、拒绝，甚至也许是指一种面对人物所言的不知所措或惧怕。如果真的达到这种境界，那就是叙述主体与人物主体之间位置的颠倒，或者至少是会构成竞争。那么，此时直接引用人物语言的叙述者，面对人物渐渐变强的主体行为能力，该怎么办？只能束手就擒吗？叙述者求诸评价介入，使得原来因直接语式造成的隔绝以及人物天平向上倾斜的局面，又回到某种平衡，恢复叙述主体部分的权威。

所以，在上述这四种转述模式中，根据叙述者的干预程度可以发现，在自由直接语式中，人物的话语主体意志处于上浮状态。与此相比，在直接引语中，人物通过引号和第一人称，几乎完全把控了话语权。同理，在自由间接语式中，叙述者在部分让渡自己的权威；而在间接引语中，叙述者似乎最为强势，几乎完全掌控了所引述信息。

小说中有大量这种悖论现象：叙述者一方面采用直接语式，充分发挥人物自己的主体性；另一方面又介入明显的带有评价、判断性质的词句，来提醒受述者和人物主体，叙述者是有权威的，使叙述和被转述的话语之间形成一种此消彼长、争夺更大主体性的局面。

在叙述过程中，叙述主体可以通过杂糅的方式来表达语境的具体需要以及叙述主体的意图。比如在直接引语后，不露声色地或刻意地附上叙述者对于人物的点评。这样做的效果在于：人物通过自己的言行来论证叙述者的价值倾向，让受述者在不经意间接受叙述者的判断，自觉地站到叙述者引导的立场上来。这种叙述者假借人物面具说话的现象，采取这种叙述策略的行为本身，就隐含了叙述者担心受述方会质疑或（不那么轻易地）接受人物的价值判断。比如，在直接引语与间接引语之间，一种不易被觉察的情感效力是：前者有转移了叙述责任的效果。最后，直接引语与间接引语的区别还在于是否拔高人物的主体意识。直接引语有意拔高人物的主体性，呈现人物独特鲜明的性格；间接引语则有叙述者压过人物之效。所以，最能体现人物个性的场景，叙述者往往用直接引语，并尽量做到不介入叙述干预。

原文分析指出，采访叙述者使用自由间接语式，触及了虚构性再现中关于双重声音（dual-voicedness）的核心问题。自由间接语式再现了他人的对象化（objectified）声音，但采用的形式却保留了全局式叙述主体的声音，因为自由间接语式采用的人称代词"he"源于叙述者视角。[1] 自由间接语式还涉及主体性通过询唤而生成的问题，因为在场的另一个声音是合成物（synthetic product），而非原声。叙述者在讲述士兵的故事时，充分运用了第一人称叙述者的权威，并且，还彰显了优于美国士兵所见却没有承认看见的认知。人们可以看出，准个人化（quasi-personal）叙述是如何产生"真实感"（authenticity），并且突出内部信息的感觉。[2]

由此，原文认为：叙述者诺利柯提供的叙述用直接形式包含了思维属性（mind attribution），道出了他人的情感与欲望。并且还以不同方式运用了主体的位置与他人的声音。所以，叙述充分运用了虚构的模式来再现思维，并且从虚构文本中借鉴了读者熟悉的故事台词和情节模式。

原文反复强调的，正是有关意识的再现手法，并非局限于虚构文本本身，也可以进入文学领域之外的其他叙述类型。[3] 赵毅衡在《广义叙述学》中，将历史视为典型的"纪实型叙述"，将小说视为"虚构型叙述"。[4] 虚构文本和纪

---

[1] Hatavara, Mari & Jarmila Mildorf. "Fictionality, Narrative Modes, and Vicarious Storytelling". *Style*，2017，51（3），P. 401.

[2] Hatavara, Mari & Jarmila Mildorf. "Fictionality, Narrative Modes, and Vicarious Storytelling". *Style*，2017，51（3），P. 402.

[3] Hatavara, Mari & Jarmila Mildorf. "Fictionality, Narrative Modes, and Vicarious Storytelling". *Style*，2017，51（3），P. 403.

[4] 赵毅衡：《广义叙述学》，成都：四川大学出版社，2013 年，第 4 页。

实文本，可谓叙述体裁最为古老的基本分类。然而，根据本威尼斯特的三语式论（以言言事、以言行事、以言成事），以时间向度为基础，赵毅衡将小说与历史都归入了"纪录"类叙述体裁，其具体功能皆为"言说行为本身"，即"叙述的目的就是言事"，朝向过去，以纪录为主，媒介的持久性可以保留给后代的接受者理解。文本意图的相同性，为其文本模式（叙述干预）的通用性（即原文所说的"跨"），提供了合理与必然基础。简而言之，叙述模式服务于整体的文本意图，而并不受文本对象限制。读者的理解与阐释才是关键，因为文本叙述生命力在于其被接受的情感效应。

原文认为，思维再现中运用的虚构性叙述模式有可能打破文本信息的统一性。对他人的情感做出论断，所形成的效果有可能与叙述者的修辞意图一致，也有可能与之相悖。叙述与其他任何符号对象一样，形成于社会与文化的规约与期待，因此受制于接受者的阐释而非发出者的意图本身。[①] 这也是近年来叙述学研究转向的根本原因。由此，原文建议使用"跨虚构性"这个词，该术语词根"虚构性（ficitionality）"指再现思维时使用的虚构模式（fictional modes）。但该词前缀"跨（cross）"说明这些模式的特征可运用于以下情况：文本信息指向纪实信息，并且作者（the living author）与叙述者（the narrator）是合一的。

原文在结语部分指出：叙述涉及虚构性时，需要假设一种"混合"（hybrid）立场。就其"非真实性"（non-fictious）而言，叙述从本质上讲是非虚构性的（non-fictional），因为与经验事实（历史）语境有关；与此同时，这些叙述文本又会采用人们在虚构性故事中使用的讲故事技法。当涉及再现他人所思所感时尤其如此。

这种情况类似于虚构类型叙述中的第三人称叙述。在虚构文本中，一个全知全能叙述者可以说出角色自身并不知晓的事情。在口头采访的叙述格局中，叙述者可能会涉及人物遮蔽的信息，如美国士兵故意提及帕顿将军的车，从而形成文本信息之外的意义暗示。然而，虚构故事的读者习惯于信任全知全能的叙述者。

原文旨在将我们以前关注的重点，如叙述本体论及作者意图等问题，转向新的方向，即将叙述理解为一种交流互动中的意义生成过程。这就需要我们对以下几点做出区分：一、将声音作为一种叙述再现行为的实例。二、将声音作

---

① Hatavara, Mari & Jarmila Mildorf. "Fictionality, Narrative Modes, and Vicarious Storytelling". *Style*，2017，51（3），P. 404.

为一种话语主体（discursive subject）。三、将声音作为一种询唤，即一种再现性的主体定位。[①] 区分以上三种有助于突显语言符号与叙述的社会性构成，能使我们更好地分析在真实的话语场景（如采访）中，叙述者是如何再现他人的思维及各种他人的经历的。

叙述者诺利柯曾将他人的故事称为关于"他人经历"的各种叙述，可以使采访类叙述的内容更加丰富（通过加入他者的生平事迹及观点视角）。该文强调，诺利柯说的不仅是其个体经历，也包括他人的经历，因此创造了一种社群身份。作为这个历史故事的话语源头，他就帕顿将军的经历设置了一种叙述动力："帕顿将军到底怎么了？"在此，我们看出，采访人与受访者如何共同为说故事创造空间。在开启叙述之前，整个事情被定位成"一个十分精彩，值得一说"的故事，即在采访这样的情景中值得一说的事情，并将说者本人定位成报道他人命运最合适的人选。

我们不仅知晓故事主角的行为，而且了解他的脾气及内心的想法、动机以及计划。在社会互动交流范式中，我们尝试通过赋予他人某种性格、心智状态从而去理解他人。而叙述声音起到的作用就是塑造角色。

诚如原文所说：文学虚构中的叙述声音（谁在讲故事）以及主体性问题（故事透露的是谁的视角），同样成为虚构性的相关问题。虚构文本的模式容易产生一种双重话语性，这种叙述模式会使文本所呈现的主体视角多元化。[②] 在此基础上，在真实生活讲述过程中，将他人视角或声音作为修辞运用，成为本文笔者关注的重点。

说到底，虚构性是一个属性（quality）而非类型（genre），这个问题应从叙述文本的符号因素来审视，而不是局限于作者意图或主题本体论。

---

① Hatavara, Mari & Jarmila Mildorf. "Fictionality, Narrative Modes, and Vicarious Storytelling". *Style*，2017，51（3），P. 395.

② Hatavara, Mari & Jarmila Mildorf. "Fictionality, Narrative Modes, and Vicarious Storytelling". *Style*，2017，51（3），P. 395.

第四章 "情节"视域中的角色、事件与时间

于是我们奋力前行，如逆水行舟，不停后退，驶入过去。

弗朗西斯·斯科特·基·菲茨杰拉德《了不起的盖茨比》

本章提要：情节既是撑起一个文本的骨架，也是托起一个文本的灵魂，因为构成情节的三大叙述元素——角色、事件与时间——同时在"什么"与"如何"两个层面展开，仿佛身处一张无边无际的意义网络，情节努力地为自我交代一个清晰可见的结果。

在关于叙述的诸话题中，最令人津津乐道的话题总是"情节"。俗话说："外行看热闹、内行看门道。"此中的热闹与门道，就是指在多大程度上，以什么方式保证读者（无论是业余爱好者还是训练有素的专业人士）的阅读动力——"情节"。叙述学界赋予情节（plot）的定义与相关术语，也相当多：如 mythos、story、histoire、eventfulness、narratability、emplotment、conflict，等等。放眼看去，情节的情节，令人生畏。笔者无意对上述术语做懒人式的叠加，却想从情节可能被理解的路径，做一番尝试性的探究。

作为叙述得以展开与接受的基本动力或理由，情节应当从三个维度同时延伸开来：一是传统视野中关注较多的"发生了什么"（what），其中，关键的元素是角色（character）与事件（event）。二是当下文学演绎程式正在转向的焦点"如何发生这一切"（how），即角色与事件得以再现的方式。三是上述所有叙述元素为何被理解为一个朝向未来意义向度的符号自我。这就是说，情节得以展开的动力与目的在于：为自我的终结或者暂停（ending）赋予某种意义或解释。

那么，角色与事件之间到底是何种关联？既然角色是自我的文本符号化投射，那么所谓对情节的探索，归根结底是服务于对角色的意义定位的。文学终归是"人"学。哪怕打破以人为中心的视角而产生的叙述，也会最终反指人的

自身。并由此进入有别于过去我的新领域。所以，我们应该从三个层面同时进入情节：角色涉及情节的人物，事件关注的是如何，时间则回答了为何。此三者构成了立体的情节魔方。如此进入情节的思路，意味着将情节理解为立体的意义展开过程。支撑这一感知行为的关键元素是：角色、事件与时间的意义指向，在这一符号化过程中，每个元素都应当同时在"what"与"how"两个层面对读者形成冲击。

种种角色

将"character"定义为"角色"而非"人物"，是因为一个角色只需要是一个拟人格。除了传统叙述中出现的浑圆或平面（round、flat）人物是能够令人实在可感之"人"，角色也可以是童话中的动物、植物、一片云甚至是想象的造物。那么，应当如何界定"角色"呢？

要成为一个角色，它只需要为读者呈现一个"自我"符号。一个有能力体现自我表述、反思，并且与世界形成交流的意义能动性（agency）的"我"。尽管这个符号化的"我"可能在文本中并未完全展示出这种话语主体性（比如，一个功能性的平面角色泄密者或者一个面临外部压力而无能为力的观察者）。给出上述定义，是为了突出角色乃符号化的话语能力。唯有如此，才能成为构筑情节的载体。反过来讲，情节必定是角色展示其话语主体性的过程。进一步具体而言，如何再现？这是一个问题。

传统的角色分类，一般止于其在文本中呈现的现象样态，如浑圆/平面（round/flat）角色，主要/次要（major/minor）角色，动态/静态（dynamic/static）角色，开放/封闭（open/closed）角色之说。如此划分，十分精准，却囿于现象，未能深度成为一个意义单元的角色。如果从其话语主体性及其对文本理解方式的作用而言，角色分类或许可以从更深的意义层面而非构建语法展开。至少我们可以得到以下两类：意义能力不足者与意义能力充分者。意义能力不足者即有关该角色的叙述所指向的自我形象，在文本中未能充分展示（不需要或者说不能够），从而未能与读者形成充分的意义交流。意义能力充分者，在被读者接受时，应当能够对读者形成明显甚至十分强劲的阐释动力。

无事之事

然而，角色的意义能力，往往落实于事件的构筑局面。"冲突"（conflict）一直是学界分析情节的关键词，也就是说角色必须卷入两种对立力量的较量之中，从而形成有一定轮廓感的事件发展样态。此处所说的"轮廓感"，喻指读者能够感知到的文本意义样态（如古典主义美学推崇的开头、转折、高潮、终结这一整套样态及其对应的叙述策略）。在轮廓感较强的后宫斗争故事中，冲突往往体现为两个女性角色之间的对抗；在社会问题故事中，冲突体现为某个角色与外在环境力量之间的博弈；在心理分析故事中，则是轮廓感强弱不同的自我之间的交流与妥协。总之，轮廓感可强可弱，可隐可显，可以是人与人，人与语言，人与时间等。而且，轮廓感在当代文学中呈现出被刻意淡化的趋势。

事件应当被理解为一个有着目的的过程——角色意识到自我的某种"缺失"，即自我作为符号的根本属性，以及为此展开应对措施，如弥补、回归或探寻等，并最终以自我的方式为"缺失"命名（赋予意义）。

浦安迪（Andrew H. Plaks）在分析《红楼梦》时，曾惊奇地发现：以《红楼梦》为代表的中国故事情节，竟然是在"无事之事"（non-events）的叙述格局中得以展开的：

> 从"叙述性＋时间化"和"非叙述性＋空间化"的原型对应出发，我们可以进一步观察到，中西叙事文学在对"事"的理解上的异趣。我们知道，古今中外，叙事研究的基本单位都是"事"或者"事件"（event）。如果没有一个个这样的基本"事件"单位，整个叙事就会变成一条既打不断也无法进行分析的"经验流"。然而，研究叙事的基本单位"事件"，并为它下定义，看似容易，其实很难。在西方文学理论中，"事件"似乎是一种"实体"。人们通过观察它在时间之流中的运动，可以认识到人生的存在。与西方文理论把"事"作为实体的时间化设计相反，中国的叙事传统习惯于把重点或者是放在事与事的交叠处（the overlapping of events）之上，或者是放在"事隙"（the interstitial space between events）之上，或者是放在"无事之事"之上。细心的读者不难发现，在大多数中国叙事文学的重要作品里，真正含有动作的"事"，常常是"无事之事"的一种典型，我们只要试想一下明清章回小说里有多少游离于情节之外的宴会描写，就会明白古人心目中对"事"的空间化感受是如何的强烈了。班固很早就说过：《春秋》尚事（events），《尚书》重言（words）。"言"与"事"是中国叙事文学中交替出现的两大形式，而在中国文学的主流中，"言"往往重于"事"，也就是说，空间感往往优先于时间感。从上古的神话到明清章回小说，大都如此。与西方文学中的概念相异，"事"在中国的叙事传统里，并不是一个真正的实体。在中国古代的原型观念里——静与动、体与用、事与无事之间等等——世间万物无一

不可以划分成一对对彼此互涵的观念，然而这种原型却不重视顺时针方向做直线的运动，却在广袤的空间中循环往复。①

可见，像《红楼梦》这样有着复杂叙述分层的故事（尤其是主层叙述者石头回忆补述并理解的红尘往事），就是流连于无尽的游园、茶会、拌嘴，并在其中得以升华与沉淀。

时间的承诺

叙述展开的轨迹，可以总结为从"缘起"到"终结"。被卷入事件的角色，都会呈现出一个时间上的意义向度：自我意义化的终结或者暂停。换言之，任何叙述的目的都是使自我更为明晰地朝向未来。萨特曾言，对自我敞开的时间维度只有一个，便是未来，所以，萨特式的自我从未曾回归自身，而是处于不停歇的逃亡之中。因为人的过去和当下都不能给予自身一个可以进入意义的基础。所以，必须为自己搭建一个意义空间，其方法就是将自己投射进未来。②

根据柏拉图的理念之说，自我对世界的认知呈现为三分图式：理念世界、现实世界与艺术世界。由于理念是绝对与完满本身，所以，理念世界是所有符号再现最终（尽管徒劳）的所指对象。自我经验的现实世界，是理念世界的影子（符号再现）。而艺术世界（即广义叙述世界），不过是理念世界的影子的影子，被真相隔开至无限远方。失去乐园之后的自我，只能根据对自我完满状态的隐约回忆，与由此形成的理念（idea），去再现经验世界中的自我缺失。这似乎道出了文学创作的宿命，情节的展开似乎不过是沿着三分图式的逆水行舟而已。难怪，世界文学叙述的"缘起"，总是被呈现为某种自我的缺失与错位（如《红楼梦》中石头的"无才补天"，古希腊悲剧中关于英雄的不祥神谕，史诗中的生存幻灭情节等）。事件中的角色诉诸不同的符号，将这种缺失或错位对象化（objectify），而文本末端的"结尾"，不过是单次符号化行为的暂停，并不安地指向自我完满的理念。《红楼梦》中因"无才补天"而自怨自艾的石头，苦苦哀求幻形入世，经历了从无至有，再回归到"无"。《海的女儿》则从无，进入有的幻影，再进入永恒。在《海的女儿》中，小美人鱼化为泡沫回归海底世界。"爱"成为抵制这一自我有限性的理念的符号。为了追寻"永恒的符号"，小美人鱼浮出了水面，来到人间，却发现尘世之爱，只是永恒之爱影

---

① 浦安迪：《中国叙事学》，陈珏整理，北京：北京大学出版社，1996年，第46~47页。

② 彼得·毕尔格：《主体的退隐》，陈良梅、夏清译，南京：南京大学出版社，2004年，第157页。

子的影子。小美人鱼所做的最终选择不是《石头记》中的无解回归，而是通过彻底的自我转换，进入永恒本身。文本叙述中的"泡影"可谓是一个意味深长的意象。

在王尔德的童话《夜莺与玫瑰》中，夜莺是一个十分复杂的角色。如前所述，根据传统角色分类，夜莺是一个静止而平面的功能性角色，代表了某种抽象的品质——比如"爱"的理念本身。然而，夜莺成为真爱符号，却有一个波澜起伏的动态过程。这就是说，她是以动态的方式（情节构建中反复出现的有关数字"三"的意象：三次寻花、三次被拒、三次歌唱直至死亡等），去诠释静态的意象——这是夜莺这一角色对读者提出的阅读与理解方式上的要求。夜莺遭遇爱的姿态，是成为绝对的"无我"，即首先交付出自我最好的部分，她毫无保留将最美好的歌声（"夜莺"这一角色被命名的由来）献出："I will sing you my sweetest song."（我会为你献上最美妙的曲子）换取那最红的玫瑰（真爱理念的符号）。当得知需要奉献更为完全的自我（生命本身）时（"if you want a red rose, you must build it out of music by moonlight, and stain it with your own heart's blood. You must sing to me with your breast against a thorn. All night long you must sing to me, and the thorn must pierce your heart, and your life-blood must flow into my veins, and become mine."）中文译文：想要一朵红玫瑰，你就得在月色之下，用一根花刺抵住你的心，并将之穿透，用它流淌出来的生命之血染红花瓣，成为我的生命之血。夜莺选择的是顺从。这就是说，这个故事的情节，是夜莺这一角色历经三次自我拆毁，从而换取爱的理念的影子的影子（即真爱—恋人起舞的承诺—红玫瑰）。自我的符号也经历了三次转换：夜晚的歌声—生命—有情人。只不过正如世界文学情节叙述模式所示，理念的影子的影子，总是指向自我缺失的更深处——红玫瑰被"有情人"弃于阴沟。

至此，笔者欲以一篇情节极为"简单"的书信体小说《窄门》为例。该故事所呈现的情节是叙述者兼人物"我"（杰罗姆）追忆已故的恋人（表姐阿丽莎）。二人曾在灵与肉、世俗之爱与天国情怀之间苦苦纠结，在追寻通向永恒之道的窄门中，不停推迟并最终关上了实现尘世之恋的通道。若以此处建议的角色、事件与时间为关键词，可以将这个故事还原为某种"在推延中前进"的叙述格局，而推迟的最终原因是对符号揭示真相能力的怀疑。

人物"我"与阿丽莎的恋情，始于年少的知己之情。两人通过彼此可以更为明确地认知自我的形象。但"我"与阿丽莎的感情，在某种意义上指向更高的天国之道（最高级的幸福），即"我们的爱"是永恒之爱投射于尘世生命的符号。然而，恋情的命名（婚姻）会戳破这个符号的幻影。如果固守于这个脆弱的符号，将其置于高于所指对象的位置之上，反而会将后者推至更远方。所以，该故事隐含的冲突在于：符号再现与所指理念之间的对抗。在文本中反复表现为二人即将收获爱情的符号化（表白与确立）时，都无一例外地被推迟并演化为更为微妙复杂的符号形态：

> 她在花园里端。我朝圆点路走去，只见紧紧围着圆点路有丁香、花楸、金雀花和锦带花等灌木，这个季节正好鲜花盛开。我不想远远望见她，或者说不想让她瞧见我走近，便从花园另一侧过去，沿着一条树枝掩护的清幽小径，脚步放得很慢。天空似乎同我一样欢快，暖融融、亮晶晶的，一片纯净。她一定以为我要从另一条花径过去，因此我走到近前，来到她身后，她还没有听见。我站住了……就好像时间也能同我一道停住似的。我心中想道：就是这一刻，也许是最美妙的一刻，它在幸福到来之前，甚至胜过幸福本身……①

因此，随着情节进一步展开，冲突悄无声息地转换为角色与时间的一场竞赛——未来我与这种无限被滞后之间的对抗。在通向永恒之爱的窄门与尘世之恋所承诺的大道之间，自我的出路到底在何方？叙述时间的意义向度再次涉入亘古谜题的阐释漩涡之中。其中，无论是叙述者"我"的等待，还是阿丽莎的死亡，都未能将永恒之爱推入那扇窄门。即便是对于选择了自我毁灭的阿丽莎而言，她依然留下了指定交给"我"的日记，从而完成了纪德所说的"叙述先行"的艺术家形象：不是原原本本地讲述经历的生活，而是原原本本地经历要去讲述的生活。② 在临近窄门理念的那一刻，符号再次绕开了自我。

或许，所有的情节构筑，都是一种努力，想挣脱过去的羁绊，奔向茫然的未来。在瞥见未来的幻影时，才回忆起自我的起点。每一步迈向未来的逃亡，都把自己带回到隐约记忆中的原点。指向未来的叙述终结，都在过去找到了最好的回应与慰藉。

---

① 安德烈·纪德：《窄门》，李玉民译，北京：中国友谊出版公司，2015年，第99页。
② 安德烈·纪德：《窄门》，李玉民译，北京：中国友谊出版公司，2015年，第8页。

第五章　元叙述转向中的自我认知

　　"果然是敷衍荒唐！不但作者不知，抄者不知，并阅者也不知。不过游戏笔墨，陶情适性而已！"后人见了这本奇传，亦曾题过四句为作者缘起之言更转一竿头云：

　　说到心酸处，荒唐愈可悲。

　　由来同一梦，休笑世人痴！

曹雪芹、高鹗《红楼梦》

　　本章提要：元叙述破除了人们赋予"叙述"这一符号行为的传统使命——"再现"。元叙述似乎回应了文学叙述演变的规律，即文本表意的形式总是沿着世界对象的"认知－建构－消解"的轨迹滑动。与之对应的修辞也沿着"模拟－象征－反讽"的格局滑行。此处的"消解"包含了对自我的回归并在自我反观中准备下一轮意义演示的转向。自我的形成正是一种过程中的局限性——被动遭遇物的过程之中所做的能动回应与自由抉择。所谓自我认知，总是为了回应对象的某个片段而做出的努力。

　　元意识并非新鲜之事，但当它成为文本的主导时，或有助于接受者突破原有的阅读、理解程式时，文本就成了一个"元文本"。因为从其定义来讲，"元"（meta-）化意味着通过分离而得以实现的自我反观与深入。事实上，任何叙述形式成为主导，就会成为主题意义的暗示。所以，从本质上讲，元叙述是一种对原有自我的转向与突破。元叙述似乎在回应着文学叙述演变的规律，即文本表意的形式总是沿着对象的"认知－建构－消解"轨迹滑动。与此对应的修辞也沿着"模拟－象征－反讽"格局滑行。此处的"消解"包含了对自我的回归（return），并在自我反观中转向下一轮意义演示（shift）。而自我的主体性正是一种过程中的局限性——被动遭遇他物的过程之中，所做的能动回应与自由抉择。所谓自我认知，则是为了回应对象的某个片段做出的努力，这正符合符号"无尽衍义"的道理。

所以，元意识在文本中的主导趋势，体现了现代思想中一种非常突出的自我认知倾向。自 20 世纪以来，西方文艺理论就呈现出这种回到自身、纵深内省的气质。对世界对象化的认知到达一定高度时，主体意识到：守住自己的内心，难于在千军万马中守住一座池城。最深不可测，最难以驾驭的，是自我认知本身。面对被自我文本化的世界，自我必须承认无知。叙述，不是为了再现也不可能完成再现。因为再现总是对事物的片面对象化。元意识是通过彻底暴露叙述机制，为叙述创造一个文本世界，来反映对现实世界可能性的根本怀疑。叙述，使自我前所未有地谦卑，因此被更深地卷入存在之流。

何为"元叙述"

元叙述破除了人们赋予"叙述"这一符号行为的传统使命——"再现"。诚如帕克里夏·沃（Patricia Waugh）在其著作《元小说》中总结的，在充满"自我怀疑和文化兼容"的当代，虚构作品是对于"一种更为彻底的感受的回应，这种感受的要点是：不再有永恒真实的世界，只存在着被建构的系列、技巧以及非永恒的结构"[1]。自我的构成本身，是一个符号文本，其边界范围规范着自身在世如何确立。这就是说，元叙述文本对我们的最大启示在于：叙述是一种构成，一种过程化，是文学叙述的认知转向的结果，指向"文学文本之外世界可能有的虚构性"。叙述的转向，在于让自我通过叙述重审现实与虚构的过程与构成。赵毅衡在《广义叙述学》中指出：元小说表明在符号虚构叙述中，意义在很大程度上只是叙述的产物。这样，我们所面对的现实世界也并不比虚构更真实，它也是由符号构筑的，世界不过是一个大文本。符号的边界就是世界的边界。[2] 将文本元化，不是为了元化叙述本身，而是让我们的认知得以元化。如前所述，任何意义的形式条件发展到一定高度，就会承认自身的局限，并通过反指自身而开启新的文本生命。对此，赵毅衡精辟地指出：欲超越当代文化传统，需要对表现形式与解释方式进行测试与再建。当代文化元意识的产生，符合了这一需求。[3]

元叙述首先是一种形式转向，但它揭示了意义的演示规律。根据维柯"四体演进"之说而形成的修辞演变格式（隐喻－提喻－转喻－反讽），任何一种

---

[1]　Patricia Waugh. *Metafiction：The Theory and Practice of Self－Conscious Fiction*，London：Routledge，1984，p. 8.

[2]　赵毅衡：《广义叙述学》，成都：四川大学出版社，2013 年，第 291 页。

[3]　赵毅衡：《广义叙述学》，成都：四川大学出版社，2013 年，第 311 页。

文化体裁的最高阶段，必然是一种"反讽"（irony）。反讽这一术语，可以指意义形式的反讽，对意义本身的反讽。但反讽并不一定是对自我的彻底消解与否定，而是广义上对原有自我样态的"离开"与"返回"，这是一颇为纠缠的双向运动。元叙述正体现出这种对自身的全面批评，从而开启新的可能的意义空间。所以，叙述的元化是一个程度问题，也是文学叙述这一最为基本的意义活动到达相当自觉高度后的必然所至。笔者建议将元叙述理解为对"叙述"本身的批评。

叙述本身即元化过程。以广义上的叙述干预为例，叙述者对正在进行的事件或角色进行点评，从而或明或暗地形成了某种意义取向，这本身就是局部的元化——对所述部分形成的自省与批评。所谓叙述者与人物之间形成的话语竞争格局（甚至在如海明威小说中，人物话语主体性压过隐退的叙述者声音），说明叙述者无法完全控制文本意义的阐释与接受，因此，有必要通过元化来承认文本的局限。元小说自我批评的姿态与文学史中曾出现的"批评现实主义小说"不同。后者恰恰是以十分强大的叙述者为文本展开的基础，从而促使读者越过文本与现实的边界，使其认知固定在文本指向的"真知"范围内。换言之，其所批评的对象是某个非我的他物，而非叙述自身。而元叙述所指向的，是旧有的自身；所思考的，是可能的新我。

因此，元叙述可以同时在三个层面展开：叙述者的自我暴露、叙述机制的自我揭示、叙述意图的自我批评。首先，叙述者在文本内的自我指示，是元叙述的形式前提，因为对所有叙述文本的暴露，都始于对叙述声音的揭示，将读者的注意力聚焦于声音的出处，让人意识到文本是一个"被造物"（something created）。这也是元叙述的最早形式，如中国传统的说书人格局，通过对观众话语主体性的呼吁"看官，你道此书从何而来？且听我细细道来"，将叙述者自身实体化。正因为叙述者的自我暴露是元叙述的基本形式，故在反复使用中容易被程式化，成为一种（尤其是在演示类叙述中）普遍的交流模式。

而更为深度的"元"化，是文本自我交代其叙述机制，即故事本身说清楚故事构成的缘起及构成方式。这是传统的隐身框架叙述尽力避开的文本现象，因为这无疑降低了"所述即真实"的可信度。然而，叙述机制的自我揭示并不新鲜，常见的如"后记""前言"等。以毛姆的《面纱》为例，该小说"序言"第一句说明了"该部小说的写作得益于但丁诗句的启示"，并且详细分享了自己在构思上的情感体验：

> 我揣摩不透厄丝莉亚从何得知这么详细的故事，在但丁的原诗中远没有这么丰富，不过这个故事却激发了我的想象力。我翻来覆去地思考着

它，有时一想就是两三天，这样持续了好多年。"锡耶纳养育了我，而马雷马却把我毁掉"，这行诗牢牢地记在了我的脑子里，不过因为还有多部小说也在构思当中，于是我把这个故事一搁就是很长时间。显然我要把它写成一个现代故事，但是要在当今的世界上为它找到一个合适的背景实属不易。直到我远赴中国之后，这件事才最终有了转机。[1]

与上述例子（在与故事隔开的附文本中交代文本来历）不同，也有将元叙述部分嵌入文本之内的小说，如印第安裔美国作家路易斯·厄德里克的《踩影游戏》（*Shadow Tag*, 2010），在小说接近尾声时，我们得知，之前关于男女主人公的情感纠葛，源于叙述者"我"——男女主人公的女儿，现已成年，正在攻读文学学位——的一份论文设计。[2] 对故事原因及过程的透露，无疑是更深层地将文本推向前台，突出"虚构性"是其本质。那么，该如何理解这种叙述即虚构的根本属性呢？作为"受造之物"，文本的"野心"应该得到怎样的规范和界定？文本内的真知是否与文本外的世界完全重合？或者说叙述是否应该确立文本意图？对此，元叙述做出一种惊人的努力——在文本内"去文本化"。正因为真知不过是偶然性文本的必然性链接，那么，"文本化"的世界才是对主体认知的真实写照。

因此，元叙述既是一种修辞形式，又是思维展开本身，更是提示再次接受对象文本的可能性。正如马克·居里观察指出的，元小说介于小说与批评之间。我们或许可以认为，元意识文本是介于再现与反思之间的领域。元叙述本身是一种意义的转向。基于这种理解，我们可以尝试着通过元叙述之窗，探视当代文学元叙述转向可能的形式类型及其折射出的自我符号形象。

文本边界

与当下讨论元叙述的大多数声音不同，笔者认为，元叙述并非嘲弄意义本身，而是通过放弃意义形式的统一，逼问更深的存在可能性。这是人类文化符号能力到达一定高度后的必然现实——说者交代自我生成，与释者共筑文本意义。敬畏意义之源，故而警告所有试图捕捉意义的形式。这或许是任何意义形式的规律。

皮尔斯的符号定义，对索绪尔系统论的最大突破之处，在于将符号视作一个过程。单次叙述行为（单个文本），是追求真知的环节之一。与19世纪维多

---

① W. S. 毛姆：《面纱》，阮景林译，重庆：重庆出版集团、重庆出版社，2006年，第3页。
② 本书第四部分第二章会对该小说有详细分析——笔者注。

利亚时期欲将文学替换信仰的野心与姿态刚好相反，元叙述的勇气在于，告诉你这种努力本身不过是一个关于语言符号的寓言。这种消解自我的意向性转化为以下文本形式，亟须我们重新审视叙述中的传统概念，如文本边界与叙述权威。

赵毅衡曾将文本定义为能被接受者理解为意义合一的整体。这里所说的"整体"，更为精准的表述应为"形式的整体"。而意义也是"临时的意义合一性"。元叙述文本最大的形式特征和文本意图就在于：突破既有的文本边界；并由此揭示单次意义行为及解释的临时片面性。这个定义道出了"文本"的构成及解释的偶然性。文本的边界可以是流动的，而流动的边界正好消解了（传统意义上人们所期待的）文本价值指向。

在此，有一个较为极端的案例：美国青春偶像电影《暮光之城》原著同名小说中，有一段关于时间意义"空缺"的再现：男主角（吸血鬼）爱德华为保护心仪的女主角（人），所以不想与她有任何牵连，但这也就阻碍了两人恋情的进一步发展。他决绝地选择了从后者生命中完全消失。行文至此，小说干脆空出 12 页白纸。相比之下，电影镜头采用更为传统的形式处理这一剧情。电影采用了 360 度摇晃镜头中，内置"时光流逝"的蒙太奇，用以表现女主角无果的苦等。小说的元叙述被安排得十分隐晦精彩。空白的空间不仅仅是为了表示爱情缺失后白白流走的时间，通过叙述的休止，而指向文本更深层的边界流动——"我"写到此处，需要停顿。并且，"我"需要表达我这种临时放弃的写作姿态。对此，读者做何感想？

通过流动的文本边界，文本的生成过程也因此暴露。然而流动的文本边界要求读者有更强的跨文本能力。事实上，这一叙述形式，在幼儿读物中更常见。为何？面对符号世界如此宽泛的边界，尚未被社群文化语言完全程式化的幼儿或许具有更强的跨越文本边界的能力。从这一角度而言，当代文学中日趋明显的元叙述转向，是对"文本塑形之前"（pre-textualized）世界的回归。稚子之眼，或许更能窥见天堂的奥秘。元叙述所欲消解的，是自我"成人化"的文本世界。

叙述权威

叙述的权威，在近年的叙述学研究中，是已被遗忘的事实。因为其背后，总有个言说的话语源头——这似乎是不言自明的。纵观古今中外文学史，不难发现，在不同时期，人们尝试着通过文本展示出的价值，指向历史文化语境中的自我缺失。所以，文本必然被呈现为一个意义的有机整体，让残缺的自我可

以栖居于此，并实现自我修复。在后现代洪流中的零散式写作，不满文本内的
"横向真知"，主张破坏意义的整体性。其结果是使自我在这场离心运动中，断
裂为彼此间毫无关联的残片幻影，进而成为高度依赖单次语境的文本化符号自
我。这就是我们说的后现代写作最大特征——指向意义的焦虑本身。后现代自
我（the postmodern self）最大的病症，就是意义的焦虑。因为太多的意义与
身份，将自我构成一种不连贯、不相关的多元性（multiplicity）。迷宫般的自
我符号竞相提示我们可能成为的那个"自我"，而我们真正能做的是不停地消
费符号能指，游走于偶然产生联系的缝隙之间，自我愈发成为一种叙述构建、
一种实验身份的努力、一种再现视域、一个关于自我的故事。所以，在谈及后
现代自我时，就等于进一步言说指称。自我阐释的符号之链沿着指示性与自反
性空前延伸。自我不会一次性地确定意义，而是不断地涉及阐释过程。难怪诸
种后现代理论总传达出一种悲喜交加的情怀：既承认失败，又欢庆无限的可
能。自我既不是外在，也不是内心。在外，自我难以定位世界；在内，放弃了
对意义之源的追寻。自我空前地复制符号、消费符号，并且反思符号。自我空
前地依赖叙述文本来规范、理解、表达自我。那么，该如何定义"后现代自
我"呢？当然，这本身也是一种自我叙述化，不妨将其理解为：不堪多元性重
压，而诉诸多元叙述的自我形象。它只能栖居并迷失于文本的符号自我，欢呼
绝对的文本性。

　　然而，作为后现代叙述形式之一的元叙述，似乎是一种必然——这既是后
现代消解整体性的延续，又通过叙述权威的谦卑自反而有力地遏制了前者的任
性，从而让人在"跨文本"之间可以更具温情地重审存在的现状。元叙述转向
是对叙述权威的理性反思。如果碎片式写作是纯粹的发泄，那么，文本生成的
自我揭示是一种与读者对话的姿态。叙述者在坦白文本生成的过程中，被"人
物化"，且作为意义元素更深地融于叙述情节中。正如石黑一雄在《远山淡影》
中，承认自我虚构的叙述者悦子那样，只有当我们得知这一切不过是悦子刻意
为之的虚构时，才会更加认真而悲悯地回顾悦子呈现的这段历史。这也是电影
版《了不起的盖茨比》（2013）的文本意图：通过强化叙述者尼克的创伤叙述，
揭示整个故事的由来，从而使电影中的叙述者尼克（较之原著中的叙述者尼克
而言），增加了更多的意义。比如，尼克不光是时代的观察者，而且是受害者，
反思者和叙述者，等等，并进而反思"疗伤"是否可能的命题。

　　元叙述的效果曾被归纳为对文本理解程式的嘲弄。然而，元叙述转向所揭
示的更深层命题是通过对形式的嘲弄而进入更为严肃的深层意义。通过元叙述
而消解叙述权威，是要求读者退到文本之外，保持距离地思考文本。读者的参

与，并不一定是直接地卷入（如游戏文本的叙述机制），而是跨文本的意义建构。

关于真知——隐含作者的危机

如前所述，元叙述意识在文本中的主导趋势，是对后现代元主体形式泛滥的一种必要遏制。任何形式的转向，都会指向更深层的意义规律。元叙述的自省特质，能否通过打破文本的写作与接受程式，从而突破原有的文本真知？是否会再度引发叙述学研究中的隐含作者之争？

"隐含作者"最早由韦恩·布斯提出。此后，在注重文本建构的修辞学派与主要研究文本如何被接受理解的认知学派之间，隐含作者概念如幽灵般地游走而难以定义。隐含作者的麻烦不在于其定义，我们可将隐含作者简单定义为"文本人格化"，即整个文本所指向的意义方向。其容易引发笔墨官司的地方在于：此处的文本价值方向何在？是读者的推导与重构，还是作者预设的写作意图？还是赵毅衡建议的（借鉴皮尔斯）"来回试推法"，从而让文本意义在一定历史时期内靠阐释社群得以落实成相对固定。因为意义是客观落入主观意识之中作用的临时结果。可是，当一个文本中出现大量的元叙述元素打破文本自身的稳定时，似乎会形成最稳定的文本意图；隐含作者似乎再次陷入新的危机。那么，我们又该如何界定基于"隐含作者"而进一步引发的"不可靠叙述"等问题呢？如前所述，不可靠叙述本身被理解为一个主题，它代表着意义的不确定性。因此，它也成了后现代作品的最主要叙述特征。而这种尚待生成的意义本身又同时暗指：一个文本中承载着多方主体意识之间的竞争与较量，也就是隐含作者与隐含读者如何分别从一份素材中生成意义，即从底本到述本的变化过程。

隐含作者与隐含读者是两个互为镜像的概念。它们之间是循环论证的关系。隐含作者是体现整个文本价值取向的文本自我，这个文本自我的生成建立在与之对应的信息接受主体上：隐含读者——它事实上是真实作者（根据其认知水平，知识结构）所能预设拟定的一个期待视域——读者主体，会随着由时代变迁而导致的认知力变更而变质。因此，这二者是一组游移不定、相辅相成的概念，彼此间的关系如一枚钱币的两面。自我处于一个具有高度弹性的阐释过程之中，是一个充满弹性的符号化过程。在关于自我的种种阐释中，自我的概念演绎出一种从主客二维自我向三维自我过渡的趋势。自我是具有自反性与对话性的概念，因此，"自我意识"这一概念是一个充满元意识色彩的符号，即要求站在自我的元层面来回视自我。文本作为意义被感知的实体，都会具备某种身份。文本身份之于自我的意义在于：文本身份可以影响自我的符号结构与位移。那个能说"我的历史"的主体——通过不断地向前投射自己，通过不断地认识和实现存在的新可能，才得以过上人的生活；自我总是一个已被抛到自己前面去的存在。"我"的存在始终都不是"我"可以作为已完成的对象而加以把握的东西，它始终具有新的可能性，始终是悬而未决的，过去的意义取决于将来的揭示。符号文本的生产和传播，迫使发出主体和接受主体考虑到对方的存在，以对方的存在作为自己存在的前提，以身份互动来调整自我在符号交流中的位置。

符号学关注的是达意方式，自我通过符号进行表意和解释活动，并希望获得他者的反馈。因此，符号传达是一个信息传播的互动过程，体现了两个主体之间的互动关系，而非一方对另一方单向的意图输出。符号文本存在于发出主体与接受主体之间，符号文本是互动性文本。在一种文化中，符号文本互动产生后，才会进入传播流程。符号文本是一种符号意指过程，它不是一趟从能指到所指的直通车，而是在文本信息过程中既使意义不断增殖，又使符号自我不断繁衍的过程，从发出主体赋予文本的意图意义、文本本身所携带的意义、接受主体悟出的阐释意义，这三种意义不一定完全互相对应。符号表意行为是这三种意义不断交锋的过程。但是，在传达过程中，发出主体或接受主体如果能够互相承认对方是符号表意行为的主体，这三种意义在表意过程中就可以实现各种调试应变。两个主体只有承认对方的存在，表意和解释才可以进行。发出主体以一个能解其中味的他者为基础；接受主体也以自我的解读模式来构建自我。叙述主体在文本层面分化为：隐含作者—叙述者—人物（说者）；以及与之对应的隐含读者—受述者—人物（听者）。叙述文本要生成意义，叙述主体就离不开他者的介入与互动。要实现对整个文本的充分理解，必须在叙述主体与接受主体产生关联的动态网络中进行。我们甚至可以将他者视为叙述得以展开的动力。我们也可以从两个层面来理解"意义"：一方面是指文本本身的意义，那么，另一方面就更强调被悟出的意义。叙述主体的每一次分化，都建立在其预设的一个"他者"基础上。也就是说，叙述主体的意图（即意义生成的源头），是在与其对应的阐释主体的互动关系中，形成意义自我增殖的。这是从叙述主体与阐释主体的垂直对应关系而言。同时，在这个叙述交流模式中，还应注意的是：沿着叙述主体分化的水平方向，逐层往下分析，每一层的主体与其高一层/低一层的叙述主体之间的关系，是怎样诠释着叙述主体的意图的。叙述主体和阐释主体分别以不同方式构建自我：一方面，叙述主体的行为以预设一个能或愿"解其中味"的他者为基础；另一方面，阐释主体也在以一种自我的解读模式在阅读行为中或认同，或反思，同时构建自我。

不可靠叙述作为一种叙述策略，其本身意义的呈现以及对不可靠叙述的判断和全面理解，都离不开受述者的介入及其针对叙述主体所展开的种种形式的对话；而这种或顺水推舟、或逆流而行的对话，实质是受述者的一种阐释策略，它在信息两端双方的互动过程中呈现出来。因此，受述者是分析小说叙述主体不可靠性的一个重要元素。本书首先从叙述主体的自反性这一角度出发来分析受述者在不可靠叙述中的地位，并得出结论：作为信息重构者的阐释主体和信息发出者的叙述主体，这二者之间的互动使"不可靠"本身有了意义。

叙述学界将不可靠叙述定义为隐含作者与叙述者之间价值取向不一致产生的角力。此定义缺陷在于：隐含作者也是由隐含读者这一动态概念所推导而得的。所以，我们可以这么补充：隐含作者与叙述者两个不同的自我之间的价值差距产生了不可靠叙述，而不可靠叙述的意义取决于隐含作者（不同于以上的）另一个自我的解读。文本的产生源自信息发出主体；对不可靠叙述的研究（或者这种阐释本身）又反射出那个特定时代的价值取向。因此，不可靠叙述本身具有不可靠性。

叙述者与社会文化有一种特殊的联系，他经常超越作者的控制。他往往还会强迫作者按一定的方式创造他。作者貌似是万能的造物主，在叙述者面前暴露出权力的边界，暴露出自己在历史进程中卑微和被动性。叙述者身份的变异，权力的增减，所起作用的变化，他在叙述主体格局中地位的迁移，可以是考察叙述者与整个文化构造之间关系的突破口。叙述者有时苦恼，有时并不苦恼。由此可以看出，叙述者并非作者所能控制，而文本与整个文化语境的关系，又是叙述者不能控制的。事实上，叙述者的价值体系时常与整个文本所呈现出来的价值体系形成强烈反差，这就形成了不可靠叙述。

事实上，不可靠叙述作为小说文本中的一种独特现象（或者说写作技巧），也只有被置于叙述者与受述者之间的互动关系网中，方可得其全貌。作为他者的受述者是分析小说叙述主体不可靠性的一个重要元素。作为信息重构者的阐释主体和信息发出者的叙述主体，这二者之间的互动，使"不可靠"本身显得有意义。

元叙述引发的叙述学问题值得我们深究。因为它并不只是指向某个部分的形式问题，而欲以文本整体（叙述，最基础的符号行为）为反思对象。在对"叙述"不断"元"化的过程中，自我的缺失又该如何聊以慰藉？

"我"不仅在说，而且深知自我为何言说、言说何物，并且在"述说"的一刻，使自我言说的意义得以明确。随着叙述的展开，自我分化指向更深的意义维度——自我的元化，必然体现为叙述的元意识。在此，我们发现，自省竟可以叙述化地展开。

元叙述的坦率与谦卑，尤其能体现符号定义的本真：单个符号，是无尽衍义之链上无限逼近真知的一个环节。人的世界是通过符号能企及的对象化世界，或许折射出自我心理深层的焦虑与不安：当我们谈论了太多的意义编码与解码之后，我们应该如何言说意义缘起？元叙述转向反映了内心的不满与惶恐，面对神秘的"前意义"领域，自我的能动性何在？唯有不停地言说本身并同时暴露叙述的机制，承认所谓的虚构性。虚构或许是仅存的真实。

第三部分　类比·电影

第一章 镜头说事：电影镜头叙述中的思维指示性

> 有一天，那是很久以前的事了，我偶然看到一张照片，是拿破仑最小的弟弟热罗姆的（摄于 1852 年）。我感到很惊奇，当时想的是："我看到的是一双见过拿破仑皇帝的眼睛！"这是一种我怎么也无法抑制的惊奇，我曾时不时地和别人说起过这种感觉。
>
> 罗兰·巴尔特《明室》

本章提要：电影文本中最基本的视觉叙述单元（镜头）通过对影像元素的选择与规范，完成文本的发送及与观影者的交流；反之，观影者对电影的理解，应该适应对镜头视觉语法的分析。笔者将分析镜头叙述如何打破我们的常规视觉语法，以非常规视觉感知方式，从而将电影视为"电影"。贯穿这套视觉语法的是镜头符号的指示性，即镜头如何成为观影者思维展开的方向指示，可以体现为很多方面，比如距离、焦点、角度，或许还有更多……

作为文化史上较晚出现的叙述类型，电影的诞生、运作及其对认知形成的冲击，无不回应着在认知发展过程中，视觉感官的突出以及由此延伸的对视觉文本这一再现体裁所特有的自信。我们总是在将事物文本化的过程中把握存在与自身。电影首先应当被理解为一种视觉语言，它以一种特别的文本化方式来捕捉对存在的认知。电影文本中最基本的视觉叙述单元（镜头）通过对影像元素的选择与规范，完成文本的发送及与观影者的交流；反之，观影者对电影的理解，应该适应对镜头视觉语法的分析。那么，何为镜头的"视觉语法"？其定义、特质及分类又如何界定？镜头是如何通过这一整套视觉语法实现类似于文字文本中的叙述干预？这是我们在接下来的有限篇幅中将思考的问题。首先，我们需要分析镜头叙述是如何打破我们的常规视觉语法的，这样才能明白镜头以非常规视觉感知方式所形成的陌生化效果，使电影具备有别于日常的诗性。要讨论镜头的视觉语法，我们应该先从日常的视觉语法谈起，并在对这二者的比较辨析中，窥见一二。笔者认为，镜头并非是一种模拟（像似符），而是一种打破、诗意的变形，用以规范认知。

当我们尝试界定视觉语法时，首先应当意识到视觉认知这一行为本身的特点，以及在哪种方式下可以成为一种艺术（即无限繁衍意义符号的视觉文本）。如果我们认同，在人的认知过程中存在一种特有的视觉认知模式，那么就应该迅速将我们的双眼从语言媒介中抽离出来，回到视觉－意义之链的轨迹上。只有这样，才会发觉我们的眼睛正在退化为纯粹是度量和辨别的工具。[1] 可见，从视觉这一途径向世界索取意义的能力长期以来被人们漠视了。因此，还原视觉语法的前提是厘清视觉认知的特性，对此，罗兰·巴尔特有一段话对我们或许有所启发。在论及摄影如何触动观者时，他曾说："要想看清楚一张照片，最好的办法是抬起头，或闭上眼。"继而，他接引卡夫卡补充道："拍照是为了把要拍的那些东西从头脑里赶走。我的麻烦在于以什么样的方式闭眼。"[2] 这段戏谑之语，看似矛盾，实则深刻。极致的"看"法竟然是"闭眼"，看的最终目的是忘记（看到的符号所指对象）。"看"作为一种视觉认知，是示意长链条上一个"得鱼忘筌、得意忘象"的符号。而视觉艺术，正是将"看"这一认知行为陌生化的符号过程。最具艺术气息的视觉文本，应该能让人迅速越过"看"的符号行为。在此过程中，与视觉形象齐观的其他符号（如语言）沦为辅助。因为视觉本身在尽力抹去自身的中介性存在并迅速隐退。

由此可见，视觉文本最大的特质在于：双眼向事物索取意义的能力。那么，视觉文本如何能成为"艺术"呢？如前所示，一个文本对符号所指涵义的解释空间越广，就越具有艺术气息。也就是说，一个艺术视觉文本对接受者而言，不应当只是一次性消费品，而应当是对接受者不停地发出再次接受的邀请，因而是发人深省的。视觉文本想要成为艺术，就应该让接受者面对文本时，经由所见的符号对象迅速进入文本之外的理念维度。借用巴尔特赞誉上乘摄影作品的心得：照片具有颠覆性，不是在照片吓人且让人看了颜容失色的时候，甚至不是在照片谴责了什么的时候，而是在照片发人深省的时候。[3] 既然

---

① 鲁道夫·阿恩海姆：《艺术与视知觉》，腾守尧、朱疆源译，成都：四川人民出版社，1998年，第1页。

② 罗兰·巴尔特：《明室：摄影札记》，赵克非译，北京：中国人民大学出版社，2011年，第73页。

③ 罗兰·巴尔特：《明室：摄影札记》，赵克非译，北京：中国人民大学出版社，2011年，第50页。

能够形成视觉"刺点"的元素，总会或多或少潜藏着一种扩展的力量。换言之，这是一种超越自身的能力。

因此，作为艺术的视觉文本，应该使其中的每个视觉元素游走于"偶然"与"刻意"之间——每个电影文本都在努力传达某种"统一性"，而每个镜头又总会溢出文本边框，指向冲破这种统一性的可能。达到这一点认知效果的密码，就藏在镜头的视觉语法运用过程中。

我们可以将镜头的视觉语法理解为电影对观影者接受文本的规范，并通过这一规范细则，达到与之交流与相互理解的目的。这种规范不是单向指令，而是基于接受者认知力而形成的一种由镜头视觉语法与观景者共同构成的指示性（indexicality）。接受者持有某种观影期待，才能将其视为一部"电影"——一个有一定示意能力的虚构视觉文本。也就是说，它必须具备所有虚构文本的文学性（诗意）。所以，观影者的视觉认知必须以诗意的方式获得诗意的视觉理解（poetically accepted）。因此，镜头必须是对日常视觉规则的背离和重新塑形。

但具体的问题在于：如何确保这种背离和塑形所指示的是观影者更为深广的思考空间？前面所谓的"共同构成"，是想强调它是基于观影者的认知潜能而设置的一种元语言。而所谓的"指示性"，不是镜头所呈现的元素与日常视觉效果的直接对应，而是思维展开的方向指示。比如，可以具体体现在角度的调整、焦点的选择等方面。要形成符号接受者的出位之思，就需要打破审视事物的日常思路（approach）。镜头再现对象，就是要形成被再现对象的陌生化效果，仿佛观影者从未知晓该事物，与之拉开审美距离，并由此产生更多的思考。在接下来有限的篇幅中，我们将结合镜头设置的具体技法，来探讨镜头如何成为观影思路的指示符号。皮尔斯在定义符号指示性时曾这样理解："与人的感觉与记忆有关联"，如语言指示符会提醒接受者运用自己的观察能力，由此听者的心灵与对象之间建立起了一种实在的联系。[1] 赵毅衡敏锐地指出，符号的指示性在于发出与接受双方之间的意义交流互动，是携带"语义矢量"的指示符号。[2]

镜头叙述在本质上是一个引导观影者实现视觉陌生化的过程。摄像机通过与被摄对象距离、角度、焦点的确立以及运动的轨迹，从而规范观影者接受影

---

[1]　转引自赵毅衡：《哲学符号学：意义世界的形成》，成都：四川大学出版社，2017 年，第 104 页。

[2]　赵毅衡：《哲学符号学：意义世界的形成》，成都：四川大学出版社，2017 年，第 105 页。

像元素的方式。这一符号化过程，首先是指观影对象的陌生化，也指观影行为本身的陌生化。电影文本的展开，并非源于摄像机模拟双眼，而是摄像机通过对视觉元素的叙述干预，从而引导双眼模拟摄像机捕捉事物的方式（approach）。

首先，以拍摄距离为例，基于拍摄距离的长短，我们知道镜头的基本分类有：长镜头、中景镜头及特写镜头。这三种基本的景别分类，又可以拓展为九类（大远景、全远景、广角、中远景、中景、中近景、特写、大特写、极特写）。通过对观影距离的设置与规定，从而对象与观影主体被迫形成特殊的心理关联，在一个文本中呈现多种样态。进而，多种样态构成不同种类的镜头比率，该比率会转换成不同分量的诗性。

我们来对比一下上述三种镜头带来的观影效果，从而觉察出镜头如何通过打破常规视觉语法来操纵对电影文本的叙述干预：我们可以将中景镜头认定为摄像机规定的弱度干预叙述。因为它最自然、温和，不刻意制造视觉冲击，是一种铺陈式的、不动声色的信息展现方式，主要功能在于传达（to inform）（即让观影者识别出画面主要对象）而非对信息施以论断，类似文字文本中的框架隐身叙述。[1] 它应当被视作影像延展过程中的"常态"，因为它使用的是常规的视觉语法。

那么，相对于此种常态而言，长镜头所刻意包容的高密度视觉元素，则会使观影者难以确立所谓的"主要单一对象"（the main object），从而将"场景"（setting）本身对象化。这也是人们为何将长镜头命名为"定场镜头"（establishing shot），意为帮助确定整体环境。有学者在分析长镜头的叙述功能时，曾举例在麦克尤恩小说《赎罪》同名改编电影中，有一个长达四分钟的长镜头，令人印象十分深刻，是关于第二次世界大战期间敦刻尔克大撤退的场景。这个超长镜头以繁杂而充实的影像元素，给观影者带来了多方面的心理冲击：既有对战争环境的极度强化，也有溢出画面框架的主题隐射，让人感慨在此背景下的主人公命运的无法自主。[2] 在此，我们看到摄像机成功实现了陌生化效果，使观影者能赋予客观中立的视觉元素以"背景"这一文本意义。长镜头的另一叙述功能是营造阐释漩涡。

而特写镜头则是通过压缩影像元素的密度，甚至以提喻、夸张（比如鱼眼特写镜头）等修辞模式来突显单一对象。最初，特写镜头的摄制是通过围上一

---

① 参见本书第二部分中有关叙述"框架－人格"的符号学分类。
② 马睿、吴迎君：《电影符号学教程》，重庆：重庆大学出版社，2016年，第150~151页。

张环形遮挡卡片，这种卡片位于摄像机之外，这就是特写镜头英文名"close-up"的由来。[1] 由此命名可见特写镜头所提示的，是我们对"看"这一认知行为本身的关注与可能的重审。我们不仅注意到了所"看到的"对象，更关注到了"看"的感知过程。所以，特写镜头是电影文本中多重维度的提示符：它所指示的，不仅有"看这儿"，也有"这样看"，以及"看到的是什么"。而这一系列的指示示意，拉长了我们对影像元素的感知过程，同样获得了颇具诗意的陌生化效果。

瑞典影片《呼喊与细语》（*Cries and Whispers*，1972，英格玛·伯格曼执导）堪称特写镜头运用典范。该片被誉为必须用眼睛才能领会的故事。[2] 106分钟的放映时长，几乎都是由故事主要人物的脸部特写镜头拼接组成。在这个由高频率的特写镜头所组成的视觉文本中，台词、音乐、背景都被刻意压缩为极简的辅助叙述元素。影片再现了四个女人面临（自己和他人的）死亡时，所折射出的各自人性中的软弱一面。身患绝症的艾格尼丝，用日记的方式思考着自己在尘世不多的时日。在这种与时间赛跑的生存模式中，我们通过一次次被病痛击败的人的脸部特写，以及从其日记中浮现出的家族回忆，拼凑出艾格尼丝本来的面孔。这张面孔在影片最后一个特写镜头中得到了第一次（也是唯一一次）完整的呈现。这个镜头持续了十秒，紧接着前一个横移运动镜头（四个女人欢乐地奔向儿时玩耍的秋千），然后直接切为面对艾格尼丝的中轴水平线，从其姐妹卡琳、玛利亚的背面过肩角度，将镜框推近至艾格尼丝沉思的面容。伴随镜头叙述的，是朗读艾格尼丝生前日记的画外音：

> 突然我们开始笑着跑向一个老秋千，小的时候我们从来没有见过。我们就像三个很好的小姐妹一样坐在上面，安娜推着我们，慢慢的、轻轻的。我所有的疼痛和苦楚都消失了。这个世界上我最关心的人都在我的身边。我能听见他们在我的身边聊天。我能感觉到他们身体的存在，他们双手的温暖。我想迅速抓住这一刻并且想："什么可能会来呢，这就是幸福。我不能再祈求比这更好的了。现在，几分钟之后，我就能经历完美了。我为自己的生命感到自豪，它给予我的太多了。"

这个结束全片的特写镜头所呈现的，是一张极富爱意，也渴求被爱，然而

---

[1]　让·米特里：《电影符号学质疑》，方尔平译，长春：吉林出版集团有限责任公司，2012年，第77页。

[2]　郑海标：《浅谈侯曼、伯格曼和塔尔科夫斯基的特写镜头》，《电影文学》，2010年第17期，第35页。

自嘲无果的脸，写满了失望交错蔓延的线条。值得思考的是，这张面孔并没有被安排在艾格尼丝垂死的一幕出现，也就是说，特写镜头的配置，在这部影片中也颇为讲究。在其临死前的一幕，艾格尼丝极其渴望得到卡琳和玛利亚的陪伴，但遭到二人拒绝。这一部分的叙述进度极为紧凑，一共出现了三组脸部特写，分别属于卡琳、玛利亚和女仆安娜，却唯独没有出现艾格尼丝本人的影像。然而，正是通过这几个旁观者的脸部特写，观影者才会深刻体会到这几个女人对死亡的不同理解：因为恐惧和反感，卡琳无比冷漠，玛利亚自私虚伪。唯有一直悉心照顾艾格尼丝的女仆安娜，陪伴她直到最后。这一幕由一个中景镜头结束，其中，安娜一如既往为艾格尼丝敞开母亲般的胸怀，和她一起默然地等待死亡的来临。这一镜头是对圣母画像的隐喻。然而，正是这个打破无情的温暖镜头，将无奈和绝望推向极限。

在这里我们或许会觉察到一个有趣的现象，那就是文字文本与电影文本所使用的特写手法刚好相反。在突显对象时，文字文本往往会拉长篇幅，诉诸大段的描述，通过密集的文字信息或特别的隐喻修辞迫使读者放慢常规的阅读进度，形成特写的阅读效果。镜头叙述所需的反而是单个影像元素，并尽可能地将背景或其他干扰影像排除在外。观影者的接受与理解，需要通过联想，自行填充特写镜头中单一元素与其他缺席元素的"关联"。也就是说，镜头叙述尽可能通过在场的单一元素生成缺席的信息，迫使观影者跃出文本边界之内的对象，才可求得文本的完整意义。与文字文本的认知低位相比，观看特写镜头时，我们似乎处于联想的认知高位，从而可以赋予镜头更多诗意。这或许是因为：对镜头文本的接受从本质上是视觉认知，与二度示意的文字符号相比更为直观。

我们再来看看镜头叙述如何从摄影角度获取文学性。此处的角度，是指摄像机相对于拍摄对象被安放的位置。能够有效打破常规视觉效果的经典镜头有：仰拍、俯拍和荷兰角镜头。从技法角度而言，这三类镜头都和常规的平视中轴线镜头不一样。在一部影片中，有适度比例的非常态镜头，能更好地形成陌生化效果。确切而言，仰拍/俯拍镜头是指相对于所摄对象处于更低或更高的角度来确立的摄影机位。显然，这种位置的选取本身隐含着价值的论断或取舍。比如，常见案例有对角色所处境遇的评估，俯拍镜头中被"压缩"的角色，补充了"渺小、卑微、受迫"等未言明的剧本信息，而仰拍镜头则会"拔高"角色，传达出"高大、伟岸"的理念或获取更有利的位置。再如，通过仰拍或俯拍呈现的人物之间的互视，可以更好地传递重要的人际关系或情节转折，乃至对主题的暗示。

电影《卧虎藏龙》（2001，李安执导）中有一组垂直俯拍的运动镜头，十分唯美精湛，用隐喻的方式叙述角色内心的隐秘世界。电影主人公李慕白武艺超群、独步江湖，但一身的绝世功夫仍不能从终极意义上安抚内心对生命与存在的不安，并因这种不安而对自我产生意义上的焦虑。在此重压下，他决心重出"江湖"。该片叙述至此，出现了一个垂直向下的俯拍运动镜头，镜头如上苍之眼俯视，李慕白浮游于茂密的竹林上空，迎风飘动的衣袖与涟漪般的层层竹浪共生，画出李慕白心中那个与世同频共步、缥缈尘芥的小我。此处的广角俯拍，成为对"人－天－命"抽象探索的形象注释。而在另一部电影《红海行动》（2018，林超贤执导）中，我们可能会感觉到更为复杂的镜头角度运用。该片获得2018年第8届北京国际电影节北京天坛奖之"最佳视觉效果奖"。影片改编自也门华侨撤退过程中的成功营救人质事件。影片围绕五次军事行动展开：海上狙击营救、巷战、前往营救途中反袭击、解救人质并突围以及最后深入恐怖组织并破坏其恐怖行动。其中，"营救人质"最为惨烈紧张。在艰难和突围过程中，影片放弃了占主导比例的第三人称中景镜头＋特写镜头叙述，通过其中唯一一名女突击手几近绝望的双眼，介入一个仰角慢摇镜头：仰望上空无尽的枪林弹雨，背景嵌入片中绝无仅有的凄凉二胡配乐，成为全片（无论是就拍摄的角度还是运动速度而言）一个意味深长的文本刺点：该片之所以被公认为是"让人热血沸腾"的爱国主义军事行动影片，其中一个重要原因在于：它打破了以往只注重结局而相对忽略过程的常规，从而将敌手平面化的叙述格局。上述镜头堪称典范，正因为见证了面对强劲敌手时的艰难与紧张，才能真正突出影片"强者无敌"的主题。

在此，我们不难发现，电影文本通过摄影角度的调整，即打破中轴平视镜头占主要地位的常规，如过肩镜头（over-the-shoulder shot）、侧面镜头（profile shot）等，从而实现叙述干预，干扰文本的平滑流动，打破我们的感知常态，延伸对角色和事件的理解。因为俯/仰拍镜头所规范的，是观影的双眼应当将对象进行向上或向下的还原，赋予对象如此这般的意义，从而成功地跳出对象本身。这种叙述干预的运用在制作主观镜头（即摄像机选择从某人物的视角进行拍摄）时，显得尤为关键。

另一个通过调整机位形成非常规视觉语言的类型，是荷兰角镜头即斜拍镜头（dutch angle shot）。这类镜头放弃了视觉常态所保持的"地平线"（horizon line）①。通过摄像机位的倾斜，观影者会产生不确定感或迷失感。这

---

① 地平线是指电影中用一条水平切割画面的线，帮助确立电影空间的范围并定义电影世界的顶部和底部。

种失衡会让人感觉到角色的不安情绪或环境的不稳定，从而辅助说明叙述的进程。① 如果荷兰角镜头与人物视角并用，则可以通过人物的斜眼看人生，来反观人物自身价值的不确定或虚弱感，因为视角有一种高度自反性的认知体验。

镜头通过机位的调整，从而有效扭转常规的视觉语法，从而形成叙述干预，可以再一次丰富我们的意义可能性。与文字文本增加篇幅相比，镜头的叙述干预就显得更为隐蔽，因为它不必在这一过程中明显增加影像元素，却同样可以拉长我们的感知过程。比如，文字文本中的隐喻修辞"母亲孤单地望着窗外，我看到的是一张弃婴般衰老的脸庞"，要获得类似的叙述效果，镜头或许可以通过一个推进式运动镜头锁定在一个影像元素上即可——一双空虚的双眼向外眺望。通过此例可见，似乎镜头的叙述干预即便是显性的，也是抽象的，需要二度示意。

镜头的设置方式，规范着观影者思维的开展轨迹。思维之链始于"指示"。确立对象的前提是注意力的方向性。我们不可能全方位"如其所是"地再现周遭事物，而只能择取其某一点或某一面，通过再现来尝试把握。镜头的视觉语法，正是基于这种"有限性聚焦"的符号化模式形成的。接下来，我们要关注的就是镜头确立焦点的重要语法——景深镜头。

景深（depth of field, DoF）的布局，是确立镜头焦点的基本方式。所谓"景深"，是指通过控制视力范围的清晰度，来锁定主要的观影对象。景深范围是和摄像机保持一定距离的一个区域，在这个区域里任何影像元素对观影者而言都是清晰可见的。景深存在于聚焦平面的周围，但并不是以临界所有的面为中心，镜头的常规视觉语法，是将聚焦平面的三分之一确立为主要对象，另外三分之二放在聚焦平面的后面。镜头可以通过改变与被摄对象之间的距离或控制照明程度来控制景深。大景深允许前景、中景、后景中出现的所有视觉元素看起来都是清晰的，这通常让观影者难以识别出重要的视觉信息。而浅景深则把焦点集中在目标上并模糊掉清晰度之外远处和近处的其他元素。② 有时，我们会发现在同一镜头中，出现了景深的来回切换（如先将清晰度赐予角色 A，再转移为角色 B），从而形成一种镜头内的蒙太奇效果。让·米特里认为，景深因为是从同一个取景范围中相互叠合的两个不同平面呈现的，所以产生了一

---

① 罗伊·汤普森、克里斯托弗·鲍恩：《镜头的语法》，李蕊译，北京：北京联合出版公司，2017 年，第 55 页。

② 罗伊·汤普森、克里斯托弗·鲍恩：《镜头的语法》，李蕊译，北京：北京联合出版公司，2017 年，第 67 页。

种"诗句顿挫般的停顿关系"①。聚焦能产生强烈的生命感，而聚焦区域的游移，指向了意义的竞争。或者甚至打破了我们的常规视觉语法，反其道而行之，即将镜头的清晰区域"恩赐"于远处而非近处的影像元素，形成了富有寓意的叙述效果。

景深镜头曾被安德烈·巴赞誉为一种"要求观众积极思考，甚至要求他们积极参与的一种场景调度"，因为"运用得恰到好处的景深镜头是突现事件的一种更洗练、更简洁和更灵活的方式；景深镜头不仅影响电影语言的各种结构，同时也影响观众和影像之间的知性关系，甚至因此改变了演出的含义"②。比如，《公民凯恩》中意图的不明确性就是景深镜头构思的效果。景深的首要任务是引导双眼认同镜头焦点，并且景深会通过打破视力常规的清晰区域，而传递意味深长的人物关联或者叙述空间可能的新维度。它所产生的焦点效应，可以是"自然而然"的0，也可以是极富诗意的，可以服务于某人物内心的呈现，也可以形成对剧情推进的注解。

另一个确立焦点的方式是：镜头的运动。电影中最强大的知觉因素是运动的方向。镜头的运动轨迹所模拟的，是我们思维展开的方向性。摄像机将自身的位移转换为最为直观的视觉指示符号，从而引导人们对影像对象的感知和确立。事实上，镜头运动方式是最常见的叙述干预手法，即通过"指示"观影的意向，规范我们对影像符号的接受。以最为常见的摇镜头为例。无论是横摇镜头还是俯摇镜头（panning/tilting shot），都让我们的思路置于某种"不确定性"（或者说"待定"的状态），以及由此状态滑向对象的路径。这意味着我们应当在特定的移动过程中去接近理解对象。如费穆的《小城之春》，影片开始的几分钟内简洁、紧凑地呈现出主要人物及关联。最后一个推进镜头（push in）带出故事中最为幽闭、尴尬的角色——久病落魄的黄少爷。这也应和了他后来（妻子与其青梅竹马男友重逢时）无奈又尴尬的境遇。同样，电影《了不起的盖茨比》（*The Great Gatsby*，2013）开场有一个展现爵士年代风貌的综合运动镜头：横摇镜头后紧接一个俯冲直下的快速推进镜头，以十分夸张的方式将镜头推向尼克那张茫然而兴奋的脸部特写，由此强化尼克作为时代观察者的困惑与被动。

作为一种特别的叙述类型，电影文本的示意机制是建立于观影者与大影像

---

① 让·米特里：《电影符号学质疑》，方尔平译，长春：吉林出版集团有限责任公司，2012年，第85页。

② 安德烈·巴赞：《电影是什么？》，崔君衍译，北京：商务印书馆，2017年，第70页。

师之间契合的视觉语法基础上，即这套语法对视觉文本的发送与接受而言，有着均等的意义效力。在上述有限篇幅中，本书以电影最基本的视觉叙述单元——镜头为对象，尝试将其进行分类与比较，并总结出对观影者所形成的认知效果。在这一试探性的努力过程中，贯穿始终的思路是对镜头这一视觉符号本质的坚持，即镜头符号的示意能力始于对观影者思维的指示。移动影像的野心远不在于形似，不是对摄制对象的中立再现（尽管"中立"可以成为一种形式风格），而是旨在打破我们日常经验中看待事物的视觉路径，从而指向一种新的意义空间或可能的方向，使我们在示意链条上行走得更远。在《电影是什么？》一书中，巴赞曾用富于诗意的表述总结了镜头符号的这一本质：

> 摄影机镜头摆脱了我对客体的习惯看法和偏见，清除了我的感觉蒙在客体上的精神锈斑，唯有这种冷眼旁观的镜头能够还世界以纯真的原貌，吸引我的注意力，从而激起我的眷恋。①

这里的摆脱、清除、还原以及激发，正是符号指示性这一本质的精辟概括，符号的指示性是自我将世界陌生化，从而反观世界的能力与努力。

有人哀叹，我们的眼睛正在衰退为纯粹是度量和辨识的工具，从所见的事物中发现意义的能力也在丧失。② 但这种哀叹或许过于悲观，正如任何有关视觉语法的探讨，最终都要指向视觉索取意义的能力。是的，在电影这个有趣的视觉文本类型中，镜头所指示的不是看得见的影像；而是那看不见的、捕捉影像的思维——正如思维本身，亦始于那神秘的意向性。

---

① 安德烈·巴赞：《电影是什么？》，崔君衍译，北京：商务印书馆，2017年，第8页。
② 鲁道夫·阿恩海姆：《艺术与视知觉》，腾守尧、朱疆源译，成都：四川人民出版社，1998年，第1页。

第二章　跨媒介叙述中的隐喻关联：以电影音乐为例

暂时性的音乐存在，可能是人类生活模式的一种完美的隐喻：出生、死亡以及发生在两者之间的一切，通过音乐我们超越了存在的情境。

埃罗·塔拉斯蒂《音乐符号》

本章提要：在一部电影中，背景音乐文本与镜头影像文本之间形成的叙述张力，会对接受者产生特别的认知效果。这两者之间的符号修辞关联，我们可以称之为"隐喻"。电影音乐通过观影者感知路径的转移，形成了镜头叙述的隐喻再现。在这一过程中，音乐符号成功地改造了镜头叙述，使观影者产生一种出位之思（即皮尔斯所说的"符号解释项"），从而充实了感知主体的意义能力。从电影符号作用于观影者认知这一角度，我们可以尝试辨析并总结电影音乐符号的隐喻修辞功能：作为隐喻的认知模式，镜头叙述的隐喻再现以及隐喻的意义方式。

电影是一种视听艺术。电影文本可被视作影像文本与声音文本的意义组合。正所谓"一部完整的作品总是大于各部分之和"[1]。在一部影片中，声音与画面之间或远或近的距离，会形成一种张力，进而作用于接受者的认知。电影符号的示意功能，取决于音乐配置与镜头剪辑之间的关联（而非各自本身）。这种关联的形成，就是电影向观影者索取意义的符号化过程。如果镜头是对电影文本中影像元素的形式化处理，那么音乐则是对声音元素的形式化处理[2]。镜头能最直接地将电影与其他演示类叙述（如话剧）区分开来。因为镜头将对

---

[1]　罗展凤：《必要的静默：世界电影音乐创作谈》，北京：生活·读书·新知三联书店，2011年，第89页。

[2]　童龙超：《音乐性怎样成为诗歌的属性》，《山西大学学报（哲学社会科学版）》，2016年第1期，第82页。

电影的接受定位于一种"完成时态",即有边界的、被规定的拟"封闭"文本(尽管对于接受主体而言,这种封闭性是一种假象)。伴随镜头叙述的背景音乐,既强烈依附于前者,又与前者形成一定距离。两者彼此依存,又颇具张力的"共谋"关系,将一段影像资料塑造成"电影"。

因此,在一个电影符号中,背景音乐文本与镜头视觉文本之间所形成的叙述张力,可以理解为一种"隐喻"关联。因为电影音乐通过观影主体感知路径的转移,形象化地再现了镜头叙述。在这一过程中,音乐符号成功地改造了镜头符号,使观影者形成一种"出位之思",感知主体的意义能力得到充实,使示意成为延展不息、相继转换的动态过程。

我们可以尝试将上述修辞关联整理如下:如果镜头叙述是陈述,音乐则是诗;镜头叙述是写实,音乐则是写意;镜头是对观影者视觉感知的文本规范,音乐则通过听觉感知形成文本的溢出;镜头是电影符号对所指对象的召唤,音乐则是通过一种越过对象的努力形成对象的晕染。有的学者指出:除了对应(parallelism),即音乐与镜头所述行为或情绪类似和对偶(counterpoint),即音乐与镜头叙述所指正好相反;对此二者间关系更为准确的定位,或许应该是相互喻指的远距张力(mutual implication)[①],接下来,我们可以从三个方面来理解二者间的这种符号修辞关联。

音乐:隐喻的认知模式

电影音乐既要求隐喻式的表达,又要求隐喻式的接受,从而构成隐喻的认知模式。音乐之所以与镜头形成隐喻关联,首先在于它们诉诸听觉感知,从而对依赖视觉的影像文本形成跨媒介的感知路径,而这种"跨"的感知路径本身,就可以成就主体隐喻式的认知模式。它使电影影像文本的内涵和外延都大大拓展了,更能引起接受者的思考,进入联想和想象的空间。

在电影展开叙述的过程中,当某处出现背景音乐时,会形成文本中的"刺点",观影者会由此发问:为何此处而非别处配以音乐?为何允许我们在"此"同时接受并欣赏两个(诉诸不同感官媒介的)文本?无疑,音乐是电影文本中一种显性的叙述干预,从而形成最为重要的伴随文本。对于观影者而言,整部影片若无背景音乐的间或出没,镜头叙述似乎会沦为一个缺乏诗性(poetical association)的单义文本——一段从符号再现体到所指对象的视频资料,这就

---

① 克劳迪娅·戈尔卜曼:《关于电影音乐的叙事学观点》,王野译,《当代电影》,1993年第5期,第65页。

给人说教之感。很多电影音乐人坚持，影像资料的意义在剧本层面常常不太明确，电影音乐既应当对电影"帮上一把，为电影注入更丰富的元素与信息，甚至更深刻的意义"，又应当为影像"注入另一层叙事语言"。[①] 音乐的出现，是文本自我展示的一种方式（因为它被置入了另一种类型的符号示意体裁之中）。漫无边际的影像符号之流中，流淌的音乐明确提示着观影者：应该溢出原有的镜头文本边界，却又不与之决裂，而是与之共筑某种或强或弱的意义关联。这就是说，好的电影音乐不一定跟画面走。正如日本资深电影音乐人久石让所言："没有认真思考音乐所扮演的角色，而任意用来搭配电影，会让整部电影变得低俗。反过来说，若是能巧妙运用音乐，甚至可呈现出影像无法完全表现的事物。因此，影像与音乐最好坚持对等的立场，彼此能够相辅相成。"[②]

从这个意义上而言，隐喻的修辞关联源自镜头与音乐的"共谋"。哪怕是对纪实风格的长镜头而言，只要出现了音乐，就有理由迫使观影者对镜头文本进行二度接受，对之进行进一步的塑形。如前所述，符号之于自我的效力，正在于对自我的拓展与延伸，从而向先前未曾涉及的意义领域推进。背景音乐的意义，已经不再是普通意义上音乐产生的一种感觉，而是会作用于主体内心的心灵作用，甚至产生普遍本质的思想。这一符号化过程，就是皮尔斯所说的从情绪解释项到能量解释项，再到逻辑解释项的过程。因为这对于在看的"我"而言，不仅是"指什么"（information），而且是"意味着什么"（signification），这个过程本身所形成的是某种情感效力甚至某种风格。镜头叙述使电影所指对象明晰，音乐符号则让观影者把所指对象与自己的体验情感及思想融合于观影过程中，拉长从符号再现体到所指对象的认知距离，从而丰富电影符号之于观影者的认知效力。由此，电影音乐成为观影者在接受电影信息时产生的一种自我延伸。

"邦德007"系列电影的主题音乐，一如影片中英雄主角所展示的风格那样令人激动而且紧张，但出现在周星驰对"草根英雄"戏仿的电影中，则形成一种特别的修辞模式。当音乐对观影者形成的情感效力与镜头所形成的示意效力一致时，隐喻关联十分明显；但当音乐对主体形成的感知效力与镜头叙述相背离时，则形成了另一种叙述修辞格局：讽喻关联。并且，由于这种背离也是在跨感知渠道中形成的，因此所成就的不仅是信息指涉的反差提示，而且是对

---

① 罗展凤：《必要的静默：世界电影音乐创作谈》，北京：生活·读书·新知三联书店，2011年，第25页。

② 罗展凤：《必要的静默：世界电影音乐创作谈》，北京：生活·读书·新知三联书店，2011年，第112页。

主体感知这一行为本身形成张力，并通过这种自反性的张力（reflexive tension）进入主题意义。"草根英雄"不过是个普通卑微的屠夫，当他操起杀猪刀而非高级手枪冲锋陷阵时，与其说是正义得到了伸张，不如说是小人物为博取方寸生存空间而拼搏的黑色幽默。观影者因为音乐的讽喻效力，既会发笑，又会感到心酸，从而将讽刺的眼光转向在看的主体自身——音乐文本所指涉的，难道不正是那个在看的小人物"我"吗？通过"看"电影，"我"所看到的，竟然是平常得不到发泄的压抑表现，获得的是常规话语无法承诺的慰藉。当我们在聆听音乐时，我们有一种"不可抵挡"的渴望要向其中注入意义。也就是说，听众用感受向音乐灌输意义①。观影者的思想通过音乐将影像符号及对象连接起来。从这一角度出发，音乐是电影符号的解释项——被音乐引发的任何思想符号。而解释项正是符号再现体与符号所指对象之间距离的产物。

音乐：镜头叙述的隐喻再现

音乐历来被认为是情感的形象化、形式化，从而似乎天然地是情感效力的形象化处理。也就是说，音乐本身就带有隐喻色彩。《礼记·乐记》有言："乐者，音之所由生也，其本在人心之感于物也。是故其哀心感者，其声噍以杀；其乐心感者，其声啴以缓；其喜心感者，其声发以散；其怒心感者，其声粗以厉；其敬心感者，其声直以廉；其爱心感者，其声和以柔。六者非性也，感于物而后动。"② 普鲁斯特曾说："每个音乐家都在寻找他失去的乐园，只有将自己的情感和这个失乐园联系在一起时，音乐才会真正打动我们。"③ 诗人马拉美认为，音乐是知性处于巅峰状态时发出的声音。诗人需要从音乐那里讨回本应属于他们的财产④。音乐有利于与物质边界产生分离。音乐反映的是感情的结构形式。隐喻修辞关联的形成，旨在以观影主体可感知的形式来表达某种思想。正如丰塔尼埃对隐喻所做的描述中曾言："它以另一种思想的形象化比喻来表达某种思想，而这种形象化比喻适宜使思想变得更易感知，更为明显。"⑤

当我们说音乐是情感的形式化，不仅是指对于发送者而言的，对于接受者而言，也必须将自身情感注入音乐形式，才会使之有意义，甚至成为一种存在

---

① 埃罗·塔拉斯蒂：《音乐符号》，陆正兰译，南京：译林出版社，2015年，第6页。
② 王炳社：《音乐隐喻学》，北京：商务印书馆，2015年，第133页。
③ 埃罗·塔拉斯蒂：《音乐符号》，陆正兰译，南京：译林出版社，2015年，第132页。
④ 罗亚尔·布朗：《音乐与电影叙事》，周靖波译，《江西社会科学》，2007年第3期，第33页。
⑤ 保罗·利科：《活的隐喻》，汪家堂译，上海：上海译文出版社，2004年，第82页。

的本质。坚持音乐存在论的符号学家埃罗·塔拉斯蒂认为，声音并不仅仅表达一种情绪状态，它从主体发出，并力图突破"此在"唯我论的边界，因此声音表达了试图被另一"此在"听到、注意到的一种尝试，因此它在本质上是一种主体间的实体存在①。埃罗·塔拉斯蒂在分析普鲁斯特的音乐存在论时指出，音乐（在《追忆似水年华》第五卷《女囚》中）被生动地描述为所有参与交流的人之间的丰富联系。音乐作为一个"情境"出现而不仅仅是作为一个固定的对象②。此处的情境，就是人与人进入一种关系的那部分世界。一个人通过他或她的情境与世界发生联系。情境是由多种因素组成的意义场。音乐作品的关键在于找到一种方式，让听众走进情境，迫使他们主动参与进来③。而音乐听众总是把先前的经验带入当前所听到的内容中，并将其概念化。

  例如，王家卫擅长在电影中布置"环境音乐"，从而将人物内心形象化，即借用形式的转换而产生意义的转移。《花样年华》片末，镜头在男女主人公之间慢慢地、没有目的地来回摇摆，背景音乐是周璇轻声吟唱的《花样年华》，将这段尴尬又难以释怀的恋情推入一种难以意图定位的状态。诚如保罗·利科所言："所有比喻，都不满足于传达观念与思想，而是要给观念与思想涂上或多或少丰富的色彩。"④ 电影音乐不仅是要提示观影者去"看"镜头叙述，而且是将之"看作"为何物。隐喻再现是一种形象化表达，旨在"通过给话语提供类似于形体中的那种轮廓、容貌、外形使话语得以显示出来"⑤。所以，音乐不仅是为镜头命名的语言游戏，而且是一种广义上的"述谓"活动，它使观影者的认知得以深化。这种述谓功能使认知主体实现"感觉的转移"，它将"两个不同的知觉领域结合起来"，并"根据说话人的心理倾向构成了对相似性的自发感知的场所"⑥。如果将音乐仅仅视作对镜头的"翻译"，就将其还原为符号的指示功能，而忽视了符号解释项的意指效力——以另一种可感知的方式来表达更多情感意义的能力，那么，可将电影音乐视作植根于镜头而存在的"心境"，如保罗·利科述评弗莱伊的"心境"概念那样，那"是一种本体论的索引，指称物会与它一同出现，但在一种相对于日常语言的全新意义上出

---

① 埃罗·塔拉斯蒂：《音乐符号》，陆正兰译，南京：译林出版社，2015年，第152页。
② 埃罗·塔拉斯蒂：《音乐符号》，陆正兰译，南京：译林出版社，2015年，第67页。
③ 埃罗·塔拉斯蒂：《音乐符号》，陆正兰译，南京：译林出版社，2015年，第73页。
④ 保罗·利科：《活的隐喻》，汪家堂译，上海：上海译文出版社，2004年，第82页。
⑤ 保罗·利科：《活的隐喻》，汪家堂译，上海：上海译文出版社，2004年，第83页。
⑥ 保罗·利科：《活的隐喻》，汪家堂译，上海：上海译文出版社，2004年，第165页。

现"①。这是音乐感知对镜头感知赋予意义的方式。换言之，音乐不会消失在它的"媒介"或"解释"功能中，而是通过这种隐喻关联使自身明晰起来。而这也正是真正的修辞功能，即热奈特所说："修辞学的精神完全体现在对现实语言与潜在语言之间的可能间断的意识中。"② 这就实现了意识到话语自身（即本文的音乐符号）的存在。从这个意义上讲，隐喻关联的形成是因为电影为了赋予镜头文本意义而同意让音乐文本改变自身。

在电影《了不起的盖茨比》中，有一个场景是在尼克的帮助下，盖茨比与黛西得以五年后实现重逢。原著对这一部分的叙述旨在质疑传统的美国梦在喧嚣的爵士年代到底价值几何。电影则将其呈现为一段转瞬即逝的唯美爱情。原著的叙述伴随着叙述者尼克追忆所经世事的审视视角，一种"重拾"往事领悟到的价值否定：

> 走过去告辞的时候，我看到那种惶惑的表情又出现在盖茨比脸上，仿佛他对眼下的幸福有点怀疑。几乎五年了！那天下午一定有过一些时刻，黛西远不如他的梦中想象的那样——这并不是由于她本人的过错，而是由于的他的梦幻过高过大。他的梦幻超越了她，超越了一切。他以一种创造性的激情投入了这个梦幻，不断地增光添彩，用迎面飘来的每一根绚丽的羽毛加以缀饰。再多火热的激情或青春活力都难以消除在一个人凄苦忧郁的心里所能聚集的一切情思。③

而电影中关于这段场景同步出现的音乐《风华正茂》（*The Young and Beautiful*），伴随着源源不断的奢华浪漫场面，华丽的镜头叙述中透出一种虚无。歌曲曲风是典型的"悲核"音乐（sadcore）——慵懒、缥缈；歌手 Lana Del Rey 的音质恰如原著对女主角黛西的声音描述"迷人且充满了世俗味"。歌词替换了原著中尼克的叙述干预：

> 看过繁华，历经沧桑，人已老；金钱、成就，如过眼云烟；仲夏午夜，放纵的日子，城市的灯光，我们孩提般嬉戏，当我老去，洗尽铅华，你的爱是否依旧？当我一无所有，只留悲伤，你的爱是否依旧？

在此，电影成功地通过音乐，用唯美的形式包裹伤感的内核，从而推迟了

---

① 保罗·利科：《活的隐喻》，汪家堂译，上海：上海译文出版社，2004年，第204页。

② 保罗·利科：《活的隐喻》，汪家堂译，上海：上海译文出版社，2004年，第203页。

③ F. S. 菲茨杰拉德：《了不起的盖茨比》，姚乃强译，北京：人民文学出版社，2004年，第77～82页。

原著中文字叙述对美国梦想的质疑，使得整部影片产生了一种既入又出的情感效应，既再现了原著中尼克对爵士年代的审视视角，又打造成对爵士时代进行自我兜售的商业符号。

上述分析向我们显示了当许多音乐符号碎片依据某种意义单元被连接在一起时，音乐与画面的配置就成了一门叙述艺术，并成为故事讲述的一部分。并且，由于音乐能"提供的差异性及丰富的可能性，远远多于词语建构的故事（小说）与姿势（舞蹈）"①，所以要对音乐实现接受与理解，就必须将音乐置入电影文本这个阐释链条之中。电影音乐所关乎的正是这种音乐符号如何在镜头框架中作用于自我的意义能力。音乐能不能具备连贯性和持续性完全是听众的责任，音乐激发了听众的模态运动，强迫自己用模态性填充其空隙②。

音乐：隐喻的意义方式

音乐本身就是一种有效的叙述。叙述性是文本的发出及接受主体，通过形式使世界与自我意义化的过程，是从时间、空间和情节过程来塑造世界的③。

当音乐从背景走向前台，成为镜头文本中的元素时，就形成了言说自身的叙述格局，此时的音乐跨层成为电影文本的元符号。音乐成了主题本身，而非主题的注解。并且对于观影者而言，主题应当被音乐般地理解，或者说，应当被理解为（这段）音乐本身——无法诉诸视觉的文字或影像。这就形成了意指的反转：音乐不再是依附影像的伴随文本，而影像成为对这段音乐的视觉支撑。换言之，镜头退位于背景信息。音乐已不再仅仅充当影像的背景，而将文字注解成了声音。这无疑要求观影者对镜头叙述能力进行否定，承认视觉感知的有限性（边界），放弃对"陈述"（电影所指对象）的追寻，转而诉诸"诗意"感知本身，驻足于感知交汇的体验，栖居于符号示意的过程而非目的。此时，音乐成了意义的更好方式。诗意叙述成为凌驾于纪实叙述之上，主导自我的存在与感知模式。"陈述"降格为背景，"诗"上升并占满了真实域；这不仅是对电影示意模式的逆转，也是对观看主体认知世界路径的提示：唯有如此，方能跳出原有的自我层面，形成符号自我的元层面，反观自身感知的范式边界，原来是建立在流动不居的沙地上。这应该就是电影叙述最大的隐喻功能。

《海上钢琴师》（*The Legend of* 1900，1998）中的艺术家，即便是在轮船

---

① 埃罗·塔拉斯蒂：《音乐符号》，陆正兰译，南京：译林出版社，2015年，第8页。
② 埃罗·塔拉斯蒂：《音乐符号》，陆正兰译，南京：译林出版社，2015年，第47页。
③ 埃罗·塔拉斯蒂：《音乐符号》，陆正兰译，南京：译林出版社，2015年，第108页。

沉没的那一刻，也弹奏着钢琴，因为他有能力主宰自己的音乐世界，但走出依附于音乐的文本身份，他便无法实现自我。对他而言，音乐演奏是一种观察人世、证实自我的"存在视角"。当船入港时，他从不弹琴；当陆地看起来只是遥远的烛火、回忆和希望时，即处于他的"外部视角"时，他才弹琴①。

　　另一个有趣的例子是微电影《调音师》(*L'accordeur*，2011)，这个故事是关于自我身份的实验。男主人公自幼苦练钢琴，可台下十五年的努力，因初次表演时一个音节的失误而付诸东流。感到挫败之余，他决定假扮盲人，从事调音师的职业。因为他坚信：他人会对"盲人调音师"这一身份予以格外的"恩惠"。但是，正是由于自己坚持盲人调音师的身份，而误入一个刚刚发生谋杀、尸体依然在场的凶宅，由此，这场"身份"游戏也进入了最富张力的高潮部分。面对很有可能已经识破自己真实身份的女主人（刚刚将一名男子杀死在自己公寓中），"我"竟然没有选择出逃，而是继续假扮盲人，强作镇定地弹奏钢琴曲目《诗人之恋》。影片采用钢琴师的第一人称视角展开叙述，但当此处背景音乐（调音师为试音效果而弹奏的钢琴曲）响起时，中景镜头慢慢让位于全景长镜头，暗示除了钢琴师，还有一个俯视一切的叙述者。影片最后一个镜头聚焦于调音师背后上方的一面镜子，镜中同时映出弹琴的"盲人"调音师及其身后持枪随时可能将其毙命的那个女人。一切静止，唯有"我"不停地弹奏舒曼的《诗人之恋》，才能无限推迟叙述终结那一刻的灾难。"我"对自己的结局确实是"盲目"的、看不见的。此处叙述的关键元素在于：《诗人之恋》曲风沉稳、释怀，与极度紧张的镜头叙述刚好相反。并且，在一组音符间来回游走循环，令人觉得音乐之所以存在就是为了凝固叙述时间："只要还有音乐，她就不会杀人。"音乐的存在，可以对抗经验世界的流逝和个体身份感的销蚀，叙述可以在时间中展开，也可以在时间中停滞。在这个文本案例中，音乐不仅要强化观影者对叙述内在事件的期待，而且要强化观影者"对正在进行的叙述本身的持续期待"②，从而提供某种可以被称作元叙述学范式的东西。

　　将背景音乐与视觉镜头之间的远距离张力视作一种隐喻关联，是指音乐文本不仅仅是对视觉文本信息的声音转换（狭义隐喻），而且是意义可能的变化。

　　隐喻不应当落入对传统修辞学的指责——"巧妙的言说"技巧——而应该通过感知意义方式的转移实现意义的转移。诚如保罗·利科论及"范畴的违反"时所言：要规定一个单词的用途，隐喻就需要通过不规则的归属关系来打

---

① 埃罗·塔拉斯蒂：《音乐符号》，陆正兰译，南京：译林出版社，2015年，第34页。

② 罗亚尔·布朗：《音乐与电影叙事》，周靖波译，《江西社会科学》，2007年第3期，第39页。

乱一个网络①。音乐对镜头的隐喻所产生的这种"打乱"局面，之所以增加了电影示意的魅力，正是因为它通过打乱观影者常有的视觉感知路径而产生意义。让镜头与音乐构成一个示意的"谜语"。因为这种隐喻关联的首要任务不是指称、命名，而是言语符号行为本身对主体认知潜能的启示，是符号的冒险。

隐喻，作为意义的"偏离"，而非名称（符号）的转移本身。借用皮尔斯的术语而言，隐喻最大的功能并非强化符号的信息所指，而在于引向符号文本的解释项。隐喻正是符号的本质与根本方式。只要人开启思维，就会产生隐喻。我们的思维和行为所依据的概念系统本身是以隐喻为基础的②，而隐喻的本质在于"通过一种事物来理解和体验当前的事物"③。隐喻就是把原意转换成了其他意义，或者说超越了原初意义并转换成了新的意义，即混合旧意义而产生新意义④。换言之，从视觉文本向听觉文本的转移本身，不是电影音乐修辞的目的。二者间的隐喻关联是"结果"而非手段，因为其产生有赖于一种新的意义。"它基于两种观念之间的关系，是与词语相联系的最初观念与我们附加在最初观念之上的新观念之间的关系。"⑤此处，对观念本身的理解并不涉及心灵所发现的对象，而是涉及心灵本身。

电影音乐不仅驻于电影语言符号的所指层面，还可以跃过思维层面、结构层面与关联层面，最重要的是，对观影者而言，它不仅仅是一种对镜头的命名，更是一种认知可能的质变（广义隐喻），因为它暗示了观影者对电影视觉文本的接受并不一定符合常规的用法（而这也正是修辞学的目的与特性）。

面对电影这一典型的跨媒介叙述，我们不能说其中的音乐符号优于文字或镜头等其他符号，而是说认知主体的感知途径是多元的，并且正是在多元之间的转换、互涉、喻指中，意义得以延伸。符号的本质是无限衍义，是一种通过承认有限性从而向无限可能性挺进的过程，一个通过有限再现无限的过程。所以，承认镜头叙述需要音乐配置，是一种意义的开放或邀请观者释义的姿态。

电影音乐也是一种自我理解的过程。接收音乐的行为，意味着直接返回自

①　保罗·利科：《活的隐喻》，汪家堂译，上海：上海译文出版社，2004年，第23页。
②　乔治·莱考夫、马克·约翰逊：《我们赖以生存的隐喻》，何文忠译，杭州：浙江大学出版社，2015年，第4页。
③　乔治·莱考夫、马克·约翰逊：《我们赖以生存的隐喻》，何文忠译，杭州：浙江大学出版社，2015年，第3页。
④　王炳社：《音乐隐喻学》，北京：商务印书馆，2015年，第132页。
⑤　保罗·利科：《活的隐喻》，汪家堂译，上海：上海译文出版社，2004年，第75页。

身，回到一个人的内心世界。诚如音乐存在论所坚持的那样，暂时性的音乐存在，可能是人类生活模式的一个完美的隐喻：出生、死亡以及发生在两者之间的一切，通过音乐，我们超越存在的情境①。的确，我们不仅要通过理解音乐来理解电影，继而还要理解我们自身和这个世界。而这个隐喻修辞所跨越的，正是通过符号抵达对象的这一段认知距离。

---

① 埃罗·塔拉斯蒂：《音乐符号》，陆正兰译，南京：译林出版社，2015年，第19页。

第三章　叙述还是被述？
——作为"风格"的蒙太奇

如果有人看我的电影二十分钟后离场，我能理解。如果有人在结束后又待了二十分钟，我也能理解。电影的价值在于它有能力展现树叶在风中摇曳。

阿巴斯·基阿鲁斯达米《樱桃的滋味：阿巴斯谈电影》

本章提要：长期以来，蒙太奇被限定为电影叙述的一种构建方式，并因此游离于镜头内部叙述与文本故事之间。在叙述和所述之间，电影蒙太奇应该落实于传统叙述学中的哪一个环节？这似乎回应着修辞学中的一个古老且同样恼人的问题：风格——到底是文本的一种属性还是文本内容本身？

作为一种最富艺术气息的电影手法，蒙太奇在电影研究中获得的关注由来已久。相关讨论大致可以分为两个方向。一是关于蒙太奇的构成：普多夫金将蒙太奇界定为一种刻意为之的"组接"，即通过镜头之间的组合而构成新的镜头含义。这一理论最具有影响力的支持者，是苏联电影理论家爱森斯坦，他在《电影中的第四维》中集中阐述了"冲突蒙太奇"，即两个单镜头之间形成视觉、情感或语义上的冲撞，而组成的蒙太奇语段。第二个蒙太奇讨论，是关于其作为电影叙述手法的合理性的。安德烈·巴赞通过对其"长镜头"美学的阐发（强调镜头内部的表现力），对蒙太奇发出质疑。当然，也有不少学者与巴赞持相反意见，比如以让·米特里等为代表的电影理论家。此外，也有不少电影实践者，在积极地探索长镜头与蒙太奇互相支撑的合理性与可能性。

一直以来，在制片过程中，蒙太奇被限定为一种电影文本的"构建方式"，并因此游离于镜头内部叙述（如叙述视角）与整体电影故事（如情节、时间等）之间的隐形地带，但同时，我们不得不承认，蒙太奇似乎又浸润着上述所有叙述元素。如果做一个类比，我们会遇到一个令人尴尬的问题：蒙太奇到底应该落实到传统叙述学研究中的哪一个环节？借此我们可以进一步发问：蒙太

133

奇是否只是一种（属于叙述元层面的）构建方式或纯粹的"形式结构"，还是通过镜头"之间"决定镜头"之内"的被述元素，即内容本身？

笔者并不想卷入这场争论，而是尝试从符号叙述学角度，将蒙太奇理解为一种"风格"进而探究其叙述功能。首先，我们需要对蒙太奇的传统界定做一番新的解读，找出其中的纠结之处与由此可能形成的突破点。而笔者提出的"风格"一说，能否使上述顽固问题得出新解？接下来，我们需要阐明的是风格的定义。

风格絮语

风格似乎应当是任何上乘之作共有的特质。根据皮尔斯对符号的定义，上乘之作应当具备的共同特质（正如笔者在第一部分"理论·缘起"中多处强调的那样），是一种可以使文本接受者面对世界，而产生一种陌生化效果的意义能力。强大的符号不仅止于"再现"所指对象，而是令人尽可能越过对象，深入永无止境的意义空间。所谓风格，正是这种文本示意的能力，一种特别的情感效力，赋予某种有别于认知常态的接受方式，使人游离所接受的影像信息（即符号所指对象）之外，从而与符号文本之间产生最大程度的交汇与碰撞。符号对象的接受被"情绪化"地处理，符号接受者的自我才可能与之对应，在更高的符号层面分化，形成元层次的信息处理，才有足够的认知高度去解释文本。所以，同样的，风格的第一特质必须是拉长文本的接受过程。

风格不只是一种叙述方式，而且是所述本身。格雷厄姆·霍夫曾提出一个发人深省的问题："每一种不同的言说方式实质上不就是对一个不同事物的言说吗？"对此，纳尔逊·古德曼十分赞赏并补充道："风格，依赖于存在着言说同一个事物的可选择的方式，而风格的不同，完全在于"所言说的东西的不同。"[1] 古德曼要强调的意思是，所言说的东西有时候就是其言说方式的一个面。并且，他建议我们在言说不同的事物时，可以"当作谈论包含两者在内的某种更加全面的事物的不同方式"。比如，一个诗人的风格也可能是由他所言说的东西构成的。说到此处，古德曼特别列举了惠特曼，他认为这位诗人对细节的挑选，既是他描写人的一种方式，又是他独有的歌颂生命力的方式。[2] 由此可见，传统的用形式/内容或外在/内在等二分法来界定风格的做法十分狭

---

[1] 纳尔逊·古德曼：《构造世界的多种方式》，姬志闯译，伯泉校，上海：上海译文出版社，2008年，第27页。

[2] 纳尔逊·古德曼：《构造世界的多种方式》，姬志闯译，伯泉校，上海：上海译文出版社，2008年，第27页。

隘。正如一枚钱币的两面，风格本身是述与所述的同时展开；从观者的认知角度而言是方式与对象的总和。

风格既是符号文本的特质与构成，又是特定主题的特定表现。如果风格囿于文本特质（正如一道菜的滋味），就剥离了文学文本的基本使命——令人思考。比如，我们以对"一片云"的再现为例，字典为我们提供的信息是："大气层中水的形成物"——将"云"确定为"是什么"。曾有一首歌中的云，给笔者留下极深的印象，因为它仿佛是极力逃离"是什么"的概念，而是将自我带入另一种可能：

> 如果这个时候 窗外有风
>
> 我就有了飞的理由
>
> 心中累积的悲伤和快乐
>
> 你懂了 所以我自由
>
> 你不懂 所以我坠落
>
> 如果这个时候 窗外有云
>
> 我就有了思念借口
>
> 爱引动我飞行中的双翅
>
> 你回应 我靠近天堂
>
> 你沉默 我成了经过
>
> 翅膀的命运是迎风
>
> 我的爱 当你把爱转向的时候
>
> 我只身飞向孤寂的宇宙
>
> 眷恋的命运是寂寞
>
> 我的爱 当你人间游倦的时候
>
> 我会在天涯与你相逢

林忆莲《飞的理由》，姚谦作词

这是一段歌词，我们很难说，这样的叙述风格只是一种"风味"而已，而应该承认：有关"云"的叙述，这首歌道出了新的存在维度，其中，"我"与"云"是有关系的，而"云"之于"我"是有意义的。

这就是说，风格不仅是方式问题，而且是通过方式进入内容本身，从而拉长文本接受的符号化过程。那么，假如我们认可风格的这一基本特征之后，又如何理解，蒙太奇可谓是这一风格之说的精彩演绎呢？无疑，我们将蒙太奇视为一种风格，也正是因为它增加了电影文本的文学性，并且也更能体现出电影叙述的"野心",并不止于去如实"再现"什么,而是探索另一种再现世界的可能。

作为风格的蒙太奇

电影文本要展现的也包含"展现"本身——其中,蒙太奇是最具意义延展能力的方式与内容——因为它是通过停顿、选择,即一种刻意的片面化而延续整体性的修辞与命题。

首先,蒙太奇本身是一种陌生化效果,它的存在本身所肩负的最大使命是呼吁观影者去"看"。尽管蒙太奇最初是由于胶片技术的局限(早起的胶片尺数太短)而导致的一种技术样态。但后来经理论与实践的不断发展,蒙太奇得到了淋漓尽致的运用,成为电影文本构建的基本叙述模式。正如话剧由多幕戏组成,一部电影平均由 600 多个镜头组接而成,以保证叙述的连贯与统一。这对于观者而言,已经是电影文本的一种常态。然而,上述理解是将蒙太奇抽离出来,作为电影文本元层面的事后操作,即单镜头内容总和之上的叙述干预。除了隐蔽的"剪切与拼接之术",我们也可以尝试将蒙太奇视为赫然在场的修辞风格——其本身就是极为重要的被述元素。

比如,我们发现,蒙太奇是一种具有诗意的叙述干预。瓦伊斯·菲尔德曾言:没有艺术家干预的艺术是不存在的,因为干预是创作者的理解;蒙太奇运用得是否成功,关键看为观者的理解留出了多少空间(糟糕的蒙太奇,会导致如巴赞所抨击的,导演意图对观众理解的强迫)[1]。有的学者指出,好的蒙太奇,能够反映出在纷乱的世相中寻求内心平衡与安宁的共同经验。[2] 让·米特里在其《蒙太奇形式概论》中曾列举影片《母亲》,当导演普多夫金表现半醉的丈夫回到家中,准备取走钟锤换钱买酒时,分析导演对这场戏进行的分切,我们可以看到蒙太奇强大的陌生化效果:

> 从严格的纪实观点来看,这样分解动作纯属多余,它并没有讲述更多

---

[1] 巴赞主张电影应具有纪实美学功能,认为镜头所带来的"真实性"胜于可能的修辞叙述。他提出"长镜头"之说,奋起反抗蒙太奇。因为,蒙太奇"不遵守空间的统一性",会影响观众对真实的感受。在其著作《什么是电影?》中,巴赞特别列举一个案例:《鸳鹰不飞之时》中,当一对夫妇带着一个孩子生活在密林中,不知险情的孩子把一只幼狮带走。当母狮追赶孩子来到宿营地时,父母惊恐万状。此处,令巴赞十分欣赏的是,导演没有采用蒙太奇的镜头分切,而是用一个全景镜头将父母、孩子和狮子放在同一个空间中。让观众真正看到人与狮子之间的距离是如此之近,处于同一个具有连续性的空间中,从而有力地弥补了之前采用的分镜头之不足。

[2] 颜纯钧:《蒙太奇美学新论》,《现代传播》,2013 年第 7 期,第 65 页。

内容。为了叙述这样短暂的动作，一个镜头就足够了，至多用两三个镜头来区分主体和客体、原因和结果，再多也无用。因此，我们看到，这里的意图并非分解事件，而是介绍事件的详情，赋予事件一个"思想"的表达方式，把事件分解为最富有含义的各个方面之后，重新组合，加以展现。这根本不是力求删掉对内容表达可有可无的字句，或风格简洁的小说家的语言。恰恰相反，这里好像对每一句话都要多加留意，以便欣赏或吟咏，以至于尽管镜头交换频繁，而节奏却相当缓慢。人们围绕事物琢磨来琢磨去，直至筋疲力尽，却未前进一步。动作在原地踏步。这是一种把较小的事件渲染为一个"主题"的艺术。①

文本的目的，正是指向某个他物，这可以视为文艺佳作的衡量标准。当我们说：这不只是叙述方式，而是所述内容本身时，就好像在说：这不是情节构建，而是 A 与 B 之间的冲突之所在。我们的关注重心已经从符号本身的编码转向符号所指对象及其可能的意义延伸。那么，我们应该探究的问题似乎应该是：蒙太奇，如何作为风格而显示其叙述的力量？

以风格之眼解读蒙太奇分类

既然确立了风格是文本符号的特质与构成之结合这一基础，接下来，我们不妨尝试持以风格之眼解读蒙太奇分类。

首先是叙述蒙太奇。叙述蒙太奇是为了保证情节展开的连续与逻辑连贯而设置的镜头连接。也就是说，保证影像元素的可述性，并由此进入意义解释是这一类蒙太奇最主要的叙述功能。解读叙述蒙太奇的关键词是"选择"。选择本身是传达叙述意图的重要策略。有学者在专论"叙述之本质"时曾说：

> 叙述是对于一段生命的反思性的择取和组织。在此意义上，叙事决不能把握某个个体的生活，因为前反思被经历着的生命并不能全部被安置入一个叙事中，叙事最适合指向目标的行为。从相反的角度来看，叙事通过它们的选择性而把比生活本身所显现出的更多的统一性强加于其上……我们不应当把对一段人生反思的、叙事的把握同对前反思的体验的说明混淆起来，前反思的体验在被组织入叙事的体验之前就组建了生活。②

---

① 让·米特里：《蒙太奇形式概论》，崔君衍译，《世界电影》，1983 年第 1 期，第 47~48 页。
② 转引自丹·扎哈维：《主体性和自身性：对第一人称视角的探究》，蔡文菁译，上海：上海译文出版社，2008 年，第 142~143 页。

让我们以费穆的《小城之春》为例。影片开头，跟随女主角玉纹的自述，我们和她一起从城墙边回到戴家老院子。然而，这一段的蒙太奇叙述，使文本呈现的不仅是"玉纹回家"这个事件，而且是"玉纹只有回这个家，并且，只能通过此路"。这一幕，将演员表现与背景设置压缩为一副极简的水墨画，其中，蒙太奇的运用，使得这一段叙述含义深远且韵味无穷。蒙太奇本身意味着多项选择（与单镜头相比），并不是说蒙太奇可以通过任意的中断与选择，从而比长镜头触及更大的视觉感知范围，而是说它可以指向范围更大的意义空间。此处，叙述蒙太奇所呈现的"回家"，与单用一个长镜头跟进玉纹相比，似乎更能突出其身体、社会及精神上的孤独与困顿。在此，我们见证了蒙太奇如何绝妙地结合影像元素与影像含义，展现笔者所说的风格。

其次是修辞蒙太奇。修辞蒙太奇服务于情绪、氛围的渲染，以便更为强烈有效地传递影像信息，常见的实例有隐喻蒙太奇、抒情蒙太奇。此处的隐喻，不仅是一种文本修辞，而且是一种主题。简言之，修辞蒙太奇关注的是影像元素的再现方式，即如何将观影者引入意义空间。解读这一类蒙太奇的关键是：修辞关联的"依据"。

我们可以设想以下两个案例。一是"探寻拜访久居深山的隐士"。此案中，我们不妨在探访隐士的镜头之后，设置一个场景特写镜头：一股山泉幽幽泻下。不难看出，此例中的蒙太奇运用的依据在于：所截取的比拟事物之间那种互为镜像的关联。另一个案例，关于"一位孤独的老人"。我们可以尝试在空无一人的宅子这种镜头之后，紧跟老人独自出行买菜、回家独自做饭、饭桌上摆出单人碗筷等系列单镜头，以强调其独居的境况。此处并置的镜头运用依据，在于如何将"孤独"这一抽象主题落实于银幕人物的年龄与生活状态的错位（即如此老迈之人，生活中的这些孤独片段是令人不安的）。

世界很大，人对事物的认知，似乎唯有在片段（文本化即通过蒙太奇所刻意排列组合的视觉冲击中）的隐喻中，才能得到最好的开展。对蒙太奇的运用，不仅使结构片段化，更自然地成为延展丰富认知的过程本身。因为一方面一个文本所言说或表达的东西是文本拥有的性质，而不是其他的东西；另一方面，这个文本的性质，也不同于文本自身，并且也不是禁闭于文本之内，而正是这些性质，才使得这个文本与共享这些性质的其他文本发生了关联。[①]古德曼在其专论《构造世界的多种方式》其中的"风格"一章里，反复强调风格是

---

① 纳尔逊·古德曼：《构造世界的多种方式》，姬志闯译，伯泉校，上海：上海译文出版社，2008年，第33页。

述说与所述的结合。其中，对隐喻风格，他以"忧郁"这一常见的艺术特质为例，分享道：

> 首先，我认为，一首诗或一幅图画自身拥有其所表达出的忧郁，虽然这种忧郁是隐喻地而并非字面地表达出来的；也就是说，这首诗或这幅画对忧郁的表达是（隐喻地）令人忧郁的。其次，我认为，一个作品所谓的内在风格特征绝不仅仅只是其所拥有的属性，而是它拥有的那些被证明、被展示和被例证的性质，就像裁缝以布样为样品所例证的是颜色、质感和编排，而不是形状或大小那类性质那样。[①]

第三是理性蒙太奇。它又被称为理性感染力（出自爱森斯坦的分类，原指理性反响与思维之后，良知的主导感染力这两者的结合）。有时会被批为最易被导演蒙骗的观念。如贝拉·巴拉兹所言：蒙太奇不仅能制造诗意，它还能比人类其他表现手法更为彻底地独撰和歪曲了事物。[②] 应当承认，运用得糟糕的蒙太奇（或者广义上的任何糟糕的镜头运用），会恶意地扭曲价值的真实感，使人的认知步入危险境地。但是，这个危险或错误本身，并非蒙太奇的叙述本质所致。

这里再次引出了那个古老的争论——文学是否应该服务于真实再现对象。从符号学的角度而言，叙述的使命是无限逼近真实。并且，在意义真实（truth value）与经验真实（truth facts）之间，文学叙述应对的更多是前者。导演阿巴斯在谈及电影本质时有一段话，或许可以为此纠缠提供一个思路：

> 电影未必要表现表面的真实。其实，真实是可以被强调的。它可以通过介入和干涉而变得更明显而精炼……一切都是谎言，没有什么是真的，然而都暗示着真实。我的作品则以那样一种方式说谎，以使人们相信。我向观众提供谎言，但我很有说服力地这样做。每个电影人都有自己对于现实的诠释，这让每个电影人都成了骗子。但这些谎言是用来表达一种深刻的人性真实的……对生活的精确模仿，就算这样的事是可能的，也不可能是艺术。某种程度的控制是必需的，不然导演便无异于房间角落里的监控摄像头，或固定在横冲直撞的牛角上盲拍的摄影机，必须进行选择。通过这样做，本质的真实会显露。

---

① 纳尔逊·古德曼：《构造世界的多种方式》，姬志闯译，伯泉校，上海：上海译文出版社，2008年，第33页。

② 转引自张骏祥：《蒙太奇浅说》，《当代电影》，1986年第1期，第121页。

坏电影把你钉在椅子上。它们绑架你。一切都在银幕上，但一切又囿于诠释，导演强行规定了你应该如何感受。一部好电影让你无法动弹。它挑衅，唤醒内在的东西，在电影结束后很久仍在拷问你。一部好电影需要由你完成，在你脑海中，有时很久之后才真正完成。

……

当我谈论诗意电影时，我是在思考那种拥有诗歌特质的电影，它包含了诗性语言的广阔潜力。它有棱角的功能，它拥有复杂性。它有一种持久的诗性。它像未完成的拼图，邀请我们来解码信息并以任何一种我们希望的方式把这些碎片拼起来。

……

真相一直在变，无法完全在电影中呈现。它一直藏在事物的本质中。导演的工作是以自己特殊的方式暴露被隐藏的东西。①

正如风格是方式与内容的结合本身，蒙太奇为观影者所揭示的也同样取决于我们"如何寻求"与"寻求什么"。作为一种风格，理性蒙太奇无疑正是思维展开并构造对象的符号化过程。一种复杂微妙的风格，是拒绝被简化为某种文学公示的。所以，古德曼建议，对风格的识别，就是对艺术作品及其所表现的世界的理解的一个有机组成部分。②异己风格的蒙太奇叙述，更有利于观者形成认知差异，从而促使自我认知丰富的可能，因为出色的蒙太奇总是会迫使我们做出更多的自我调整。这个过程也见证了自我认知的潜能。有学者以电影《城南旧事》中结尾"离别"一幕为例，分析蒙太奇是如何服务于风格的。该片用九个镜头（形成"整体－局部－整体"的过程）表达了"生离死别的惆怅"。③

当我们说蒙太奇是一种风格时，是指它们所强调的、再现的、指示的，不是符号对象本身，如《城南旧事》结尾中的"别离"所示（因为，显然长镜头

① 阿巴斯·基阿鲁斯达米：《樱桃的滋味：阿巴斯谈电影》，btr译，北京：中信出版集团，中信出版社，2017年，第17页。
② 纳尔逊·古德曼：《构造世界的多种方式》，姬志闯译，伯泉校，上海：上海译文出版社，2008年，第42页。
③ 邓烛非：《蒙太奇理论研究中的若干问题》，《当代电影》，1989年第3期，第39页。这9个镜头堪称经典，原文作者整理为如下：1. 满山红叶，瑟瑟秋风中英子一家站在父亲墓前默哀。2. 义地门外，宋妈和英子无限伤感地默默地望着，英子走向马车，不时回顾宋妈。3. 宋妈向秋风中的义地投去最后的一瞥。4. 父亲的墓地堆满红叶，几个学生前来扫墓。5. 女学生将一束红叶放在墓前，他们默默地致哀。6. 宋妈乘坐的小毛驴渐渐远去，她不时回头望着。7. 英子趴在马车后座上含泪望着她。8. 宋妈的小毛驴远去了。9. 英子还在望着宋妈，马车渐渐远去。

也能表达同样的信息）。但蒙太奇刻意的"片段化"认知，聚焦式手法，对现实进行"变形处理"，将思维引向别处。蒙太奇通过突破经验世界中的时空限制，实现可能的意义关联。正如爱森斯坦理解的那样，不仅是感性形象可以直接展现在银幕上，抽象概念、按照逻辑表达的论题和理性现象也可以转化为银幕形象。爱森斯坦将蒙太奇定义为"镜头之积"时，曾说：任意两个片段并列在一起必然结合成一个新的概念，由这一对概念中产生一种新的质。这是因为它的结果在质上永远有别于每一个单独的成分。这导致两个镜头之外产生所谓的"第三种东西"，并且相互联系。此处的第三种东西很符合皮尔斯符号定义中的第三项：解释项。蒙太奇的本质，正是在于通过可视影像，衍生观者内心观念的力量。蒙太奇服务于某种风格的叙述，早在爱森斯坦对其的界定中就体现出来了：我们的电影所负担的任务，不仅仅是逻辑连贯的叙述，更是最大限度富于感情的叙述，而蒙太奇是解决这一任务的强有力手段。

第四是镜头内蒙太奇。长镜头与蒙太奇的结合，对存在矛盾性和认知可能性有着更为深刻甚至更为真实的反映，并由此能更好地服务于"悖论"主题本身：因为镜头内蒙太奇将运动与停滞、局部与整体诗意地整合于一体——这本身就是自我认知的真实写照。

以电影《诺丁山》中的一幕为例。有学者撰文分析其中一个"威廉走过四季"的长镜头：

> 休·格兰特饰演的男主角威廉爱情失意，郁闷地在街上行走，这是一个跟拍的长镜头，不间断地呈现人物在空间中的运动状态，然而这个镜头同时呈现了人物在时间流转中的状态。就在威廉的行走中，背景出现了四季的变化，暗示自二人分离后，一年的光阴已经悄然逝去。四个季节的街景随着人物的行走依次出现，此处暗含着蒙太奇，并且实现了对时间的压缩。在这里，长镜头与蒙太奇的结合，形成了独特的符号组合和表意结构。[①]

长镜头的长度只能是相对而言的，其真正的生命并不在于其"长"，而在于镜头内的连续运动。蒙太奇和长镜头实际上是相互补充的两种电影表现手法。两者都反映了人们一定的视觉特征：前者反映了人们视觉注意中心的不断转换，后者反映了这种视觉注意延续运动的状态。[②]

---

① 马睿、吴迎君：《电影符号学教程》，重庆：重庆大学出版社，2016年，第142页。
② 夏志厚、徐海鹰：《也谈电影"蒙太奇"》，《电影艺术》，1981年第10期，第61页。

有的学者指出：长期的观影实践使观众逐渐适应了电影特定的镜头语言。一旦两个镜头之间不存在影像画面或外部动作的连续性，观众往往会根据经验竭力去探寻镜头之间的连续性，甚至不惜把镜头本身所不具备的含义强加于中性镜头之中，以产生假定性的联系。正因为如此，普多夫金才一再把蒙太奇视作一种揭示联系的方法。[①]

镜头之间不只是连接的问题，而是通过连接来实现整部影片的构成。所以，电影"必定"是蒙太奇，是同时性与连续性的统一。爱森斯坦曾表明，蒙太奇不仅是一组镜头的连续组接，而且还是镜头间一种整体的结构关系，它们作为整体的部分是具有共时性的。"即各个元素同时既被看作是各个独立的单元，又被看作是一个整体的不可分割的部分（或一个整体内部的各个组合）。"[②] 所以，爱森斯坦认为：蒙太奇贯穿电影作品的一切"层次"，从最基本的电影现象，经过"本义上的蒙太奇"，直到整部作品的整体结构。[③]

颜纯钧在《长镜头美学新论》中指出：连续摄影提供的是时间的连续性，景深镜头提供的是空间的连续性。[④] 另一处，他补充道：

> 在巴赞看来，景深镜头的空间连续性，为镜头内部的表现力提供了基础……巴赞所以主张景深镜头与连续摄影，原因就在于看重电影中时间和空间的连续性，以便体现出与现实世界的同构关系。长镜头的连续摄影导致了时间的连续性，景深镜头充分利用纵深空间又导致了空间的连续性……所以，颜认为：当蒙太奇以中断时空的连续性作为艺术的契机，把电影看做主观的表现而发展到某种极致时，巴赞的理论重新把电影拉回到尊重客观现实的轨道上来。[⑤]

可见，长镜头与景深能尽可能地去文本化，克服文本聚焦对象的片面性。

"单镜头段落"（即长镜头）是在镜头的连续拍摄中实现的，而蒙太奇是在镜头的中断与连续中实现的。[⑥] 蒙太奇是冲突、是撞击的观点也就不仅体现在镜头之间，也体现在镜头内部。用巴赞的话来讲，"否定蒙太奇的使用带给电影语言的决定性显然是荒谬的"。应当说，蒙太奇并非只讲究镜头的中断，长镜头也并非只讲究镜头的连续；毋宁说这两种电影观念存在明显的互补性。电

---

① 颜纯钧：《蒙太奇美学新论》，《现代传播》，2013 年第 7 期，第 68 页。
② 颜纯钧：《蒙太奇美学新论》，《现代传播》，2013 年第 7 期，第 69 页。
③ 转引自颜纯钧：《蒙太奇美学新论》，《现代传播》，2013 年第 7 期，第 70 页。
④ 颜纯钧：《长镜头美学新论》，《东南学术》，2013 年第 2 期，第 212 页。
⑤ 颜纯钧：《长镜头美学新论》，《东南学术》，2013 年第 2 期，第 214 页。
⑥ 颜纯钧：《长镜头美学新论》，《东南学术》，2013 年第 2 期，第 215 页。

影史上，蒙太奇时期强调镜头的中断，却又通过镜头的连接提供连续的幻象；长镜头时期则强调镜头的连续，却又通过场面调度和变焦镜头来制造空间的隔断或转换。[①]

　　究其本质而言，蒙太奇是一种通过在运动中停滞，在连续中切割，从而实现的文本构成过程。让·米特里在总结蒙太奇的构成方式与叙述意义之间的关联时，也指出：事物之间的关系归根结底比事物本身更重要，一个"整体"必然高于各部分之和，我们都知道，同样一些元素，有多少种排列方式，就有多少种含义。[②]

　　正如笔者在多处强调的，文学叙述的目的也正是指向某个他物，这可以视为文是艺佳作的共性。

---

① 颜纯钧：《长镜头美学新论》，《东南学术》，2013年第2期，第216页。
② 让·米特里：《蒙太奇形式概论》，崔君衍译，《世界电影》，1983年1月，第47～48页。

第四章 当"内在"转向"外在"叙述

每一种艺术形式都有因其媒介而导致的独特性，电影制作者在将故事转换为电影之前，必须认清每一种媒介的独特性。

斯图亚特·麦克道格拉《电影制作》

本章提要：与文字叙述相比，影视叙述不应是一种背叛式的改编，而应当被理解为基于不同符号传媒的转向。符号的转换或翻译所引发的，也不只是文本交流方式的变形。借由诉诸不同认知符号所抵达的目的地时，我们面临的或许有一个符号本身所无法言说的新兴领域。

文本意义的累积，往往诞生于不同文本符号之间的转换与指涉。因为每一次符号意指过程（从符号到对象再到解释项），都会形成不等值的翻译，导致自我认知可能产生转变。这既有可能导致原有的符号所指流失，也有可能为自我打开认知的另一扇窗户，将自我引向新的未知领域。每个符号都是思维理念的影子的影子，而当每个符号滑向下一个符号，都会折射出与原初相去甚远的自我形象。每一次转换都有意义延伸的可能。

由此看来，一个文本中诉诸的符号媒介种类越多，符号域越广，形成的意义转换空间就越大。如若同意这一说法，我们不妨进行文字文本与电影文本的比较。并且，这种比较的着眼点或许并不在于此二者的发出与构建，而更多在于此二者在认知媒介及其接受方式之影响的差异。

首先，传统意义上的文字文本，从符号传媒的方式而言，可被理解为建立于单一符号（即文字）这一媒介的一种叙述。尽管文字可以被读者理解并继而分化为视角、声音、感触等次生的二度示意符号（比如，我们可以专论小说《面纱》中的色彩意象）。与之相比，电影文本（如前几章专文所述），是典型的跨媒介叙述，是由基于不同感知领域的符号共同支撑起来才能完成的叙述，最基本的划分是声音符号、影像符号、文字（台词）符号等。[①] 也就是说，作为一种视听文本（audio-visual text），对电影的接受与理解，取决于观众的视觉/听觉认知能力，即耳、目同时向世界索取意义的能力。所以，在研究电影对文字文本的改编时，我们要考虑的是：单一的文字语言符号，是如何尽可能等值地转换为（尤以视觉为突出）多媒介符号的。并且，这种路径上的不同，是否会形成意义目的的差异。

正如任何翻译研究所示，不同符号域之间的转换是否成功最终要看两个文本对接受者所形成的认知冲击与意义效力是否等值。其实，我们不难理解，文字叙述中的"视角"问题是如何对应电影文本中的镜头语法（详见该部分第一章的讨论）的；并且，具备何等强大而隐形的叙述干预能力。作为隐藏得较深的叙述者，电影镜头不仅可以自然而然地提供故事展开的叙述框架，而且可以让观众相信，其所允许的感知权限是理所当然的。

但若要探究此二者之间的转换原理，则需要进一步辨析文字（单符号叙述）与电影（跨符号叙述）各自的优势，及其形成的不同认知路径。或许，我们可以尝试着这样去理解：总体而言，文字叙述胜在对事物内部的隐喻再现，而电影叙述，则胜在对"外部"的提喻式再现。

如果用一个图式概述文字叙述之于自我的符号化过程，应该是这样：

（再现的）思维观念—文字—（形成的）思维观念

贯穿始终的，是自我的思维：通过隐喻提取意义的可能性。在神秘不可言说的思维域与五官可感的形而下世界之间，抽象的文字符号是自我经过的中介。所以，由抽象的文字再现不可言说的内心世界或晦涩的思维领域，似乎是一种天然的优势。比如，在文字文本中十分自然的内心独白、自我分裂等，在转换为电影文本时，就不得不求助于背景音乐、画外音（不惜以暴露叙述框架为代价）等跨媒介进行联合示意。

反过来，电影文本的接受方式，典型地突出了视觉，能够出色而自然（所谓自然，即指保持叙述框架在接受过程中的稳定性）地完成对"外部"（即可视事物）的再现。

较为典型的如演员（包括其外形与演技诸方面）这一最为重要的影像符号，在电影拍摄过程中，对人物的刻画必须通过将其"外在化"来进行。即便

---

① 参见马睿、吴迎君：《电影符号学教程》，重庆：重庆大学出版社，2016 年。该书认为一个电影文本中包含的符号叙述元素至少可分为影像（视觉符号如人物影像、实物影像、纯虚拟影像）、声音（听觉符号如音乐、声响、人声）以及语言（话语与文字符号）这几个方面。

是人物心理分析气息浓厚的叙述，也必须将其内在进行"外在化"处理，如演员微妙的面部特写——保证其依然直观可视。

甚至，演员外形的可视性，也会成为观众进行意义构建的重要因素。比如喜欢"87版"电视剧《红楼梦》的观众，很难同样认可新版《红楼梦》中饰演林黛玉的演员。原因很简单，"87版"《红楼梦》中林黛玉的饰演者陈晓旭，观众认为其演技精湛，对原著中的角色再现拿捏有度，能够有效地转换文字叙述中的"灵性美"。除此以外，其外形特征，如瓜子脸、丹凤眼等，也被观众自觉地补入了对一些文字叙述中该角色的意义还原之中。故此，观众对新版剧作中的演员（圆润的脸型）相当排斥。因为前者的外形特征（视觉元素）已经成为观众构建角色意义所指时不可或缺且必须固定化的叙述元素。

除此以外，典型的符号转换还有对"场景"（setting）进行修辞化或者陌生化的再现，以及对时间（先后顺序，即抽象思维化）的并置（空间化，即视觉化）处理，如镜头内的蒙太奇手法，从而将相继展现的逻辑对象转换为空间中的视觉感知对象。

因此，我们不妨将文字与电影叙述分别理解为意义的"内在化"与"外在化"文本，显然，如本书一以贯之的思路，这是指从两者接受的方式而言的。也就是说，叙述意义的内在或外在，在于文本被接受时所依赖的不同符号媒介。文字符号所开启的，是一场自我内在的抽象思维旅程。影像符号，则力争将内在的抽象世界引向视听可触及的形象世界，并在从抽象转向形象的这一符号转换过程中，丰富自我对符号文本所指对象的认知。文字叙述是自我对世界的概念化还原（conceptual reduction）；电影则意在获得一种体验式的再现（experiential representation）。在具体的叙述布局中，两者间的差异可以体现为以下诸方面。

首先，文字文本中角色内心的隐喻式还原 vs. 电影文本中的提喻式再现。用文字符号还原角色的内心，可谓以抽象替代抽象。然而，当我们合上一本书时，其中人物的内心世界对我们而言却可能是实在可感的。其中，最为根本的路径便是隐喻。作为自我最为基本的思维方式（也可以说是符号最有效的属性），隐喻保证了自我认知能够由易入难。文字通过指向各种人们已然熟悉的概念（如听觉、视觉、嗅觉、触觉等），借由各种修辞（如常见的通感、比兴等）而形成一张强大的意义辐射网络。济慈的名篇《夜莺颂》中，"黑暗"这一色彩意象被分别比拟为墨绿（verdurous glooms）、幽香（embalmed darkness）甚至死亡（Darkling）等概念①。秦观的《浣溪沙》反向运用抽象之"愁"比拟具体之"烟"②，使叙述别具一格。

可见，本身抽象的文字符号，在表现角色隐蔽的内心时，其首要任务似乎并不在于追求"精准"，而是形成与角色内心情感效力相当的隐喻概念。

电影叙述的影像世界，通过视觉框架所筛选的外在言行，为自我提供了另一个关于人物内心的投影。无疑，我们在电影中所推导而得的角色内心，是基于被给予的视听符号（尤其是外在言、行、神及配置的画外音、背景音等）的。通常，这些直观可感的影像符号（如复杂微妙的脸部特写），以提喻的拟现实主义风格，指向角色的内心。与文字叙述相比，这是一种由具体延伸至抽象，从有形把握无形的路径。

其次，文字叙述对事件的概念化处理 vs. 电影叙述中的经验化处理。文字叙述在进入事件之前，就已经将其还原为某个事件前的概念了，而电影叙述则体现出一种与之相反的处理方式，将关于事件的概念展开为流淌的经验。文字符号是对"事件"这一概念的收拢与凝缩；电影则是事件的展开，因为文字的本质是讲述（to tell），而电影的本质是模拟演绎（to demonstrate），这是两种不同的叙述模式。在对广义叙述分类中，赵毅衡曾将此二者的差异界定为：再现方式上是否为"现在进行时"——此刻发生，意义在场实现。③ 由此生成的叙述动力也是不同的。"此刻"的展开，以及观者的体验性在场（而非事后的还原）是影视文本最基本的意向性。因为从接受角度而言，演示类叙述有别于记录类叙述之处在于：记录类叙述所要求的接受者参与，是在读者反映的意义上展开的，其过程本身不要求读者参与；而演示类叙述所要求的观者参与，是在叙述展开过程（这一不可复制的"此刻"）中，至少模拟一种正在进行的感觉。④

由此，文字叙述重在"塑形"，电影叙述重在"体验"。文字叙述往往将事件处理为一个概念；电影叙述则将事件转换为（对观者而言）棱角分明的在场体验。与之对应，文字叙述中的时间表现为事件之间的内在逻辑；而电影叙述

---

① 原文参见济慈《夜莺颂》第四、五、六节："save what from heaven is with the breezes blown/ Through verdurous glooms and winding mossy ways"，"But，in embalmed darkness，guess each sweet/ where with the seasonable month endows"，"Darkling I listen；and，for many a time/I have been half in love with easeful Death."

② 原文为：漠漠轻寒上小楼，晓阴无赖似穷秋。淡烟流水画屏幽。自在飞花轻似梦，无边丝雨细如愁。宝帘闲挂小银钩。

③ 赵毅衡：《广义叙述学》，成都：四川大学出版社，2014年，第39页。

④ 赵毅衡：《广义叙述学》，成都：四川大学出版社，2014年，第44页。

中的时间，则往往可以平行展开。

所谓意义的内在化或外在化，皆是针对文本之于接受者的认知冲击效力而言的。意义化即文本化。而构建文本的不同符号，让文字文本的接受方式始于抽象思维深处，电影文本则将其推入思维的诸种形象符号之中。

接下来，让我们以文本《朗读者》（The Reader）为例，试着比较小说与电影所分别进行的"内在"叙述与"外在"叙述。无论从叙述形式，还是所述内容出发，原著小说《朗读者》（本哈德·施林克，1997）都堪称一部典型意义上的"内在"化文本：用内心独白的回忆，揭开内心最隐蔽的一场自我对话。

在这场自我对话中，男主人公米夏·伯格以回忆的方式徐徐开启年少时经历的一段离奇恋情：十五岁的高中生米夏，在放学回家的路上，因身体不适，病倒在路边，从而结识了三十五岁的电车检票员汉娜·施米茨。在汉娜的帮助与护理之下，米夏恢复了体力，得以安全回家。但是，这次经历使米夏产生了某种神秘复杂的情愫，他在康复后回头找到了汉娜，与之发生了关系，并逐渐形成一种奇特的幽会模式：阅读－做爱。就在汉娜即将被所在单位西门子公司提升为电车司机时，她神秘失踪了。几年后，已成为法律专业实习生的米夏，在审判纳粹集中营看守的法庭上，再次遇见作为被告的汉娜。之前的谜团逐一解开：汉娜并不识字。然而，羞于承认自己是文盲这一事实的汉娜（这也就是她迷恋于米夏为其朗读书本，以及为何在西门子被提拔晋升之际，却选择辞职，而浑浑噩噩加入纳粹党卫队，选择一份无须识字的工作——集中营看守的缘故）竟然放弃了最后一个有利于自己减刑的机会——笔迹鉴定。汉娜"承认"，在死亡行军中导致三百多名犹太妇女被活活烧死的组织策划书是自己所写，从而被判处终身监禁。唯一知晓实情的米夏，在说与不说之间纠结良久，最终选择默认汉娜羞于承认自我的本意，而保持了沉默。然而，米夏始终无法忘记汉娜和这段未竟的恋情，于是将自己朗读的声音录制下来，送给在监狱中的汉娜，以一种特殊的方式实现陪伴、鼓励及对话。近二十年后，在即将出狱之际，米夏第一次探访了已然苍老的汉娜，并为之安排好出狱之后的住宿与工作。汉娜终究未能接受自己不识字的事实，也没有原谅自己因不识字而卷入的屠杀者身份，更无法面对直面自己秘密的恋人米夏，于是，汉娜在米夏准备接她出狱的前日，选择了自杀。

小说在叙述者"我"与被述者"我"（即知晓真相与秘密经历）之间，似乎刻意拉开了距离。支撑小说叙述的重心，与其说是对秘密的揭示，不如说是尝试着在揭示的过程中对秘密赋予某种理解。恰如小说第九章，叙述"我"追问自己为何如此伤感：

> 为什么当我回首往事时，总是这么伤感？这不是对昔日欢愉的强烈愿望，又是什么？说起来，那接下来的一个礼拜，对我才真是美事连连呢……难道是因为知晓后来会发生的事情吗？或者知道事情一直都在那儿等着，这一切才让我如此悲伤？到底为什么呢？为什么那些本来是幸福的，却在追忆此情时一戳就碎，就因为其中隐藏着不可告人的真实吗？为什么两情相悦的伉俪岁月，一回忆起来味道就会变酸…对幸福而言，回忆有时并不始终保持忠诚，就因为结局无比痛苦。那么，难道只有终身厮守，永生永世，幸福才是无价之宝吗？只要事实当中始终都包含着痛苦，尽管毫不察觉、茫然无知，也总会以痛苦告终吗？那么，什么又是毫不察觉、茫然无知的痛苦呢？①

并且，小说中的叙述"我"极力将汉娜不识字这一秘密的揭晓往后推延。在这种滞后揭晓的努力中，让"我"的叙述融入汉娜的秘密之中，从而使"我"成为那个通过叙述而隐藏自我缺失的人。正如我们在前面部分所理解的那样，任何文本都会迂回地指向自我的某种缺失。在这个故事中，"文字"或者认识文字的能力（literacy）本身就是一个极为意味深长的隐喻。它是个体与他人、世界的交流可能实现的共享元符号能力。面对这种元能力的缺失，汉娜选择的是隐瞒。隐瞒是第二个隐喻符号：汉娜所隐瞒的对象，不只是真挚的恋人米夏，而是整个世界，如西门子公司甚至审判法庭。如果将汉娜的隐瞒缩减为自私，或许过于简单粗暴，否则，汉娜不会接受为此而付出的沉重代价——终身监禁。隐瞒，也是对自我缺失这一真相最为决绝的不妥协。由此卷入了第三个隐喻——汉娜的孤独。因无法与世界共享的元符号能力，以及对这一事实的隐瞒而承受与世隔绝的孤独。无论汉娜进入他人或世界的路径行至何处，最终以一种绝情的断绝、转身和抽回而戛然而止（这一形象，贯穿整个故事，如汉娜行色匆匆地出现，形单影只地出现在公寓，在法庭辩护上处于孤立无援的境地，以及最终悄无声息地终结生命）。

作为此秘密的见证者，叙述者"我"遭遇的或许是更深意义上的自我缺失，正如我们在相当多的文学作品中所看到的那样，那个退守旁观的人，往往承受了最大的秘密和无奈。米夏始终无法释怀的是这段神秘而无果的恋情，其中，汉娜的无可替代，更为这种"无果"的结局赋予了悲剧色彩，也就是说，

---

① 本哈德·施林克：《朗读者》，钱定平译，南京：译林出版社，2009年，第34页。

"我"之所以不停地诉说，是因为无法接受这种残缺。而这种残缺，在故事中，也有其他层面的折射——如专攻法律的"我"所做的，竟然只能是见证的法律在面对复杂人性时的无能为力。除此以外，更有卷入叙述回忆之流中，真切感受到的自我软弱，因为：

> 对我来说，审判不但没有了结，而是刚刚开始。我本来只是一个旁观者，现在却突然变成了一名参与者，一个游戏同伴，也是一名决策搭档。这个新角色不是我追求来的，也不是我选择得的。但是，这个角色就是为我拥有，不管我愿意与否，也不管我做什么，或干脆什么也不做。①

同名的改编电影《朗读者》（史蒂芬·戴德利执导，2008）却以自己的方式取得了同样的成功。电影叙述将小说叙述重心（秘密的阐释）转向了秘密的展示本身。首先，电影放弃了小说中发人深省的二我差叙述模式②，而是通过经典的隐形框架叙述，将有关秘密的一切不动声色地置于观众眼前，使之同步发生，同步体验。小说中叙述者兼人物"我"的米夏，在小说中"享有"认知高位③，在电影中被还原为一个人物而已，由此，将"看"与思考的权利转交给了作为观影者的"我"。的确，电影叙述就是要将文本还原为"看"出来的事物。令人印象深刻的一例，是影片中经常出现米夏与汉娜前后并置的特写镜头，打破了小说中单向的视角（即叙述者"我"看汉娜的视角）格局。电影中的迈克尔·伯格（即原著中的米夏·伯格），既是在看，又同时被看，从而以不用于小说叙述的方式，让观众感受到每个涉入其中的自我的缺失。

比如小说中的叙述者"我"，经常靠回忆呼唤汉娜在场，并赋予其特写：

---

① 本哈德·施林克：《朗读者》，钱定平译，南京：译林出版社，2009年，第120页。

② 二我差是赵毅衡提出的符号叙述学概念：即叙述者"我"，写人物"我"往日的故事，直到故事逐渐迫近叙述时刻。在这一刻发生之前，人物"我"和叙述"我"会形成主体冲突。通常的叙述模式是：一个成熟的"我"，回忆少不更事的"我"，如何在人生风雨中经受历练，直到认知人生真谛。叙述过程，就是人物赶上叙述者的过程，所以一般采用第一人称视角；并且为了不使叙述显得过于老练，会采用部分自限视角而非全知视角。参见赵毅衡：《广义叙述学》，成都：四川大学出版社，2013年。

③ 典型一例，叙述"我"在回忆往日"我"的经历时，所介入的大段富于哲思的评论，如第18页关于行动与思维的关联，颇像哈姆雷特关于生死抉择的内心独白：从往日行为中，"我"发现了一种漫长时间中的生命模式，按照这一模式，思想和行动要么一致，要么分离。"我"是这么想的，"我"如果得到了一个结论，并把这个结论转化成一项坚定的决定；那么"我"就会发现，如果按照这决定行事，后果会完全是另一码事。所以，看起来应该按照决定行事，实际上却不能照章办理。在"我"生命的流程当中，有的事情不做决定，却去这么做了；有的事情做过决定，却不去那么做，这样的事情简直太多了。如果真出了事情的话，不管是什么事情，都会牵涉到行动。

渐渐地，在我回忆中她那时的脸蛋上，覆盖重叠上了她后来的脸盘。而每当我希望把她重新呼唤到我眼前来，要看她当时是什么模样时，她虽然显现出来，却是一个没有脸的她了。于是，我只好自己重新描绘。她额头高高的，颧骨也高高的，眼睛浅蓝，下巴很有力的样子，嘴唇很丰满，轮廓是完美的曲线，没有一点棱角。一张典型女性的脸盘，开阔饱满而不轻易动容。我心里明白，我认为很美。但是，这种美却不能重新显形在我眼前。①

电影叙述处理的类似特写则为：迈克尔（小说中的米夏）倚靠门栏，深情注视着因唱诗班吟诵而受圣灵感动的汉娜，而迈克尔自身那张充满爱意的脸，也被赋予了一个特写。另一例，当审判长宣布审判结果为汉娜将被处以终身监禁时，电影镜头在汉娜与迈克尔的脸部特写之间频繁切换。尽管电影镜头所呈现的影像符号不同，一个人因痛苦而眼泪夺眶而出，另一个人因焦虑而两眼干枯，却都指向相同的符号对象——绝望与孤独。迈克尔与汉娜从而处于绝对同等的文本地位。

与文字叙述相比，笔者更愿意将电影叙述理解为典型的关于自我缺失的文本。汉娜至死不能面对自我的秘密，迈克尔沉重的回忆和无法释怀的感情，以及对法律与人性之间灰色地带的无奈……每个涉入其中的人，都以自己的方式或逃避、或应对这种缺失，直到慢慢学会将之纳入自我生命轨迹。

是的，鲜有人能心甘情愿地接受生命中的那根刺，直到叙述的"我"在诉说中慢慢学会将之拾起。这或许更是同名改编电影想要带给我们的启示。

---

① 本哈德·施林克：《朗读者》，钱定平译，南京：译林出版社，2009年，第11页。

第五章　电影符号中的主体三分

影片的摄影过程最初是再现式的，作为主体性的外物为对象赋予了比美学自律技术更高的内在意义；电影体现出了这样一种延迟的情况。即时电影在这里尽可能多地消解和修正了它的对象，但是分裂却从未完成。因此，它不允许绝对的建构。

西奥多·阿多诺《电影的透明性》

本章提要：这里所说的电影，并不囿于一部具体的影片，从影片的生产到消费，以及观众的参与，其实是一个复杂的符号化过程，涉及庞大而精密的意义机制。主体与示意总是彼此依存，即主体在世的方式便是不同途径的达意与释义。所以，将电影视为一个符号，就必须涉及电影中的主体问题。一个符号由符号再现体、符号所指涉的对象以及在符号指涉过程中生产的意义解释项组成。该定义道出了符号示意的本质特征在于：无限衍义的可能性（即每一个符号的解释项都会成为下一个符号的再现体）以及主体的欲望与缺失之存在状态（即主体一刻不停地使用符号以逼近意义的真值）。作为符号的电影，也是由符号示意的三个方面组成。所以，要理解电影的示意机制，就必须理解符号电影的三元模式。通过电影产品、电影叙述的文本模式以及电影制作的动力机制——这三方面如何体现电影符号的三分性。我们可以由此深入电影符号中卷入的三重主体：作为符号再现体的叙述主体（电影文本）、作为符号指涉对象的构建主体（电影叙述掩盖之下的意识形态所询唤的观众）、作为符号解释项的释义主体（通过对电影的二次叙述，对电影形成元话语的主体）。最后，我们将尝试理清电影生产意义的模式。

作为一种表意方式，电影是一种双重缺席的符号文本，与之对应的那个理想接受者，表现了文本话语所构筑并试图掩盖的价值取向，而折射出的是主体的缺失。这个符号文本以缺席的符号形式呈现自身，将主体包裹于丰富的感知形式之中，依赖主体的欲望机制示意。它的叙述展开，以一个完全认同其话语的接受者为前提，使之在"看"这一行为中，完成符号文本的构建。然而，"看"是一种双向运动——既是接受也是释放——主体的符号性（即能意识到自我意识的元自我能力），使主体能认知自己为何心甘情愿成为被构建的主体，从而不停地生成阐释主体。所以，电影的意义永远在符号文本之外，游走于叙述主体、话语主体和阐释主体之间。

主体与示意是一对彼此依存的概念。作为一种表意方式，电影涉及主体的三分性。主体在具体的话语之外无法存活，必须不停地通过话语得以重构。经典电影的表意机制，导接受主体与电影文本背后话语的"共谋"，完成电影叙述，让观众在不自觉的情况下缝合了意识形态与电影话语链条之间的缝隙，从而形成了阿尔都塞的臣服式主体。然而，从影片的生产到消费以及观众的参与，其实是一个复杂的符号化过程，涉及庞大而精密的意义机制。面对意识形态的建构，主体除了被动接受，也有主动理解。虽然电影文本是通过那个"幽灵似的不在场者"的视角得以呈现的，但主体阐释意义的话语，会与文本形成某种游离于电影话语之外的关联，并因此对文本进行主动的过滤及塑形。

正如本书反复强调的，符号是一种三元示意模式。该定义道出了符号示意的本质特征在于：无限衍义的可能性（即每一个符号的解释项又会成为下一个符号的再现体）以及主体欲望与缺失的存在状态（即主体一刻不停地使用符号逼近意义的真值）。作为符号的电影，也是由符号示意的三个方面组成的。所以，要理解电影的示意机制，就必须理解电影符号的三元模式。本书根据符号与主体示意的关联，剖析电影的物质形态、电影叙述的文本模式以及电影制作的动力机制——电影符号的三分性。并由此深入电影符号中卷入的三重主体：作为符号再现体的叙述主体（电影文本）、作为符号指涉对象的构建主体（电影叙述掩盖之下的话语所询唤的观众）、作为符号解释项的释义主体（通过对电影的二次叙述，对电影形成元话语的阐释主体）。

作为符号再现体的叙述主体（the speaking subject）——电影文本

任何文本都有其背后的身份支撑。作为符号再现体的电影，是一种有其特性的文本类型，而与其对应的是想象的意识形态身份。与教化（to educate）相比，电影的形式必须是娱乐（to entertain），因而是包装、"变形"了的意识形态话语，具有迂回的示意策略。而与这个示意过程相对应的则是电影文本的叙述主体。其特性在于：它是一种双重缺席。

当我们谈到一部具体的影视剧作时，指的是一种文化的物质成品，比如：

"让我们来说说《美国往事》这部片子吧……"此时，这部被论及的影片，是作为电影符号的再现体（也就是我们泛泛意义上所说的"符号"或"能指"）而呈现于论及该片的主体。这一符号再现体并不是直接呈现于主体，而恰恰是以其缺席来表现其在场的。用电影符号学家克里斯丁·麦茨的术语形容：这是一个"想象的能指"（imaginary signifier），因为正是主体通过想象将电影构建为一个能指，并在想象中集合了在场与缺席。也就是说，电影展开本身是一种虚构性。每个声音、每个影像、每个演员都不在场，一切都是事先记录下来的。所以，电影作为一个整体是事先记录好的；电影作为能指本身，是缺席的。而符号的存在，是以意义的缺席为前提的。所以，电影是一种"双重缺席"的文本符号：以缺席的符号再现体来指代缺席的对象意义。

这对符号接受者构成了一个有趣的挑战：通过想象的认同将属于现实领域的文本置入象征域的文化之中。所以，电影要求主体具备双重性的知识形式：我知道我正在感知某种想象之物，并且我知道我正在感知它。这就是纳博科夫所说的人之根本属性，在于能意识到自我意识（being aware of the awarenesss of the self）。这是一种符号属性，因为作为符号的主体也呈现为三元模式：当下"我"（符号）通过过去"我"（对象）而向未来"我"（解释项）推进，使自我能在不同维度上同时延展、丰富自身。"我"知道"我"确实在看，我的感官从肉体层面上受到影响；并且"我"还知道，正是"我"正在看所有这一切。这种"被看的想象之物"仿佛另一个荧幕，置于"我"之内，而且在"我"的内心形成有意义的序列。因此"我"自身就是这种"被看的想象域通过其开启，而接受象征域的场所"①。事实上，电影不仅可以使我们处于电影的话语位置（比如认同影片中的人物），而且可以使我们处于合法的观看者位置。比如，希区柯克在《惊魂记》（Phycho）中既让观众处于影片人物受害者的位置，又让观众处于一个虐待狂、窥视癖者的位置。希区柯克对于"悬念"的定义，至关重要的一点就是：区分影片人物所知所感与观众的所知所感。与之类似，布列松（Robert Bresson）惯有的导演风格，是阻止观众成为影片人物，却允许影片人物表达深厚的内在体验：让观众观看人物的内心体验却不与之分享。以《乡村牧师日记》（Diary of a Country Priest）为例：影片总是从窗后拍摄，且很少用主观镜头（第一人称视角镜头）。影片中越是出现主人公忏悔自述的声音以表达其内心疑惑之时，外部视角镜头反而越明显。这样做的叙述效果便是：牧师必须探索其生命的内在性，而观众同时保持自身。牧师临

---

① Christian Metz. *The Imaginary Signifier*, Indiana University Press，1982，p. 48.

近死亡时，拍摄距离拉得更长，最后那个非同寻常的低视角，使得死亡成为他贯穿影片讲述的据点。这种技巧建立在"外在于"的感觉，它阻止了（观众与人物间的）任何认同。[①]

这一缺席的符号再现体，使电影符号更深地卷入想象域层面，并因此更多地涉及符号示意的第二性。皮尔斯将符号之于主体认知的程度分为三个渐进的阶段：符号的第一性（firstness）即"显现性"，是首先的、即刻的、短暂的；当它成为要求接受主体解释的感知，就获得了第二性（secondness），成为能够表达意义的符号。然后出现的是第三性（thirdness），这时，接受主体就会对我们所看到的事物形成一个判断。[②] 如前所述，由于电影的符号再现体是通过想象在场的，所以，电影的接受主体对电影符号的感知，从一开始就属于第二性的范畴。事实上，与其他表意方式相比，电影是一种视觉艺术，更加依赖主体的视觉感知能力。而我们对电影的感知是一种对虚构性的感知。因为与话剧台上演员所呈现的表演不同，在电影中，是演员的影子将其表演呈现于我，或者按照麦茨的说法，是演员以"自身缺席的方式来呈现其言语"[③]。这种以缺席来呈现在场的属性，决定了主体对电影的感知都是带有"虚假"性的。感知这一活动是真的，但被感知的并非在场的对象，而是对象的幻影或副本。所以，电影符号的独特之处在于使观众陷入一种"双重性"的局面：一方面，是主体感知的富足；另一方面，却带有极大的不真实感。电影符号使主体卷入丰富的想象域场所，赋予主体海洋般的感知信息，却又立即将其带入自身的缺席，而缺席本身却是唯一在场的能指。结果就是：一旦与电影文本"共谋"，开启了电影叙述，观众就会将自我识别为一种纯粹的感知行为，使"看"成为一种先验条件："电影知道它正在被看，然而它又不知道。知道者是作为机构的电影，不想知道者是作为文本的影片。在影片放映时，观众在场并意识到演员，但演员不在。拍摄时演员在场，观众不在……结果，剩下的就是看这一事实本身：一个被放逐的看，一个与任何'自我'无关的'本我'的看。"[④]这是一种尽可能阻碍主体将文本符号化的"看"。这种"看"建立在一种观念上，那就是文本发送的技术影响了文本生命的长短。电影特有的媒介支撑，在更为丰富主体感知的同时，也压缩了符号化的过程。换言之，电影文本必须是一个

---

① Dominique Chateau（ed.）. *Subjectivity*，Amsterdam：Amsterdam University Press，2011，p. 110.

② 参见赵毅衡：《回到皮尔斯》，《符号与传媒》，2015 年第 9 辑，第 7 页。

③ Christian Metz. *The Imaginary Signifier*，Indiana：Indiana University Press，1982，p. 44.

④ Christian Metz. *The Imaginary Signifier*，Indiana：Indiana University Press，1982，p. 97.

即刻性的消费文本，仿佛其追求的最大效果，是尽可能地吞噬那个正在观看的自我，从而拉长叙述还原的距离。

人们往往认为，一部电影越是能轻易地被还原为叙述的故事，对其符号再现体的研究，就越不重要。事实上，每部电影最终总是被还原为其所指的叙述文本，但这里涉及一个还原距离的问题，即在多大程度上，这个所指对象是隐含的？从电影的符号再现体到其所指对象的过程中，电影在多大程度上被编码？或者说，电影这一特殊的达意方式，是如何再现一个符号文本的？如前所述，从感知角度而言，由于电影媒介的特性，电影叙述会让接受主体体验到更为丰富的感知，但同时接受者也需要为感知的丰富性付出代价：这就是对主体思维能动性的"麻痹"，使之在接受电影文本时更加被动。纵观人类的媒介发展历史，会发现一个有趣的回环路径，从原始部落时代到后现代，人的感官官能经历了从平衡到失衡（比如印刷术的广泛使用，导致视觉官能压倒性的突出），再逐渐回归平衡（多媒体的应用，使人在接收信息时恢复五官并用）。[①]但往往就接收信息的那一刻而言，平衡的官能使主体在享受更为丰富立体的感知之同时，却容易削弱主体自身对接收信息的能动性回应，使主体"沉溺于"感知漩涡中。所以，感知的丰富性与被动性必然导致的后果便是：主体返构电影叙述的路径更为迂回。在电影符号这个实例中，我们可以看出：感知的丰富性并不一定是认知的福音。它可能更容易将主体挽留于感知的当下，而推迟认知深入的进程。

事实上，电影文本的最高层叙述主体——大影像师[②]及其操控的叙述代理

---

① 转引自赵毅衡：《符号学：原理与推演》，南京：南京大学出版社，2011年，第128页。

② 电影文本的最高层叙述主体，是电影叙述学中所说的大影像师、大叙述者，或者说暗隐的叙述者。在此视角下，一部影片里出场的所有叙述者，其实都是代理叙述者或第二叙述者，他们所从事的活动是"次层叙述"。这种活动从根本上有别于第一级的叙述。而大影像师与影片内做出口头或书写叙述的人物（即在文本层面向下分化的次级叙述主体）之间的关系，可从两个方向来思考：1. 由下而上，从观看影片的观众所看见的和所听到的出发，从对他所显示的出发。它考虑的是一个大影像师作为影片叙述的负责人或者作为不同叙述的组织者，是怎样或多或少可感知和可辨认的，如同人们从演出的木偶上溯到操纵它的人；2. 从上而下，先验地提出影片叙述运作的必要机制，把理解事物本身的建构形态当作自己的任务，将观众的印象排除在外。大影像师指的是一种机制，它操纵着叙述的终极大权。通过一系列叙述形式，从而完成电影话语的陈述模式。受语言学转向的影响，第一批电影叙述理论家致力于在影片中搜寻像指示词一样可辨认的标志，如：1. 夸张的前景暗示镜头的逼近；2. 视点降低到眼睛的水平线以下；3. 前景表现人物身体的一部分；4. 人物的阴影；5. 画面里出现一个观测镜或一个锁眼等任何表示观看的遮片；6. 使用抖动、不平衡的或机械的运动镜头明显地暗示有一个摄影机在"抓拍"。上述摄影技术中隐含的"指示词"在言语中构成了一个"观察者-说话者"。参见安德烈·戈德罗、弗朗索瓦·若斯特：《什么是电影叙事学》，刘云舟译，北京：商务印书馆，2010年，第30页。

和叙述技巧，如视角、镜头①及作为伴随文本的电影背景音乐②等——都旨在催生与之认同的观看主体，赋予其创造叙述的感觉而非只是接受叙述的错觉。比如，聚焦首先被定义为叙述者与他的人物之间的一种"认知"关系。摄像机（作为大影像师的叙述代理）仅仅通过它的机位改变，或通过它的一些简单运动，就可以干预观众对影片的感知。它能在不同程度上约束或引导观众的视线。电影背景音乐是典型的指示符，对电影叙述的推进甚至阐释都起着提示、解释甚至反讽的作用，从而形成伴随文本。电影文本的叙述展开，恰恰是在不同程度上抹去叙述痕迹的过程。不同的叙述痕迹反过来指向背后操纵这一切的叙述主体。大影像师既可以建构内在于虚构世界的一个视点、一个人物，又可以同时暴露试图退隐于虚构世界之外的大影像师自身。纵观电影发展史，可以

---

① 视点问题也是叙述机制中最典型的达意方式。如影片《花样年华》用从钥匙孔中看人物的视角，来呈现男女主人公的婚外恋并暗示其复杂心态。热奈特提议使用"聚焦"这一术语，以避免"视点"等术语带来偏重视觉性之弊端，并建议区分视觉的焦点和认知的焦点。其中，视觉聚焦（ocularisation）表示摄像机所展现的与被认作是人物所看见的之间的关系。为了确立这种关系，需要确定怎样才能理解电影中我们所看见的等于人物所看见的。比如，观众被放到与拍摄条件相同的位置，画面作为指示符发挥作用；再比如，人物晕厥时，镜头摇晃表示人物眼冒金星。这样的镜头是定位于眼睛－摄像机的假象轴上。戈德罗总结了电影画面具有的三种可能姿态：1. 将画面视为某一人的眼睛之所见，这就使它属于某个人物；2. 突出摄像机的作用。这将画面归属于被表现的世界以外的一种机制，即大影像师；3. 试图取消眼睛－摄影机假象轴本身的存在，即著名的透明性幻觉。这三种姿态可以归结为一种二分法，一个镜头或者处于虚构世界以内某一目光中，产生内视觉聚焦；或者不与这样的目光相联系，即零视觉聚焦。原生内视觉聚焦有多种形态。第一种情形是在能指中标志一个静止的或活动的人体或一个眼睛的存在，它使我们不必求助于语境，就能辨认出画面上缺席的某个人物。这是暗示一种目光，不一定非要展现观看的眼睛，为了做到这一点，画面被构建成一种指示、一个迹象，使观众有可能通过自己的感知构建类比，在他自己的所见和摄像或再现现实的摄影工具之间建立一种直接的联系。零视觉聚焦就是纯粹的"无主镜头"，因此，镜头归属于大影像师。1. 典型的情形之一即只展现场面而最大限度地使人忘记摄像机；2. 摄影机的取位或运动可强调叙述者相对于虚构世界人物的自主性；3. 摄像机取位还可以超越它的叙述作用，用于显示创作者选择的风格（如戈达尔的反常规构图）。此外还有认知聚焦和听觉聚焦。参见安德烈·戈德罗、弗朗索瓦·若斯特：《什么是电影叙事学》，刘云舟译，北京：商务印书馆，2010 年，第 183～184 页。

② 比如，同样一个沐浴场景，在悬疑电影音乐提示下，暗示着人物的凶多吉少；而在言情电影的靡靡之音中，则暗示着思春或偷情。《茉莉花》本是一首江南民谣，在讲述祖孙四代女性命运多舛的电影《茉莉花开》中反复出现，强化了女子逆来顺受、以柔韧释怀人生的主题。电影《穆赫兰道》堪称对弗洛伊德心理原理的注释。影片中与在现实生活中受挫的女主人公梦境同时出现的，是怪异反常的背景音乐，预示着这是对女主人公现实生活之不足的反映。电视剧《大明宫词》以其唯美而充满哲思的台词，被誉为中国的"莎剧"。其背景音乐《死亡》哀婉柔美，巧妙结合中西传统乐器，即以竹笛为主要的叙述线索，转折部分悄悄潜入钢琴伴奏，给人以一种一抹阳光慢慢化开乌云之感，隐射女主角最终对缺憾的人生释怀，笑迎死亡的结局。电影《发条橙子》中，每当主人公产生犯罪心理时，就出现贝多芬激昂的著名钢琴曲，用音乐形成反喻的叙述局面。电影《渔光曲》的同名背景音乐，虽采用宫词式，但歌曲采用单一形象的三段结构，色彩并不明朗，给人以旷远之中一丝压抑的哀愁，衬托出电影中描述的 20 个世纪 30 年代渔村破产的凄凉景象。

发现，经典电影总会建立起一些取消或弱化陈述标志（即叙述痕迹的）程序："经典文本的特殊性在于完全掩饰产生它的话语机制，使得事件看起来好像自我讲述。"① 而随着电影发展，影片中也会出现刻意暴露叙述痕迹的指示符，如伍迪·艾伦会出现在自导电影的银幕上，向观众示意，以此挑战观众的传统接受模式。

由于电影符号抵制文本化进程，而滞留于感知当下，故而十分类似接受主体的镜像效应。然而，由于电影是缺席的在场，是"想象的能指"，所以这种镜像效应有其特殊性。它使接受主体的自我认同在文化象征域和自我想象域之间来回替换。事实上，在电影符号化过程中，二度秩序掩盖了第一秩序，但第一秩序仍然一直在场，并调控设定其所掩盖内容的可能性。所以，麦茨发问：在电影开启能指功能时，那个既能与电影中人物相认同，或与摄像机的移动相认同，又能在必要时进行自我认知的人在哪儿？"我在看电影"时，将两种相反力量奇特地混为一体。电影既是"我"所接受的，也是"我"所释放的。在释放的同时，"我"成为投影仪；接受的同时，"我"成了银幕。主体自身成就了电影。

作为符号指涉对象的构建主体（the spoken subject）——电影观众

电影文本的理想接受主体，是能与之认同的虚拟主体，它是既定的过去"我"，受辖于主流文化所管辖的象征域，必须使用社会一致性的再现话语，来消费这个符号文本。因此，它是阿尔都塞式主体。符号的电影叙述所指涉的，是一个消极被动的构造物，它受制于电影叙述掩盖之下的意识形态。阿尔都塞的意识形态理论认为，主体是臣服于或被缝合进主流意识形态之网的主体。在那个著名的例子中，通过一声询唤"嘿！你！"，以及个体的三百六十度转身，从而形成了一个臣服式的主体。这也是电影缝合理论（suture）所说的话语构建主体。如果说上一节所述的叙述主体是符号发送者抛出的电影文本（sign），那么，话语构建的主体就是文本符号所指涉的对象（object），即与电影文本相认同的观众。

电影缝合理论强调电影文本赋予其观众主体性的过程。米勒（Jacques-Alain Miller）将缝合定义为一种时刻，即当主体以一个符号（再现体）为由，

---

① 安德烈·戈德罗、弗朗索瓦·若斯特：《什么是电影叙事学》，刘云舟译，北京：商务印书馆，2010年，第55页。

将自身置入象征域，并借此获得意义。① 在这个过程中，电影文本暴露了主体地位的不充分性，从而制造了主体的欲望，使之再次进入文化话语，这种文化话语承诺可以弥补主体的不充分性。电影缝合系统不停召唤观看主体进入某个话语位置，并以此赋予主体一种幻觉，即有一个稳定和持续的身份，但却以非正统（有别于意识形态话语）的方式来重新阐明现存的象征秩序，② 使（文化意义上）被询唤的个体，将自己认同为想象域中的幻象自我，从而界定了象征域的主体地位。

话语只能通过主体才能被激活，而主体又必须允许被话语所说，才能成为主体。电影将叙述主体固定在话语"背后"，又将构建主体（符号文本的隐含读者）置于话语"前面"。换言之，电影文本的叙述主体总是被置于符号的生产场所，而同一文本的观众却处于叙述主体所规定的消费场所。本尼维斯特意识到：话语涉及语言能指"I""You"与理想再现之间的配对，并且正是通过那些再现使主体找到自身。③ 能指"I"不是通过其指称某个真实的说者，而是通过对其理想形象（通过该形象，说者看见自身）而得以激活。在通常的话语情形中，叙述主体执行双重任务，主体自动将代词"I"和"You"与那些借此而承认/识别主体自身与其针对的说话者相连的心理形象，并且，主体与其中的前者相认同。然而，当主体看电影时，只能执行其中一项任务，即认同（identification），使我们识别自身的再现形成于话语之源。就电影而言，话语的源头必须被认为既是广泛的文化性（即象征域），又是具体的技术性（包括摄像机、灯光设备、音乐设备、电影胶片等）。④

构建主体只能通过电影叙述主体的示意来获得自我理解。也就是说，构建主体必须是叙述主体的话语再现。主体成为能指与所指（再现与对象）之间的来回替换。在电影中，当缝合理论运作成功时，话语构建主体就会说："对，那就是我。"或"那就是我所看见的"。这相当于主动允许一个虚构人物代替自身，或允许某个视角来界定自己所看到的内容。⑤ 此时，叙述主体伪装成构建主体而蒙混过关。而经典电影的最大特征，即电影文本必须尽量向观看主体隐瞒其所处位置的被动性。⑥ 比如，剪辑是电影中常用的技术手段，用以告知观

① Kaja Silverman. *The Subject of Semiotics*. Oxford：Oxford University Press，1984，p. 200.
② Kaja Silverman. *The Subject of Semiotics*. Oxford：Oxford University Press，1984，p. 221.
③ Kaja Silverman. *The Subject of Semiotics*. Oxford：Oxford University Press，1984，p. 198.
④ Kaja Silverman. *The Subject of Semiotics*. Oxford：Oxford University Press，1984，p. 197.
⑤ Kaja Silverman. *The Subject of Semiotics*. Oxford：Oxford University Press，1984，p. 205.
⑥ Kaja Silverman. *The Subject of Semiotics*. Oxford：Oxford University Press，1984，p. 204.

众，我们（作为主体）所看到的，只能是足以让我们知道还有更多没有被看到的。剪辑保证前一个和后一个相连接的镜头之间的缺席，被构建为当下镜头。这些缺席使示意整体成为可能，将一个镜头转换为下一个镜头的能指，和前一个镜头的所指。① 阿尔都塞将意识形态定义为一种再现系统，可以促使主体与其存在的"现实"条件形成一种"想象"关系。他认为主体总是已经在意识形态之内，从一开始就是由历史上具体的理想形象来规定其存在的，而主体总是在相同的意识形态再现中，重新发现自己，通过这些再现首次认识自我。② 对阿尔都塞而言，生产关系和阶级关系构成了现实域，任何明确允许我们在这些关系中将自身概念化的意识形态，都不再能将现实性向我们隐蔽起来；这种意识形态会形成一种认同系统，给我们提供一面镜子，让我们在其中发现自我。③ 叙述主体说服构建主体将某种电影形象作为对其自身主体性的确切反映而接受。

但我们必须意识到，电影叙述所召唤的，是一种虚假的完满，一个自欺欺人的主体，即电影叙述展开的动力，是基于缺失的主体欲望。电影符号的对象就是可被还原为文本的电影叙述，它作为一种象征域图示，必须反转到主体的想象域场所，并依赖能指的缺失。推动电影示意的是一种欲望机制。电影符号以缺失形成一种"充实"，而正是如此，更加确证了那一种缺失。其实，观众会发现：自己只是被授权去看碰巧属于另一人（且此人是缺席的）的目光所能企及的范围。这只不过是一种被规定的主体性。这个虚构的目光所起的作用就是，隐藏虚构之外的那个真正起控制作用的目光。也就是说，电影追求的，是一个想象的对象，这是一个失落的，并且永远希望是被失落的。④ 电影所依靠的，正是对其缺席对象永无止境的追求。而电影的特殊之处在于一种尤其悬疑的欲望缺失，并且，电影符号以细节来展示缺席，故而使得缺席成为在场。⑤ 比如，摄像机、镜框内的移动、画外音以及框定镜头边界等都起到了指示符的作用，指向某个虚构的目光，从而使主体的注意力以及欲望超越某个镜头的局限，并转向下一个镜头。在此，这些指示符为观看主体提供了一个视点和一个主体位置。这也是为何电影缝合理论在很大程度上成了经典电影的代名词：电影可以运用一系列技术，但在其中永远扮演核心角色的，是缺席和缺失的价

---

① Kaja Silverman. *The Subject of Semiotics*. Oxford：Oxford University Press，1984，p. 205.
② Kaja Silverman. *The Subject of Semiotics*. Oxford：Oxford University Press，1984，p. 215.
③ Kaja Silverman. *The Subject of Semiotics*. Oxford：Oxford University Press，1984，p. 218.
④ Christian Metz. *The Imaginary Signifier*，Indiana：Indiana University Press，1982，p. 61.
⑤ Christian Metz. *The Imaginary Signifier*，Indiana：Indiana University Press，1982，p. 61.

值。这些价值不仅激活了观看主体的欲望，并将前一个镜头转换为下一个镜头的能指，让主体的缝合过程变得永无止境。

麦茨曾有过一个形象的比喻，说银幕具有其不可避免的钥匙孔效应。[1] 这就是他所说的电影观看主体的窥视癖（voyeurism），正如弗洛伊德所观察到的那样，窥视癖（就像施虐狂一样）总是将被看的对象和观看的眼睛分开。在对象和窥视者的眼睛之间，窥视者会仔细保留一段空间、一条沟壑：他的眼神将对象固定在合适的距离，正如那些电影观众会仔细避免距离银幕过近或过远。窥视者通过空间展示出将自己与对象永远分开的裂缝。若填满这个裂缝，就会威胁到主体，导致他将对象消耗掉。[2] 基于此，麦茨认为，电影符号不仅具有心理分析性，确切而言，还具有俄狄浦斯型的心理分析内涵。去看电影是合法的消磨时光的活动，但电影是社会之网中的一个漏洞，这个漏洞敞开暴露了某种些许疯狂，（与平时所做之事相比）不那么为人赞许的东西。并且，麦茨认为，从文化史的角度而言，电影产生于资本主义进入分裂破碎型社会的时期，这个社会建立在个体主义与核心家庭（父－母－子）模式之上，是一个特别以自我为中心的小资社会。[3]

所以，电影示意完全取决于在观看主体发现自身有所缺失时的那一刻产生的不愉快，主体意识到存在一片缺席的场地。观众明白自己所缺失的，正是叙述主体所具备的。这种缺失感激起观众渴求看见更多的欲望。缝合就是用电影叙述来治疗主体去势（castration）的伤口。[4] 而观众被构建的主体性正体现于此：电影叙述向观众揭示得越多，这个在看的主体就愈发渴求叙述的慰藉——主体就越急于在电影叙述中寻找安慰。如此一来，观看主体臣服于电影示意，允许自身被电影话语所讲述，并因此再次进入象征秩序。而叙述推进并作用于构建主体的机制在于：通过某种尚未被完全看见、领悟、揭示的东西。电影符号指向一种无限延伸，且不可被弥补的欲望。通过这种欲望机制，接受主体成为一个窥视者，依靠银幕和叙述之间的距离，来抚平那颗"些许疯狂"的心，使之暂时脱离平日的那个自我，从而保留人的自反本性。

作为解释项的（the interpreting subjet）释义主体——意义

尽管意识形态总以主流文化的普遍形式呈现于主体，正如电影话语总让观

① Christian Metz. *The Imaginary Signifier*, Indiana：Indiana University Press, 1982, p. 63.

② Christian Metz. *The Imaginary Signifier*, Indiana：Indiana University Press, 1982, p. 60.

③ Christian Metz. *The Imaginary Signifier*, Indiana：Indiana University Press, 1982, p. 64.

④ Kaja Silverman. *The Subject of Semiotics*. Oxford：Oxford University Press, 1984, p. 204.

众以为自己就是话语的源头；但是，这并不意味着观看者无法形成元自我的多维层面。事实上，任何一个主体都是符号的自我，都是在多维、动态的过程中生成的自我形象，将通过言说过去、既定的自我形象，而投射于正在生成的未来"我"。所以，观众不仅是电影叙述及其掩盖的象征域接受主体，也可以是反观自身的阐释主体。符号的三分性为主体示意打开了一个无限可能的空间。根据皮尔斯的定义，符号是一种"三元方式"，意义规律也服从三元方式的本质形式，即意义不再是（索绪尔所说的）从能指到所指的任意直通车，而是从"二"到"三"的示意结构。因为符号的第三位（解释项）开启了新一轮的符号示意。故而，皮尔斯式符号的核心在于符号解释项，它涉及一套开放的意义机制；而由于主体在世的方式就是对意义的感知、阐释与传达，所以，符号解释项成了理解主体示意的关键环节。作为一种表意方式，电影符号体现出主体意识将"电影"对象化的符号化过程，即如何将主体的意向性投射其上（这里的意向性是由主体意识与对象电影的关联构成的），并从中构筑意义，使意义体现为电影的文本化，并获得阐释的诸方面。

所以，传统缝合理论将电影意义止于构建观众，是一种静态的、封闭的、消极的主体观。事实上，电影文本一旦被抛出，必然形成二次叙述，即关于电影的元话语。电影符号的消费，必然推动对这一符号的批判与繁衍，从而催生出游离于电影符号之外的阐释主体，使主体通过电影文本的链接，衍生出新的自我身份。① 看完一部电影之后，人们终归会追溯情节、追寻意义，以便将其还原为（对自我而言"意味着什么"的）一次叙述、一个故事、一个确有所指的文本对象。电影的真相在于：揭露主体的缺失是必有的境遇。作为现代性的产物与见证者，电影证实了波德里亚（Jean Baudrillard）所言：现代性依赖于一个事实，这就是主体的象征域统领着现实域。② 电影反映出的现代主体的最大挑战，就是被卷入欺骗性的符号漩涡中。

意义是一种"主客观交汇的产物"，是"主客观的关联"。意义既不在主体意识中，也不在对象世界里；而是一个双向的构成物：即意识的获义活动从对

---

① 如当年的电影音乐对当下文化生活演绎出新的含义：《别为我哭泣，阿根廷》本是歌剧电影《贝隆夫人》的插曲，后来演变为足球赛中阿根廷队失败时所放的背景音乐。《放牛班的春天》中孩子们的合唱，成为法语歌曲入门必备。《泰坦尼克号》中的《我心永恒》，成为婚礼上的必备曲目。《花样年华》的背景音乐成为咖啡馆小资情调的象征。《夜上海》和《苏州河畔》成为关于上海的标志性的歌曲。

② Dominique Chateau (ed.). *Subjectivity*, Amsterdam: Amsterdam University Press, 2011, p. 125.

象中得到的符号，它需要意识用另一个符号才能解释。因此意义是使主客观各自得以形成并存在于世的关联。主体对事物的意向活动，被对象所给予而形成了意义。赵毅衡将主体获义的四个层次概括为：1. 自我的主体存在就是"我"的意识；2. 意识的主要功能就是发出意向性；3. 这种意向性的根本目的就是获得意义，获义意向性的压力构成对象；4. 对象给予获义意向性的意义回应，反过来充实意识，证明自我的存在。而且主体获得的意义各不相同：每个主体意识把（看似客观中立的）事物转变成对象的方式不同，在参与意义的生成时，把信息的感知转换为变形的感知，从而使世界成为意义竞争的场所，也就形成了"意义非均质化"的意义世界。①

电影正体现出这样一个"主客观交汇"的过程。当我们谈及电影中的主体性时，是在比喻意义上使用了这个词。我们将自我意识的属性投射到一个没有生命的物体中，仿佛电影自身有主体性，某种东西如意识运作那样作用于电影中。电影的物质属性是各种精神、思维属性的一种编码；意识的内容通过编码得以再现，在具体的符号化过程中实现媒介化。电影中再现的，可被理解为隐含主体性的视角。比如，影片中对"眩晕"的再现，通常不是对某种内在现实的体现，而是再现内心如何改变了外部。王家卫的有些影片容易给人留下多思的韵味，是因为采取了一个有精神危机的人的视角（如《2046》中那个通过抒写未来而怀旧的作家）。可以说投射到银幕上的对象是自反性的，它们的出现是自我指涉的，反射到其物质源头上。② 有学者从电影角度定义主体性，将其理解为：1. 作为意识的主体性；2. 作为各种内心再现的主体性；3. 作为主体位置的主体性。③ 这要求我们将电影程序比作思维过程，将观众的思维运用与电影程序联系起来，比如记忆、想象、关注等程序首先是对意义的各种感知；与之相应，电影的各种手法是对那些程序的对象化。④ 所有的影视程序都是内在精神过程的外在化或客观化。

通过电影，自我被包含在自己构建的画面中，正是这种自我复制，这种自

---

① 参见赵毅衡：《意义对象的非均质化》，《中国人民大学学报》，2015 年第 1 期。

② Dominique Chateau（ed.）. *Subjectivity*，Amsterdam：Amsterdam University Press，2011，p. 164.

③ 参见 Dominique Chateau（ed.）. *Subjectivity*，Amsterdam：Amsterdam University Press，2011，p. 12. 第一种是指将思维与环境联系起来的能力，让人意识到我们自身的感觉或观念，并且还能意识到我们自身的存在；第二种是指感知、知觉、情感、内心影像、梦幻等；第三种是指人的身份作为外在及内在再现的统一来源，并作为自我再现（及自我意识）的一种来源。

④ Dominique Chateau（ed.）. *Subjectivity*，Amsterdam：Amsterdam University Press，2011，p. 32.

反性的循环，使自我既外在于也内在于自我的画面中，并见证自我的存在。电影是一个想象的主体，它要求人们信以为真，以使其功能和示意可以充分掌握"我"的主体性，"我"的主体性也暂时卷入了这样信以为真的游戏中，其中，"我"不再完全是"我"，而是另一个人，已经构建了一种完全的主体性，可以分享被看的虚构地位。① 而这种信以为真的游戏，要求主体性发展为一种想象的主体性。观众靠想象将自身投射进正在进行的电影中，仿佛电影再现的外部世界被织入了我们的头脑，并且不是通过其自身法则，而是通过我们的意识这一行为，而得以塑形。② 我们通过自己的精神机制而为电影文本制造了深度及连续性，也是用自身的经历来塑造电影再现世界的经历，比如视角镜头（POV shot）并不描绘观众的经验，但它确实向我们传达了信息：即人物的经验正如我们看见镜头那一刻的体验；我可以认为"这就是人物如何看事物"，其中，"这"指的是"我"正在拥有的体验。总之，电影允许观众用各种经验状态，去再现人物的经验性状态。

作为观众，我们不只是在接受电影，而且是在亲历体验。它对我们的存在会产生实际的精神效果。银幕上移动影像的有效性是基于心理现象的运用。作为一个在看的主体，观众参与构建自身头脑法则所调节的自主世界。这一点要求我们不仅思考观众是如何成为一名观众的，是什么样的观众，并且还要问：人是基于什么样的基础成为观众的，这会对他产生什么样的效果？简言之，当我们在看一部影片时，会赋予看这一事实什么样的意义？③

看电影是一种认知行为。当下，看电影与谈论电影和重构电影关系愈发紧密。看电影也是一种情感行为，看一部影片往往会将自己置入震惊、感动等状态。此外，它还是一种实践行为，与消费过程中所引发的种种行为相连。看电影愈发成为一种自我构建与自我延展，以得到关于自我幻觉的方式。这便是看电影这一符号化过程中，所诞生的符号解释项。除此以外，它也是一种关系行为，我们不得不构筑一种用以共享、交流的社交网络。与此同时，看电影也是一种新的表述行为，我们以某种方式观看某部影片，与身份构建相关。选择一部影片，越来越成为一种归属的宣言。最后，它还有一种文本行为，这是由一

---

① Dominique Chateau（ed.）. *Subjectivity*，Amsterdam：Amsterdam University Press，2011，p. 149.

② Dominique Chateau（ed.）. *Subjectivity*，Amsterdam：Amsterdam University Press，2011，p. 29.

③ Dominique Chateau（ed.）. *Subjectivity*，Amsterdam：Amsterdam University Press，2011，p. 53.

个事实决定的，即观众越来越有机会操纵他们所消费的文本，不仅通过调整观看文本的条件，还通过介入其中，如选择观看某一片段、某个版本、在某个视频网站上看，等等。主体在世的方式，便是使用符号进行示意与释义。在电影符号中，人的主体性成为一个平台，也被视为示意能力之间意义循环的关联网。

　　作为符号的电影，再现的是电影叙述主体的意义。这一双重缺席的符号文本，对接受主体的感知方式及感知效果形成了不同于其他（比如文学叙述）的叙述体裁的意义取向。它首先使"看"成为一种可以超越主体的元行为，使主体在主动与被动、自觉与自欺、体验与批判多个层面同步分化，彼此推进。"看"在缺席的符号对象与主体之间搭起了一座隐形的桥梁。电影通过"看"这一运动完成了对主体的召唤。推动叙述进程开展的，是主体的欲望。而这个主体，正是电影符号所指涉的那个理想接受者——文本话语所构筑并试图掩盖的价值取向。电影是一面镜子，折射出的是主体的缺失。这个符号文本依赖主体的欲望机制示意，以缺席的符号形式呈现自身，将主体包裹于丰富的感知形式之中。它的叙述展开，以一个完全认同其话语的接受者为前提，使之在"看"这一行为中，完成符号文本的构建。然而，"看"是一种双向运动——既是接受也是释放——主体的符号性（即能意识到自我意识的元自我能力），使主体能明白自己为何心甘情愿成为被构建的主体，从而不停地生成阐释主体。所以，电影文本的意义永远位于符号之外，游走于叙述主体、话语主体和阐释主体之间。正如哈姆雷特的痛苦源于其符号自我的能力那样：不仅因陷入两难抉择而举棋不定，而且知道自己优柔寡断、进退维谷；我们不仅"沉溺"于电影符号所带来的感知漩涡中，更令人纠结的是，我们知道自己沉溺于其中。

第四部分　文本·演绎

第一章　从时间到"时间"

　　生物时钟冷漠地朝前走，一刻也不停。它让他的女儿不断长大，不断扩展和丰富简单的词汇量，使她更健壮，行动更加稳当。这个时钟像心脏一般强健，忠实于一个永不终止的限定。

伊恩·麦克尤恩《时间中的孩子》

　　本章提要：时间，不仅是任何叙述得以展开的符号载体，也是被赋予意义的对象本身。在《时间中的孩子》这个故事中，我们会经历从叙述时间到被述时间的认知转向，慢慢深入"时间"这一古老的伪命题，并由此触及时间之意义的源头。

　　《时间中的孩子》（*The Child in Time*，1987）被公认为英国作家麦克尤恩（Ian McEwan，1948—）的转型之作。它既关怀个体内心，又将之置于公众视野中来考量；"自我"既是故事欲冲破之藩篱，又是其回归的原点。故事围绕两位主人公（史蒂芬、查尔斯）的缺失经验，以双线反向叙述格局展开。这个探索缺失的文本向我们抛出了一个亘古不变而迷离的问题："孩子"如何在时间中落入自我意识？而一旦自我用叙述将"孩子"和"时间"包裹起来，为之注入意义，将之卷入符号化过程，就暴露了与之隔离的真相。

　　在故事中，史蒂芬因一部儿童文学作品《柠檬汽水》而意外跻身于成人世界的中心；而女儿凯特的失踪，同样意外地将他掷入成人世界的边缘地带。经历了寻找、失意、绝望甚至空虚之后，他学会了接受、忍耐与盼望，最终，"怀着对即将带着爱一起重返的世界的谢意"迎来了新生的孩子。史蒂芬在象征缺失的成人世界中始终坚持（哪怕是被动地）背负成人的十字架；而查尔斯则选择了从成人世界主动退隐：《柠檬汽水》的问世，为身居成人世界中心的查尔斯拉响了完满的丧钟。应首相所邀，查尔斯亲手拟定了《权威育儿手册》，之后却选择退隐乡下，卸下成人世界的所有角色，为自己创造了一个"孩子的世界",他穿上男孩的校服、挂上男孩的弹弓,不停地向树上攀爬,返回那棵终结了自由与完美的禁果之树,重拾关于孩子的"天国奥秘"。最终,这个披着孩子外衣、怀揣成人内心的自我,再次付出必死的代价。

在故事叙述的展开过程中,作为指向自我之缺失的符号,"时间"和"孩子"呈现出自我为修复缺失而选择的两条路径:一是(查尔斯)绝望而又疯狂地主动出击,希望通过再现"孩子"的形式,而实现"孩子"的内涵,却上演了一出浮士德式的悲剧;二是(史蒂芬)保持沉重艰难的探索步履,却因这种有限的主体能动性而意外得到命运的蒙恩。而这种互为反向注解的叙述格局,又启悟自我,沿着无限衍义之链,滑向缺失的更深处。

"孩子":缺失之符

"时间中的孩子",直指自我曾经拥有,后来却永久缺失的部分;并且,这一缺失在时间中,辐射为自我无法企及的意义构建——曾因沐浴在爱中而完满的自我状态。失去乐园的孩子,就是成人自我。缺失挑衅着成人自我有限的主体能动性,但脱离了爱的自我,却再次错误地使用自由意志,企图用成人叙述修辞(《柠檬汽水》和《育儿权威手册》)来构建真值,充当意义之源;然而,这愈加暴露成人自我的失落——因为自我失去的,是意义之源而非意义的再现之形。

根据《创世纪》(Genesis),在夏娃、亚当偷食禁果之前,人的自我意识是活在神的爱中,并因此享有完满的自由意志。承载着自我意识的知识之果,开启了人从自我而非神的意志来区分善恶的历史,并从此在灵与肉、自我与神意的对立中困顿挣扎。禁果即自我意识之符,自我脱离与神的关系之后,便沉浮于孤独的自由意志之海。丧失了"孩子"(作为神之爱子)的成人自我,尽管在人生之路上高歌向前,却始终无法愈合胎记般的伤疤:意义之源的丢失。是一个符号再现体①,"孩子"所指的对象,是曾经完满的自我,无忧无虑地沐浴在"服从、无权、自由"中,享有"信仰、秩序、目标"的童年。这一缺失之符所对应的解释项,化作成人自我的叙述动力,在寻觅完满的符号链中无

---

① 赵毅衡:《回到皮尔斯》,《符号与传媒》,2014年第9辑,第7页。根据皮尔斯符号学的定义,符号本身分为三部分:再现体-对象-解释项,显示出自我认知的三个渐进阶段:第一性(显现性)、第二性(能够表达意义的符号)、第三性(对事物形成一个判断)。这对应于赵毅衡对"符号"的定义,即符号是被认为携带意义的感知,符号学是研究意义的学科。

限衍义①。成人自我选择了"计划、决定、要求",尝试着将自己的头发拔起而离开地面。所以,成人对孩子形式的抱守和对成人躯壳的抛弃,正是自我缺失叙述的真实写照。

在这个文本中,"文学"与"科学"都是隐射缺失的象征:即自由意志脱离终极价值后成为无忌狂奔的产物,故而傲慢、孤独、毫无方向。孩子使丢失成为自我思考的主题,也正是在这一过程中,史蒂芬才可以将自己的儿童文学作品,解读为丢失的"孩子"之哀歌;然而,儿童文学只能呈现出成人遗失的世界,故而只是成人自我命名的世界中的一部分。写给成人的《柠檬汽水》,原来是书写自我之缺失的文本符号;诚如叙述者调侃道:那些最伟大的所谓的儿童书,一定是既针对成人又面向孩子,是为孩子心中早期的成人以及成人心中被遗忘的孩子写的。它让当下自我思考过去自我,让在场思考缺席,嘲弄着丢失了孩子的成人。

科学的发展也被呈现为一个孩子成长的过程,如查尔斯的妻子特尔玛(物理学者)所言:"科学是特尔玛的一个孩子,(查尔斯是另一个)……这个孩子正在长大,正在学习少为自己索取。它疯狂的、孩子气的自我中心主义——整整四百年!——正在告一段落。"②缺席的孩子,警告了成人这种自欺欺人、南辕北辙的"发展"并不完满,这个发展过程中有一个永远无法恢复的地带,而自我对它一无所知。这犹如《传道书》中的训言:"虚空的虚空,一切皆是虚空。"如果将自我作为意义之源,那么,成人世界里的一切注定是虚空与徒劳;而从成人视角构建的"孩子"的形象,则指向成人世界最大的谎言:完满。

互为注解的成人之符

如前所述,文本围绕着两大主人公的缺失经验,呈双线反向叙述格局展开。全书以摘引《权威育儿手册》的经典语录作为每一章的题记,题记部分正好与每章正文叙述形成反向注解:每一章正文的叙述是小心翼翼的探索,承认"缺失",展现了史蒂芬从疑惑到确定的过程;题记则是对"完满"的宣言,展现了查尔斯的自我消解过程。如果说正文是直指自我缺失的符号文本,题记则是呈现出自反性的符号自我的文本。

---

① 赵毅衡:《回到皮尔斯》,《符号与传媒》,2014 年第 9 辑,第 8 页。皮尔斯基于符号意义的三元发展观,发展出了"无限衍义"原则:符号表意过程在理论上是不会结束的,并且无限衍义是人类思维方式的本质特征。

② 伊恩·麦克尤恩:《时间中的孩子》,何楚译,南京:译林出版社,2012 年,第 41 页。

对查尔斯而言，"孩子"已不仅是自我对"完满"的欲望，更是对缺失本身的一种自觉反抗，以及向阙如之形式所发出的主动出击：查尔斯无法通过孩子的形式，为自己注入孩子的内涵与意义，并终究被成人世界伸出的触角所伤（首相的器重与频频邀约，代表着成人世界的入侵）。而令人悲哀的真相是：夺去"孩子"的，竟不是成人世界的引诱，而恰恰是"自以为是"的自由意志：自我厌倦了孩子的"服从、无权、自由"，主动朝向了成人，窥探"计划、决定、要求"。这个抛弃成人十字架，而拥抱孩子形式的自我，在自由意志的驱使下，拾起更为沉重、荒诞的禁果，继续在成人无尽欲望的漩涡中旋转，取消了指向缺失的符号自我，更搭上了深入"缺失"之黑洞的时光列车。

查尔斯的"孩子"意识苏醒于史蒂芬的《柠檬汽水》，就像他对这部儿童文学作品的评论那样，成人应该选择对缺失的东西主动出击，选择对成人之符的能动消解，选择对"服从、自由"的回归。然而，挣扎于两个世界的查尔斯所拽住的，只能是缺失之符的再现体而非对象，正如特尔玛喟叹道：

> 他想要童年的安全感，无权，服从，以及随之而来的自由。远离金钱、决定、计划和要求。他过去常说想从时间、约会、计划、最后期限中逃出去。童年对他来说是无限的。他说起它时就像在描述一种神秘的状态一样。他向往所有这一切，没完没了地跟我谈，变得沮丧，而同时他又在外面挣钱，知名度渐渐扩大，让自己在成人世界里承担了上百个责任，逃离自己的想法。你那本《柠檬汽水》对他来说很重要。他说你那本书是让他自己的一部分对另一部分说话。他说它让他认识到了他应该对自己的愿望负责，他得为自己的愿望做些事情，以免到头来没有机会了。它是死亡警告。他得尽快采取行动，否则会终身后悔。[①]

查尔斯的困境似乎在于：如何在成人世界中既实现成人英雄式的成功，又实现稚子式的活法。"孩子"与自我，是以对峙的状态而存在于彼此的视域，并随着成人自我的步步逼近，在时间中转为一颗毒瘤并加速自我的分裂。而他的这一困境又似乎在诉说着我们每个人的存在真相。

不难发现，叙述者对查尔斯在时间中的自我恶化状态，始终保持着相当远的距离。在书中，查尔斯缺席的童年、最终必死的结局，都是借他人之眼（史蒂芬、特尔玛、首相）呈现出来。叙述者并没有用全能全知的第三人称去呈现查尔斯的世界，也鲜有介入其内心，甚至采用自障式的局限视角，避免"正

---

① 伊恩·麦克尤恩：《时间中的孩子》，何楚译，南京：译林出版社，2012年，第217页。

视"查尔斯。似乎查尔斯的自由意志像脱缰的野马，脱离了文本的叙述意志，所以成为叙述者看不清、或不愿看透的局外人。相比之下，叙述者采用全知式第三人称叙述框架来关怀史蒂芬所承受的一切考验，对其内心的叙述介入度也明显更强，并与史蒂芬的心理认知力尽可能保持同步，仿佛"愿意"与其感同身受。如果说查尔斯这部分的叙述停留于记录型的叙述，是去符号化过程。那么，史蒂芬这部分的叙述则是体验性的、阐释性的符号化过程。区别本身传达着意义取向，叙述者对此二种自我意识的叙述介入策略，隐含了对两种自我意识的不同论断。耐人寻味之处在于，叙述者对待这两个人物所表现出的能动性，恰好与两个人物自我的主体性表现强度呈反比。

与史蒂芬的被动相比，查尔斯一开始就在自觉能动地构建"孩子"。然而，对于这种在成人世界（象征着人失去乐园后的尘世）创造童年形式的奢望，叙述者的态度是嘲讽的，仿佛那是一个随时都可以被戳破的肥皂泡，所以叙述者选择退隐幕后，不动声色地见证了最后的残局。如果说"孩子到底谓何？"是贯穿查尔斯寻找缺失的叙述核心；那么，史蒂芬对此盲点的承认，恰恰与查尔斯的能动符号自我呈现鲜明对比。诚然，叙述者之于文本，犹如造物主之于宇宙万物。在这个具有反差的叙述格局里，查尔斯的主动与自觉注定步浮士德的后尘；史蒂芬却因被动与盲点，而得到了叙述者预备的恩典。这个叙述格局既温暖又伤感：史蒂芬的结局体现了"爱和幸福的可能性"[1]；查尔斯的悲剧，则让人深感不安：当亚当、夏娃"自由地"违背禁令所品尝的禁果，有着令人必死的滋味。

如果说查尔斯是披着孩子外衣，返回孩子世界的成人；史蒂芬则是披着成人外衣进入成人世界的孩子。与查尔斯的能动消解正好相反，史蒂芬是一个被动的能动主体，然而却是在彷徨中"永不放弃"的行动主体（agency）[2]。女儿的丢失是命运的意外安排。被动而绝望的寻女过程，让史蒂芬学会思考、感知缺失尝试着将自我的能动性融入高于自我之上的叙述意志。事实上，主动地感知缺失，并因而承认自我的有限性，是史蒂芬不同于查尔斯的关键之处。"丢失的女儿在时间中的成长，成为史蒂芬时间的核心。"[3] 女儿凯特使自我认

① Roberta Smoodin. "The Theft of a Child and the Gift of Time", *The Los Angeles Times Book Review*, (1987): 19.
② 根据外语词典的解释，"主体"分两种：思想主体（subject）和实践主体（agency）。参见赵毅衡关于"主体"一词的术语群辨析：《符号学：原理与推演》，南京：南京大学出版社，2011年，第340～344页。
③ 伊恩·麦克尤恩：《时间中的孩子》，何楚译，南京：译林出版社，2012年，第2页。

知到了生命阙如的真相，这一真相反过来，使自我对象化，成为与自己对峙的主体。但恰恰在这种忘我的状态中，史蒂芬回归了"孩子"的"忘我、专注"，就像史蒂芬帮助女儿修筑沙滩城堡那样专注与忘我。而每当史蒂芬全神贯注之际，"时间本身也仿佛具有了一种密闭禁止的性质。他正在体验一种愉快的逾越，深化的意义"①。"孩子"不是跃过对象的虚无再现体，而是一种实有的状态——一种去自我化的意识——可以追溯意义之源的自由。

与查尔斯相比，史蒂芬至少选择了"在路上"，没有抛弃尘世的义务和成人所背负的角色，故而延续了"爱"的可能性。事实上，史蒂芬的主体性恰恰体现于：感知自我在时间中的有限能动性。史蒂芬并不是圣徒般的寓言式人物，但他确实提供了寻求完满的一种叙述模式：从伤感、空虚到忍耐、盼望，而贯穿其间的，是守护他人（父母、妻子、朋友和落难路人）的爱之本能。也正是由于史蒂芬的这种温和而不具破坏力的被动主体性，才使叙述者更"情愿"将其作为一个"被造物"而精心处理。叙述者对史蒂芬的态度，暗示着被逐出伊甸园之后，自我得救的唯一可能性——爱。正如全书末尾所言，伴随新生的，是爱。而"新生"是寓意深刻的叙述终结：既见证了爱的延续，也开启了成人自我新一轮的选择过程。

落入叙述的时间

我们对一切事物（包括自我）的感知，都是在时间中展开和实现的。所以，时间是自我感知的媒介，更是自我实现意义的媒介。然而，在这个见证变化、认知"孩子"的过程中，时间在悄悄地发生变化。它在自我意识中，已然开启了编码的程序，并逐渐转为符号化的时间（即被自我意义化的"时间"）。在这个关于缺失的文本中，一切元素都卷入了符号化（释义）过程，包括时间。

女儿丢失之前，时间如其所是并未落入自我的视域。史蒂芬拒绝为时间进行编码，更多的是"被"时间安排的一个角色。凯特在时间中的"戛然而止"，才迫使其感知时间，并渐渐将空缺作为思考的对象。换言之，时间对自我而言，不再是自然而然的，而突然成为异己的自我之敌。原先静止不变的生活，成为生命中不堪的负担。时间在孩子的缺失中，逐渐显明自身，迫使自我与之直视，因此，感知的媒介成为被感知的对象——曾经拥有孩子的时间，作为过去已经不复存在；重返完满的"时间"作为将来就在那里目睹自我缺失的裂口

---

① 伊恩·麦克尤恩：《时间中的孩子》，何楚译，南京：译林出版社，2012年，第152页。

越来越大。可这个尚未存在的"时间",除了成为孩子缺席的标记,只剩下一副意义的空皮囊。在对"缺失"的恐惧中,史蒂芬意识到,没有意义的时间(即时间成为感知对象而非感知媒介时)是令人恐惧的。所以,当时间重新被设立目标,成为愿望满足的媒介时,时间被赎回来了。对自我意识而言,它可以被失去,可以被编码,可以被赎回,可以被感知。缺失使自我得以在时间中逆向成长,从而打破成人叙述构建的真相。

当叙述行为时间(narration time)与被述时间(narrated time)[①] 出现明显差距时,作为感知媒介的时间就转为作为符号的时间并卷入了意义世界。如在史蒂芬经历车祸那一段叙述:"发生了一系列飞快的事件,可它们却好像在放慢的时间中一个接一个出现。"史蒂芬在短短几分钟内,幸运地从车祸中逃生,之后又顺利解救了危在旦夕的陌生人,这些快镜头序列,作为被述时间是十分短暂的,在书中却占用了长达5页的叙述篇幅。在时间的放慢过程中,事情有了一种全新的开始。人物对时间的感知也出现了"时差",因为自我为时间注入了意义。

符号的存在,是以意义阙如为前提的[②]。"孩子"与意义自然统一于爱中,故无须再现。成人修辞叙述所构建的"孩子",是缺失的必然结果。反过来说,再现"孩子"的叙述世界,必然是指向缺失的自我之符。而在这个符号化的过程中,时间也完成了从媒介到符号的过程(即从意义的中立感知媒介,逐渐卷入无限衍义的过程)。正如"孩子"从真实的存在,变为指向缺失的符号那样,"时间"从独立于我的感知媒介,卷入了指向缺失的符号——只要自我尚能感知、言说时间,时间就提示着自我的缺失。

史蒂芬与母亲在时间中的对视,以颠覆物理机械时间的形式呈现了一则时间寓言。这次对视,"不仅与父母的经历相互作用,而且还是一种继续、一种重复"[③]。正如任何被造物一样,作为媒介的时间,是一个更深的结构,它告诉我们:时间本身并不能把父母(未来我)与孩子(过去我)分开。史蒂芬与母亲的跨时空对视,分别通过史蒂芬和母亲的视角呈现了两次,其间的差异意

---

① 叙述行为时间指的是叙述文本占用的时间。被述时间指的是被叙述出来的文本内以各种符号标明的时间。参见赵毅衡:《广义叙述学》,成都:四川大学出版社,2013年,第147~150页。

② 赵毅衡在界定符号概念时,曾强调:一旦意义已经被解释出来,符号的必要性就被取消了,比如"投之以木瓜,报之以琼琚",是因为爱情关系尚未建立,或并未充分建立;如果两人已经是夫妻,目送秋波、眉目传情自然会越来越少。参见赵毅衡:《符号学:原理与推演》,南京:南京大学出版社,2011年,第47页。

③ 伊恩·麦克尤恩:《时间中的孩子》,何楚译,南京:译林出版社,2012年,第230页。

味深长。史蒂芬看到窗外的幻象时，立即认出了那是自己年轻时的母亲，然而由于他并没有同时感受到被母亲所认出，因此感到的"渴望与被斥交织的痛苦"，而"悬在存在于虚无之间"。而母亲即使不能确定从窗外看到的孩子的身份，却立即将其视为自己的孩子，因为"他的眼光紧紧盯着她，要求她认领自己"，所以，"爱上了他，并意识到她必须用自己的生命去保护他"。这两段在虚无与清晰、恳求与排斥之间游走的叙述中，叙述者想要颠覆的，不只是自我对时间的感知方式，而且是借此提示自我重审"真相"。史蒂芬认出了母亲，却因为自我缺失，而无法与之相认；而母亲却因为爱而给予了完满的机会，得以将莫名的幻影，确定为自己孩子的召唤。自我在错位的互视缝隙中，窥见了意义之源——爱。所以，当史蒂芬领悟了意义之源时，"所有那些痛苦、所有那些空虚的等待，都包含在意味深长的时间里，包含在可能有的最丰富的展现中"[1]。也正是伴随着这一声领悟的高呼，史蒂芬沿着通往妻子小屋的小路跑去。

自我所拥有的，只有时间的当下，而自我在"当下"中却不停地被置换为过去和未来的幻象、影像、文本符号。在这则时间寓言中，两个不知情的人物自我，成为叙述者和时间精心撮合的符号再现体，在叙述主体的凝视之下，指向自我的反转可能——索爱的欲求反转为给予爱的能力；他者的束缚反转为主体的自由选择；缺失反转为彼此成全的完满。这段违背了"灰暗物质主义"时间论的时间，以爱的完满示人，成为整个书写缺失文本的刺点。史蒂芬在欣赏、窥视时间迷宫的同时，也成为他者注视的对象。时间成为一种构建，落入不同自我符号互为对象的视域深处。自我承认，在将他者对象化的同时，也落入了他者的意义编码之中。其中，时间不是分开自我与他人的媒介或物质，而是在自我与他人的彼此凝视中成为意义本身。在这种跨时空的对视经验中，人物看到的，是"时间"成全的爱。这一段叙述在文本无边无际的缺失、慵懒、彷徨之中，展现出了一丝温暖和明晰，在停滞、令人疑惑的时间中，分化出对时间本身的反观与叩问。人物通过意识到自己总是存活于他人欲望、注视之内，而销蚀了自我，从而弥补了自我之缺失。只有在这一刻，作为感知媒介以及作为一个符号的时间，才得以重叠。

诚然，尽管自我只能将时间中的经验感知为"过去、当下、未来"的模式，但我们必须承认，时间本身的意义并不囿于自我感知的模式。正如在书中，当特尔玛与斯蒂芬讨论时间之谜时，后者忆起的"时间之诗"所示：

---

① 伊恩·麦克尤恩：《时间中的孩子》，何楚译，南京：译林出版社，2012年，第230页。

"我们大脑构成的形式就已经限制了我们对时间的理解，因为它让我们的感知圈于三维空间。这在我听来，简直就像灰暗的物质主义，也是悲观的。但我们不得不建立模式——时间是液体，时间像一层复杂的外壳，任何时刻之间都有接触点。"

斯蒂芬想起了六年级的时候读过的一首诗：

现在的时间和过去的时间/可能都体现在将来的时间里/而将来的时间却包含在过去的时间中。①

笔者想起的，是保罗·利科在《时间与叙述》中的一句话：时间变成人性的时间，取决于时间通过叙述形式表达的程度，而叙述形式变成时间经验时，才会取得其全部意义。

或许，这正是探索缺失的符号文本对自我启悟的意义。

---

① 伊恩·麦克尤恩：《时间中的孩子》，何楚译，南京：译林出版社，2012年，第125页。

第二章　作为文本的自我

但现在，我和孩子们没有了爱——就连最愤世嫉俗之人都不能否认爱是多么神奇的恩典。而我想起了你曾多么努力地工作、多么尽责、多么用心地用好看的纸和丝带包装好每一件圣诞礼物，你是多么地爱我们，却被愤怒所伤；你是多么地恨你自己，却被虚荣所累；你是多么地爱我们。就像是疯了一样。

路易斯·厄德里克《踩影游戏》

本章提要：在阅读这个故事的大部分时间中，似乎感觉它是一部无足轻重的言情小说，直到最后，我们被告知，文中所言出自一个文学专业人士的写作实验。在这个关于爱的文本实验中，爱不仅是指向一种关系，不仅体现为彼此的占有形式。爱本身即是意义，所以无须符号坚持出现。只有当爱缺席时，才会引发符号提示的焦虑。爱需要的，恰恰是自我意识的缺席。这样一来，《踩影游戏》中的三位叙述者向我们演绎了一场自我卷入意义、符号漩涡的窘境：身陷于爱，自我无法界定；一旦开启了符号化过程，编码就会拽住自我不放，而爱却如影子一般渐行渐远。

追逐意义，是人的本质。作为承载意义的主体——文化中的自我，总是不停地通过符号来表达自我构筑的意义。意义的发送、接受与阐释，决定了自我与他者共在的方式。而符号与意义之间的关系，既是彼此生成的，也是彼此抵消的：符号的出现，是因为意义没有得到解释，即符号并不表达已经存在的意义造成的；所以符号示意，是一个"待在（becoming）"的过程。① 一旦意义在解释中实现，符号过程就结束了。反过来，符号越多，越暴露出意义的缺席。符号与意义之间的这种"得意忘象"式的关系，在美国印第安女作家路易斯·厄德里克（Louis Edrich）的新作《踩影游戏》（*Shadow Tag*，2010）中，

---

① Eero Tarasti. *Existential Semiotics*. Bloomington: Indiana University Press, 2000, p. 7.

得到了淋漓尽致的演绎。在这个叩问"何谓爱"的故事中，一共卷入了三个关于"爱"的符号文本，三个文本的叙述主体用爱的符号所表达的，竟是爱的阙如。

三种符号文本

《踩影游戏》通过女儿瑞尔成年后对父母生前往事的追忆，讲述了美国印第安画家吉尔与妻子艾琳（兼其模特）在婚姻危机中彼此折磨并尝试对爱救赎，直至在一次意外中双双溺水而亡的故事。全书由三个符号文本组成。第一个文本是妻子艾琳的双重日记（红日记是故意写给吉尔偷看的，内容是捏造自己有婚外情，以逼其同意离婚；蓝日记是写给自己看的"真正"日记）；第二个文本是吉尔以艾琳为原型所绘的人体画；第三个是瑞尔攻读文学创作方向学位所写的毕业论文，即根据母亲遗留的日记，对这个破败之家进行的创造性重构。

整部《踩影游戏》并不是这三个文本的平面叠加，而是迂回地形环环相扣，彼此生成、互为镜像的叙述格局：瑞尔是一个不可靠的叙述主体，在其回忆的父母爱情故事中，避开了传统回忆式小说所用的"二我差"视角模式①，而创造性地借用第三人称的全知视角，俯视父母的"爱情故事"，以及在这个故事中作为一个人物为了印证这个质疑"爱"的文本，并且为了对应这种自持的第三人称全知叙述，在置身事外的旁观式叙述中，瑞尔将艾琳的红/蓝日记包裹进自己的叙述进程中，让其暴露于直接受读者而非叙述者瑞尔审视的位置，并进而将吉尔的画作包裹进艾琳的日记和叙述"审判"中。

因此，全书依次分化出了三个叙述层面：吉尔的画作是艾琳日记中的叙述分层，而艾琳的日记又是瑞尔虚构性回忆中的叙述分层。但从被述时间来看，这个顺序将事件发生顺序颠倒过来，直到接近尾声，作为人物的瑞尔才追上回忆中的瑞尔，迫使叙述者瑞尔现身。读者方知前面故事中所谓的"全知"视角，原来是瑞尔在虚实之间把玩的一场"踩影"般的游戏。

---

① 瑞尔在其叙述中，将二我差进行了戏剧性地分裂，转用第三人称回忆自己幼年的经历。

根据皮尔斯的定义，符号是一个三分体：再现体、对象和解释项。① 一个符号化的过程，就是从表象感知到抽象阐释逼近的过程。艾琳、吉尔、瑞尔分别通过日记、画作和创造性回忆（小说）这三种再现体，自反性地指向自我诉求的距离、占有形式的关系及身份，并且通过这种指向，将爱阐释为对爱的感知、再现与命名。三位叙述主体都是通过被符号文本解释对象化的自我来理解自己。

艾琳的双重日记：自我对话的阙如

艾琳的两本日记，一本骗了他人，一本骗了自己。红色日记本原本是吉尔送给自己以记录初为人母的体验的，后来，当两人感情跌入低谷，丈夫怀疑自己甚至开始偷看她的日记时，艾琳索性顺水推舟，故意在日记中营造自己似有若无的婚外情和"尚存"的忐忑不安，好将吉尔逼到愤怒憎恨的绝境，以此同意和自己（以及"和别的男人所生的"孩子）痛快地一刀两断。

在此，红色日记的意向读者是吉尔；这个文本是否有效，取决于接受主体吉尔的意义构筑方式。然而，推动日记中情节发展的并不是吉尔，而是艾琳所推断的（作为静态的被动接受者）"吉尔"会做何反应，换言之，在艾琳构筑该文本的过程中，被剥离了主体性的吉尔成了一种编码。在艾琳的日记中，吉尔的感觉材料被预先立意为对象，通过意义的给予而被统一，从而使吉尔在二人关系中的形象得以确立，并对艾琳的自我显现出来。

然而，意义必须靠解释才能出现。任何一个符号文本，都携带了三种意义：发出者的意图意义、文本承载的文本意义以及接受者的解释意义。② 在这个叙述格局中，（艾琳）撰写日记的意图意义、文本呈现的意义与（吉尔的）解释意义之间并不一致，而是形成了裂痕。其中，意图意义是：艾琳暴露自己移情别恋，甚至一直被吉尔视为己出的孩子，也是艾琳和另外的男人的苟合之果；文本意义是艾琳不值得被爱，应当选择结束这段无爱的婚姻；而接受意义是：吉尔应该反思自己爱人的方式、改善夫妻关系，留住艾琳，保住婚姻。

---

① 正如笔者在本书开篇处指出：传统索绪尔符号学中将符号理解为二元关系模式，即能指与所指之间的直通车。皮尔斯认为符号的意义在于第三个元素：解释项（interpretant）是从符号及其语境中释义出来的符号意义。意义是能指与所指之外的第三物，类似胡塞尔的"意向中的客体"（object as it is intended），即意识活动与被意向客体之间的意义。本书将艾琳的日记、吉尔的画作和瑞尔的回忆小说理解为三种携带意义的符号文本，其中，这三种叙述形式是三种再现体。其指涉的对象分别为自我欲求与他者之间的距离、占有关系及被他者看见的身份。通过上述剖析，将符号文本的意义触角，延伸到对爱之本质的叩问：爱本身就是意义。符号的坚持出现，恰恰暴露了爱尚未确立。

② 赵毅衡：《符号学：原理与推演》，南京：南京大学出版社，2011年，第50页。

由此，红色日记并没有成为一个有效文本。虽然，吉尔一直在"看"，却拒绝成为艾琳所设定的"吉尔"，而更多地感受到自己的无奈、委屈、绝望的付出和在情感打击之中经受的试探与考验（吉尔在参观根据罗马传说中的贞妇卢克蕾兹娅的故事所举办的绘画展时，曾难以自抑地伤感，并以艾琳替代原型卢克蕾兹娅创作了一幅翻版绘画，讽刺自己在爱情和家庭中的境遇）。这里，文本产生的戏剧性效果是吉尔在愤怒、沮丧的同时，其被驱赶到更为狭窄的自我角落，反而让吉尔以自己占用世界的方式拽住艾琳不放。而这个文本计划受阻，催生了更为复杂的蓝色日记。

蓝色日记本是艾琳所说的"真正的日记"。因为它记载的内容是艾琳生活中的真相：她没有出轨，吉尔是三个孩子的亲生父亲，艾琳正在编织一种并不存在的体验，创造了一个自由的叙述世界；通过将当下正在经历的自我叙述化（悬置起来），投射向未来我。艾琳的符号文本，其微妙之处在于为保持逼真感，她在捏造的红色日记中，用第三人称来指代吉尔，仿佛真的是在写日记（即叙述世界的当下我与经验世界中的过去我对话）；而在真正的蓝色日记中，艾琳却是以第二人称展开与吉尔的"我－你"对话。但是，蓝色日记真正指向的接受者，是艾琳的反思自我（以及后来的读者瑞尔）。也就是说，艾琳在真实日记中，表面上是与吉尔在对话，实际是与自己在对话；而在假日记中，却假借与自己对话的形式，展开与吉尔的对话。

显然，双重日记的文本格局并没有使经验真实与价值真实同一化。一方面，艾琳将红色日记中那个虚构的自我珍视为杰作来品味；另一方面，蓝色日记在不停地延迟、阻碍与之展开直接的对话、谈判。两本日记似乎并没有完成日记应当执行的内心对话功能。

在红色日记中，艾琳故意让吉尔去"看"，却又使其看不透，用这种人为的距离来"报复"吉尔用绘画夺走的自我。在蓝色日记中，艾琳将"看"和占有的权利进行了反转。不知情的吉尔，反而成为艾琳笔下慢慢品味、把玩的对象：

> 估计，你在翻箱倒柜后，找到了我的红日记，一直以来，你都在偷看，想弄个明白，我到底有没有对你不忠……而第二本日记——或许你会称之为真正的日记，却是眼下我正在写的这本。[①]

稍后，艾琳更是慢条斯理地记叙了"我"如何将这本真正的日记委托保管

---

① Louis Edrich. *Shadow Tag*, New York: Harper Collins Publishers，2010，p. 13.

于银行保险柜中。行文中充溢了由于吉尔不知情所带来的"幸福感"和"兴奋感"。艾琳尽量拉长、延展、放大了这种因为"你不了解我"所成全的距离及由此而生的"真正属于自我的东西"的感觉。[①] 日记不仅是艾琳复制经验的一种叙述方式，而且是为自我创造可能世界的方式，仿佛只有在蓝色日记的世界中，艾琳可以充分享用隐私并实现自我认知。所以，在吉尔不知情的情况下，艾琳发现自己竟有一个同父异母的妹妹路易斯·梅，感到一种强烈的"只属于自己"的慰藉，并且将其对象化，在日记中精心赋予了路易斯·梅的特写。

撒谎的自我反而道出了艾琳渴求的价值真实，真实的自我成为艾琳情愿背负的虚假躯壳。这两个自我平行而生，却从未有过交集、重合，哪怕是正面的对峙。艾琳无法感知正在体验的，而试图感知的又是不可能体验的。在两个文本中，艾琳既没有实在的阐释对象，也没有接受阐释的未来"我"，使当下"我"落入阐释叙述的真空，仿佛艾琳要抓住的永远是自我的影子。

吉尔的妻子肖像：自我投射的落空

将吉尔的画作理解为文本是一件更加微妙的事。因为吉尔作为叙述者在故事中呈现的不是文字文本，而是通过妻子的文字文本所再现的图画。在整部小说中，吉尔作为叙述主体的身份是隐藏的、碎片式的，被艾琳和瑞尔的叙述符号自我遮蔽了起来。这要求读者像剥洋葱一样层层解读吉尔的文本，因为他的文本经过了双重编码。作为一名颇有名气的印第安画家，十五年来，吉尔一直以妻子艾琳为原型进行创作，并在这个创作过程中，有意无意间利用了妻子作为印第安人及女性拥有的标出性元素。[②] 比如，吉尔用艾琳悲伤的表情，来表达美国印第安文化的焦虑。艾琳参与了吉尔制作的文本，成为印第安文化的一个缩影式再现体。吉尔的文本就是艾琳的再现/影子。而读者通过艾琳日记所了解到的，则是艾琳的影子的再现。

在艾琳的文本中，吉尔是被作为他者来欲求的，而不是一个被还原成自我的不同者。这和吉尔的符号文本正好相反。吉尔的符号文本将作画人和被画者的自我意识牢牢地锁在画作这一再现文本中，即是艾琳每个时期的形象再现：楚楚动人的少女、处于经期的女人、身怀六甲的孕妇、哺乳的母亲以及淫秽不堪的、痛苦沮丧的、邪恶引诱的各种形象。这些"艾琳形象"形成了一个符号

---

① Louis Edrich. *Shadow Tag*, New York: Harper Collins Publishers, 2010, p. 49.

② 赵毅衡在其《符号学》中指出，出现次数较少的被标出项即亚文化社群，由于其被标出性，在文化中会导致强烈的自我感，会形成一种自我逆反。参见赵毅衡：《符号学》，南京：南京大学出版社，2012年。瑞尔认为，吉尔正是利用了这种文化标出性，在主流文化中实现了一种利于自我的宣传。

组合，让读者可以将该组合理解成一个"意味深长"的文本：吉尔的绘画激发了他人对艾琳的欲望。而吉尔的欲望，正是占有别人所欲但无法得到之物，即通过对艾琳的再现[1]，来制造欲望并满足自我欲望；更进一步，通过绘画的展出、售卖与他人共享，从而将这种符号的生产和消耗抛入公共生活世界。由此，该符号组合通过解释获得了文本性，并反过来邀请生成更多的解读与解释。

印第安文化认为：把握了再现一个人的权利，就等于牢牢掌控了这个人，夺走了其主体意识和自由意志。踩住了一个人的影子（形象），就等于控制了这个人的灵魂。吉尔十几年的名利双收，却踩住了艾琳的影子，使其毫无隐私可言，因为她并不情愿将自我化作供人观看和解释的符号，艾琳抱怨道："你想占有我。而我曾是那么爱你，竟让你觉得能做到这一点。"[2] 吉尔习惯用对象化的思维来表达意义，比如，艾琳对他的疏远及可能的出轨，也可以化作吉尔可利用的艺术灵感，却让艾琳的身体成为异己的客体，不受自我控制。

被述的吉尔文本，反过来牢牢控制了叙述的艾琳。再现了艾琳每个时期的画像，如同影子一般，步步追随并吞噬了艾琳的自我。吉尔的文本，是自我欲望的投射。但不幸的是，正因为吉尔过于迷恋对艾琳的再现，反而使这种占有形式的关系落了空。

吉尔对构建艾琳形象的投入，胜于对艾琳本人的投入，即吉尔爱艾琳的影子（再现）胜于爱艾琳本人，从而迫使艾琳的"在场"让位于艾琳的符号，成为艾琳领受他的爱的最大障碍。因为符号出现于意义未形成的进修，所以，在以夫妻关系确立爱之后，吉尔所执着的艾琳形象，恰恰暴露了他对艾琳感情的疏忽。在此形成的局面是：在场的再现对被再现对象形成了强大压力，以至于遮蔽了后者的在场。吉尔的文本取消了艾琳的在场，也否认了爱的在场，沦为形单影只的自我投射。

瑞尔的小说：不可靠的自我构建

瑞尔是整个故事的最高层叙述者。父母的故事，包括在这个故事中作为一个人物的瑞尔，都是出自叙述者瑞尔的构建。她通过整理艾琳的日记，自己进行解释而完成了这部优秀的文学"毕业论文"。正如瑞尔在小说结尾处大方地

---

① 再现（representation）就是赋予感知以意义的过程，是用符号来表达一个不在场的对象。而呈现（presentation）与其相反，是事物直接经验展示。参见赵毅衡：《符号学》，南京：南京大学出版社，2012年，第36页。

② Louis Edrich. *Shadow Tag*, New York：Harper Collins Publishers，2010，p. 18.

承认：一切是"我假装的全知视角"。然而，当作为人物的"我"追上作为叙述者的"我"时，瑞尔的人称视角从假借的第三人称突然转为与艾琳直接对话的第一人称：一切缘于"你将叙述托付于我"①。面对母亲指定留给自己的日记，这位高度自觉的叙述主体，在一瞬间陷入了自我意识的盲点：自己一直想通过"叙述"的力量来开启自我认知之门，完成自我构建之行，却未曾料到：自己早已在母亲的叙述计划中有一个待延续的"我"的身份。自己对这个充满秘密的苦难之家进行任意编码时，所暴露的却是自己不安守于影子中，渴求身份归宿的自我。这或许能解释在全书最后一幕，为什么这位一贯以全知视角俯视一切的叙述者，在二我差缝合之后，唯一能回忆起的，是那直面呈现的，没有影子伴随的爱："那是正午时分，我们脚下没有影子，或者说我们周围什么也没有。"②

瑞尔是一位复杂的叙述者。首先，她是一个高度自觉的不可靠叙述者，在构建往事时，竭力想呈现出以下场景：不懂得爱的家庭，有着性格缺陷的父母及令人不堪忍受、一波三折的婚姻危机。在瑞尔看来，母亲艾琳拖沓、犹豫、纠结，最糟糕的是："自私。"在吉尔溺水的那一刻，艾琳"居然选择了救吉尔，直至双双溺水而亡，抛下我们不管；也不愿在这一切成为结局之前离开吉尔，选择我们，把我们一起带走"③。与吉尔相比，瑞尔在回忆艾琳时，更倾向于借用艾琳自己的自我语言，与艾琳保持在同一认知水平和叙述进度，仿佛是在与艾琳平等互视，让读者同步体会艾琳摇摆不定的懦弱和贪婪所暴露的，恰恰是艾琳让瑞尔看不透的模糊形象。甚至在接近小说尾声时，瑞尔从第三人称叙述切换为以第一人称与艾琳直接对话："我们站在银色的岸边等她回来——她曾让我们明白，你是如何拯救一个溺水的人；我们知道你所做的——而且我们停止了哭泣。然后，她从水面消失了。"④ 这一段短短行文中的人称的切换，暴露出瑞尔在叙述与被述之间的"忘我"。而对吉尔则更多是保持距离的俯视观察，更多地通过叙述干预，将吉尔置于一个既可怜又可悲的位置。面对吉尔，瑞尔更愿意做一个陈述机体，即使是呈现吉尔的内心，也将其当作外部表征来记录，而鲜有内心对话模式的介入，刻意引导读者远距离旁观吉尔。

瑞尔坚信，艾琳和吉尔在一起时，是没有自我的；但出于自责（红色日记

① Louis Edrich. *Shadow Tag*, New York: Harper Collins Publishers, 2010, p. 251.

② Louis Edrich. *Shadow Tag*, New York: Harper Collins Publishers, 2010, p. 250.

③ Louis Edrich. *Shadow Tag*, New York: Harper Collins Publishers, 2010, p. 250.

④ Louis Edrich. *Shadow Tag*, New York: Harper Collins Publishers, 2010, p. 247.

中对吉尔的折磨，使其几乎酗酒至死），或由于吉尔执意不肯放手而举棋不定。令瑞尔失望的是，在这种举棋不定中，艾琳丧失了选择的能力。而瑞尔本人则沦为爱之影中被湮没，处于有与无之边缘的、没有身份感的人。

瑞尔的不可靠叙述[①]，体现于其对爱的质疑和否定。整部小说的隐含作者给人呈现的，不是对爱的弃绝，而恰恰是深刻体味爱的复杂性。尽管如此，瑞尔作为一个不可靠叙述者的迷人之处是在最后一刻，否定纠正了自己的叙述，竟也叹惋父母故事的缘起、波折和结局，意识到身陷爱中，无需影子。虽然这个纠正来得太晚，不足以改变整个叙述的不可靠局面，却将瑞尔自我构建身份的叙述动力反衬得愈加深刻，会让人在不知不觉中将对爱情的喟叹转移为对身份确定的思考，使整个故事在叩问爱之本质的同时，也完成了一次身份探究之旅。最后的结局反转了整部"假作真时真亦假"的叙述，所以，叙述的结尾不是瑞尔作为叙述者的谢幕，而是她完成了从沉默—述说—被说的旅程，实现了从这个家庭的角落走向故事前台的华丽转身。

事实上，瑞尔探究的身份，不只是一个家庭中的自我身份，而且是借一个家庭的挣扎来思考更大的身份命题：印第安文化要求思考被"看见"的身份问题。瑞尔常常通过评论，在关于吉尔创作的叙述中，将吉尔对艺术与婚姻的思考，延伸为对叙述身份与印第安文化的定位："不要画印第安人，这个选题本身就帮你加了分。那样的话，你就永远成不了艺术家，而是美国印第安艺术家。"[②] 是成为一个艺术家，还是被贴上标签的印第安艺术家？是讲述一个美国印第安家庭的爱恨情仇，还是讲述"爱"本身？这是瑞尔叙述进程中的核心命题。

三种认知对象及爱的阐释

只要理清了小说中的三种符号文本，就可以进一步探究这三种符号文本所指涉的自我认知对象：艾琳的日记所呈现的，是与他者的"距离"；吉尔的画作指向对他者的"占有"；而瑞尔的回忆则展示着要求被他者看见的"身份"。这三种符号文本携带的文本自我，都是当下我阐释过去我，致以未来我，通过自反性的叙述我，将"自我"推向了"自我与他者"之间关系的视域。这也是

---

① 叙述是否可靠取决于叙述者与隐含作者（即整个文本呈现的价值取向）两个主体之间的价值取向是否一致。一旦叙述者说出的立场价值不符合隐含作者的价值观，两者发生了冲突，就会出现叙述者对隐含作者不可靠的情况。参见本书第二部分"推进·小说"第一章《小说叙述中的符号自我》中对"不可靠叙述"的论述。

② Louis Edrich. *Shadow Tag*，New York：Harper Collins Publishers，2010，p. 37.

一个通过叙述实现从感性向范畴/本质的递进，或是皮尔斯意义上的第一性逼近第三性的过程。① 而当写作进程逼近终点时，这三种符号文本与所指对象之外的意义，也浮现于文本的字里行间：艾琳用日记阐释的距离，自反性地传达了对爱的感知；吉尔用画作阐释的拥有，是一种在欲望中落实的爱之再现；瑞尔则用创造性回忆阐释的身份，将爱还原为纯粹的命名。

艾琳：自反性的距离和爱的感知

作为一个符号文本，艾琳的红色日记和蓝色日记指的是一种与他者之间的距离。以假乱真的红色日记，是为了推开吉尔，将自己陌生化，从而迫使吉尔主动拉开与自己的心理距离。在虚拟的经验世界中，艾琳在吉尔不知情的前提下，制造的不仅是婚姻中爱情逝去的假象，更是通过让吉尔旁观这种移情别恋而产生距离快感。艾琳对爱的感受，必须以距离为前提。她所忠实的，不是一个具体的爱人，而是使爱人无法捕获自己的一段距离。事实上，蓝色日记并不是对红色日记的纠正或赎罪式的忏悔，而是对红色日记的推进，对红日记的注解、赏析，用来抵御吉尔的再现对艾琳的无限逼近。

艾琳的日记告诉我们，人可以有对爱的感知，而爱却不必发生。对于艾琳而言，可以不知"爱"为何物，甚至不用身陷于爱，却一定要有对爱的感知。而日记所呈现的距离，正是艾琳感知爱的条件。在吉尔（酗酒自尽未遂之后）离开的半年里，这位不愿言爱的叙述者，身陷于爱，转而直面爱，将之作为对象来言说："但现在，我和孩子们没有了爱——就连最愤世嫉俗之人都不能否认爱是多么神奇的恩典。而我想起了你曾多么努力地工作，多么尽责，多么用心地用好看的纸和丝带包装好每一件圣诞礼物。你是多么地爱我们，却被愤怒所伤，多么地恨你自己，却被虚荣所累。你是多么地爱我们，就像是疯了一样。"② 在这段与吉尔的对话中，艾琳与分裂的自我终于合一，尽情享受"吉尔的爱"。

艾琳的日记，是书写距离的符号；在这个由一前一后、一真一假所组成的文本中，"距离"成了被述的对象，吉尔成了多余的读者（看客），真相成了无所谓的点缀，对话成了落空的形式。"两本日记，一个指向过去，一个指向未

---

① 皮尔斯认为，符号的理解必有三个阶段：第一性（firstness）即显性是首先的，短暂的；第二性（secondness）是坚实、外在的，能表达意义；第三性（thirdness）就会对看到的事物形成一个判断。

② Louis Edrich. *Shadow Tag*, New York: Harper Collins Publishers，2010，p. 237.

来，两者之间就是一段距离"①。

吉尔："占有"的形式及爱的再现

吉尔在欲望的制造与满足中感知爱，从而形成了一种列维纳斯式的享受。② 吉尔以艾琳为模特所作的画，并不只是艾琳的（肉体与灵魂）的再现，画作所指涉的，并不只是对妻子欲望的投射，而更是占有本身。对于吉尔来说，欲望是一种没有目标的饥饿。③ "占有"是安全存在的方式，是爱的本质与表现。以艾琳为模特作画，可以只是一种偶然；但以艾琳每个时期的微妙变化为对象，却道出了吉尔的自我文本化模式。事实上，吉尔的自我只能以画框为限的文本身份来支撑。艾琳不同时期的肖像，代表着吉尔的在场和占有。在瑞尔看来，吉尔甚至会邀请他人参与并见证自己的在场，这无疑是在恳求他人将自己的婚姻解读为一桩充满幸福意义的像似性婚姻（iconic marriage）。对于吉尔而言，"艾琳—艾琳的再现—自己的画笔"，是将自己与爱串联起来的唯一途径。事实上，在生活中，吉尔有时甚至是一个粗暴而马虎的丈夫，但他一定会保证，在与艾琳的关系中，自我必须在场，比如，在得知艾琳并无外遇的情况下，他依然想知道她没有和自己在一起时会做些什么。而艾琳索求的"距离"是他最大的阻碍。

吉尔为拉近情感距离而为家人策划的"心愿计划"（heart's desire project）说明：他同样在以占有方式推断他人的存在：实实在在地"拥有"所欲求的客体，就是最大的完满；而帮助实现这种拥有，即是最好的示爱。所以，"在一起"是吉尔最理想的爱之模式，诚如他对艾琳的表白："爱即是成为一体，打破距离。"如果说再现是吉尔达意的方式，那么，再现也是携带自我意义的呈现。

吉尔的爱，一定要通过对象化的方式得以再现。对于吉尔而言，认知对象是一种媒介化，它并不是直接地将思维和现实连接起来，而是通过第三方元素（符号）将两者连接起来。④ 吉尔的绘画与艾琳的日记相反，他将两个主体的

---

① Louis Edrich. *Shadow Tag*, New York: Harper Collins Publishers, 2010, p. 116.

② 列维纳斯式的"享受"，即自我将一个异己的他者同化为内部，从自我之外的事物中所获得的能量被转化为自己的能量，从而拥有经过世界外部而体会到的兴奋感。吉尔习惯对象化式的再现，并在这种再现中强化自我感。参见科林·戴维斯：《列维纳斯》，李瑞华译，南京：江苏人民出版社，2006年，第46页。

③ 列维纳斯：《从存在到存在者》，吴蕙仪译，南京：江苏教育出版社，2006年，第41页。

④ Johannes Ehrat. *Cinema and Semiotic: Peirce and Film Aesthetics, Narration, and Representation*. Torohto: University of Toronto Press, 2005, P. 232.

距离还原为零，并因此以占有的关系形式安身于爱。诚如瑞尔评价道："他太习惯拥有的模式，都没工夫意识到，其实自己也恨艾琳。"吉尔对爱的再现重于爱本身，正如艾琳对爱的感知重于爱本身。

瑞尔：被"说"的身份及爱的命名

回忆，是一种承担过去的态度。瑞尔的回忆，指涉的是自己强烈的身份诉求。事实上，瑞尔不仅在"说"自己的文本，也在"读"自己的文本。在瑞尔的文本自我中还包含了一个自己，它不仅仅是自我的镜像，二者间还维系着一种同道或伙伴的关系，就是知己的关系。① 虽然她在否定所述的对象（爱）以及他人（父母），但她正是在质询他人的遭遇中，得到了自我。如前所述，作为叙述者的瑞尔在回忆作为叙述中人物的自己时，并没有以"我"自称，而是以第三人称，并以全知和局部自限视角切换审视当年的自我，而与他者的遭遇正是发生在这种阅读行为中。在这段回忆父母生前纠葛的叙述中，瑞尔以全知视角重构、筛选、想象、整理父母的过去，以此提醒读者自己与众不同的存在。这种对自己的"不知"和对父母的"全知"的双重叙述视角，从两个方向传达着瑞尔要求"被看见"的身份诉求。

瑞尔是一个"主动表达的他者"②。通过小说行文读者可以得知，瑞尔回忆自己构建身份的意识和努力："生怕忘记历史，忘记发生过的事，忘记自己的身份。"叙述，是构建身份的方式。在这种叙述中，自我面临一个作为言说者或话语接受者的他者③。沉默寡言、内心丰富的瑞尔，在长大以后，喷发出一种不得不"说"的强大叙述动力；而"说"本身，被实体化为对象，直指意义并责问意义。与"被说"相比，瑞尔的"说"更难以捉摸，因为它的意义恰恰无法囊括在"所说"中。我们一直都在说故事，并栖居于被述的自我躯壳中，借此维系、巩固讲述的自我。

作为人物的瑞尔，觉得自己因为沉默，会被遗忘，故而常常幻想在灾难中如何对家人提醒自己的存在。这种对被看、被爱的诉求，挣扎于瑞尔的叙述之中，使得瑞尔阐释的过去、构建的身份，过于偏向符号的能指项——爱的理念本身。爱，成为被说的对象。正如瑞尔强调，所谓"历史"，必须由发生的事件和对其的叙述共同组成才有意义。对于瑞尔而言，爱是什么已不重要，探寻

---

① 列维纳斯：《从存在到存在者》，吴蕙仪译，南京：江苏教育出版社，2006年，第19页。

② 蔡俊：《主动表达的"他者"——论20世纪70年代以来的本土裔美国文学批评》，《当代外国文学》，2012年第2期，第42页。

③ 科林·戴维斯：《列维纳斯》，李瑞华译，南京：江苏人民出版社，2006年，第82页。

何谓爱的符号化过程，更令人向往。

瑞尔的叙述底本只是一个寻常的言情故事，但并不是在一种传统的言情小说框架中展开并形成最终的文本。它并不急于指向"爱"的本质，而是通过"述"与"读"的行为，将爱表现为一种要求自我缺席的意义。当瑞尔站出来承认自己的全知叙述不过是一场捕捉意义之影的游戏时，读者才明白这是全盘刻意压制的套话，我们卷入的是一场为爱命名的叙述游戏。

符号的作用，是让我们寻找懵懂无知的解释意义。[①] 符号不能创造意义，反而只能暴露其无。故事中三个人用符号来实现爱的救赎和反思，反而远离了爱的本质。没有表达爱的焦虑，才是爱得以确立的地方；反过来，爱一旦获得解释，符号的必要性就被取消了：这就是为何瑞尔在最后纠正了自己的不可靠叙述，艾琳停止写日记以及吉尔最终放弃了妻子印第安主题的绘画。

爱不仅是指向一种关系，也不仅体现于彼此的占有形式。爱本身即意义，故无须符号的坚持出现。只有当爱缺席时，才会引发符号提示的焦虑。爱需要的，恰恰是自我意识的缺席，所以，《踩影游戏》中的三个叙述主体向我们演绎了一场自我卷入意义和符号漩涡的窘境：身陷于爱，自我无法界定，而一旦开启了符号化过程，编码就会拽住自我不放，而爱却如影子一般渐行渐远。

---

① 赵毅衡：《符号学：原理与推演》，南京：南京大学出版社，2011年，第48页。

第三章　自我、他者与"欲望"

　　然而直到那天，我才猛然发觉，我这种表演不过是一种最不靠谱的追求，经不起时间的考验，只是一种可怜的自我膨胀。于是我对自己毫不留情，让所有认识我的人都来一睹我愚蠢的虚荣。以前因为受到父母的约束，碍于各种规矩，我的这种虚荣无处表现，连表现给自己看的机会都没有。现在，我的虚荣在众人面前一览无遗，结果我无地自容……因为我的欲望就是欲望，它是不容小瞧或者鄙视的。

菲利普·罗斯《欲望教授》

　　本章提要：欲望，令人羞愧难当，却又无处可躲。它或许是自我最为真实的那个部分。在这个将欲望符号化的故事中，我们见证了欲望的符号在自我不同阶段的演变：从对某个非我的他者的占有之需，到渴望成为他者所欲之对象，最后，无可奈何地沦为对"有所欲望"之状态的苦苦追寻。

　　《欲望教授》（The Professor of Desire，1977）是美国著名犹太裔作家菲利普·罗斯于20世纪70年代创作的"欲望系列"小说中的一部。这是一部书写欲望的作品，叙述了一个人到中年的美国犹太裔文学教授（戴维·凯普什）在经历了儿时"爱出风头"的虚荣岁月，少年对肉体的懵懂渴求，青年求学时期的纵情尝试，中年的婚姻挫败后，疯狂而绝望地在一位几乎完美的女人身上重燃肉欲、情欲及对生活的欲望。整个故事是以"忆"的叙述形式展开的，叙述者正是回顾往昔的教授凯普什本人。全书记录了当下自我如何追忆过去，而过去自我在"忆"的过程中逐渐追上并与当下自我重合的过程。故事在凯普什的疑惑焦虑中戛然而止，没有指向明确的未来。在这两个自我对话交锋的过程中，整部小说呈现给读者的是自反性的双线叙述：一方面是叙述者凯普什所力图呈现的对某个他者的欲望：故事中的每个他者都是凯普什治疗自我欲望的工具（如儿时崇拜的赫比代表"启蒙"，性伴侣波姬塔代表"更多"，前妻海伦代表"集中"，现任女友克莱尔代表"足够"，色情作家鲍姆加藤代表"解放了的自我"等）；而在这个欲望文本化的符号过程中，凯普什却将自我暴露为他者欲望之客体。也就是说，叙述者凯普什力图呈现的是一个占据主体能动地位和攻势地位的阳性自我符号，而隐含作者却通过符号文本自反性地呈现出了一个无时不渴望成为他者欲望之客体的阴性自我符号——凯普什的符号自我暴露了其叙述的不可靠性——这也正是现代犹太人在美国文化语境中的生存寓言。①

自反性的叙述

如果将文本视为一个符号，那么，作为文本发出主体的叙述者分化为双层面的自我：发出主体通过符号的文本，自反性地呈现其符号的自我。② 符号的自我在文本时间上的三分图式，决定了当下"我"占据着主体的地位，他正在阐释过去自我，并将之投射向未来"我"。然而，在这部小说中，当下正在叙述的主我向下沦为一个既定的客体（他者欲望的客体），使自己成为自我符号所指的过去自我；而自我经历的（过去的）欲望体验反而上升为自我使用的一个符号，它不停地与当下互相置换，充实着自我的符号意义，向未来传达、衍生出尚待形成的自我形象。

"欲望"是凯普什的叙述轴线，随着自我叙述符号化的展开过程，"欲望"甚至成为凯普什的叙述动力。在这个故事中，凯普什围绕自我的种种"欲望"展开其叙述：儿时热衷于在舞台上表现；求学时在寂寞中萌发了对异性的肉欲；经历放荡岁月以后渴求稳定感情生活的情欲；婚姻失败后试图恢复对往昔（感情、激情、生活及讲台人生的）欲望的欲望。而千帆过尽后努力恢复自儿时以来的那种"自以为是"的欲望与激情，是贯穿凯普什后半部分叙述的核心轴线。对于凯普什而言，欲望是自我存在的必有状态，具有神秘的、非理性的，甚至难以诉诸语言的宗教般的原始意义。

故事中，凯普什的叙述"我"和体验"我"相重合前后两个部分，体现出了截然不同的叙述风格。在对儿时和求学的回忆中，凯普什刻意将叙述认知力水平保持在过去，无不透露出沉醉于其中的认同感。每当主动放弃一种欲望（放弃舞台模仿秀、放弃性伴侣波姬塔）时，凯普什并没有在自己的叙述中抹上失落或痛苦的色彩，而是迅速恢复激情与期待，投入寻觅下一种更深刻、更复杂的欲望体验。然而，与海伦之间充满期待却最终失败的婚姻，迫使凯普什

---

① 乔国强：《美国犹太文学》，北京：商务印书馆，2008年，第467页。

② 胡易容、赵毅衡：《符号学－传媒学词典》，南京：南京大学出版社，2012年，第70页。

意识到了感情的昙花一现和虚无脆弱，并使他开始丧失欲望，以致后来遇到完美的克莱尔，凯普什即使极力复制着欲望的体验，也被渐行渐远的欲望折磨得几近分裂和崩溃。令凯普什绝望的，正是这种对欲望的必有状态。在叙述"我"与体验"我"重合的这部分叙述，充满了凯普什的自我反思、叩问与疑惑。正是在如此这般为欲望津津乐道，甚至将自己曾有的"雄性"欲望视为艺术品欣赏回味，凯普什自反性地向读者呈现出一个极具阴柔气息的自我形象，掩藏不住在与他人的关系中将自我客体化的真实欲望。

凯普什的欲望总是脱胎于某个非我的他者。他自幼就意识到，自己强烈而清晰的自我意识与他人之间的命运牵连，并承认困扰自我的烦恼正在于：自己很在意他人。凯普什的欲望在儿时体现为一种被他人认可的需要。这种需要只有通过他人聚焦般的关注才能得到满足。凯普什的自我意识从一开始就朝着"非我化"的方向演变。比如，通过模仿"我所不是"而成为引人注目的人，在舞台上渴望被关注；在与波姬塔的性爱关系中渴望被迷恋；在与海伦的感情世界中渴望被诱惑；在与克莱尔的邂逅中渴望被拯救；在课堂上将自我文学化、叙述化，渴望被读者认可。

凯普什容易将自我的欲望叙述为一种（源于他者）自己无法抵制的诱惑力。自己对他人形成欲望，是因为他人对自己形成了不可抵挡的诱惑，而自己乐于成为"受引诱者"。"被诱惑"是解读凯普什欲望的一个关键词。比如，在很大程度上，赫比既是凯普什自我意识启蒙的"导师"，也是后来在梦中（梦中在赫比的"引导"下一起寻访卡夫卡的"相好"）诱导自我的"导游"；年轻时的肉欲需要波姬塔来对自己的蠢蠢欲动负责（故事中，凯普什多次提及这一场景：波姬塔跪着求自己帮助她达到高潮）；中年后与克莱尔的邂逅和相伴也被凯普什视为一首希冀自我被拯救的绝望哀歌。

作为犹太人的宗教法典，《旧约》（前五章）中第一章"创世纪"记载了人类始祖犯下原罪乃是因为抵挡不了魔鬼撒旦的诱惑而吃下知识之树的禁果。然而，这种诱惑力的源头并非魔鬼撒旦，而是禁果所承诺的"自我意识"（分辨善恶的能力）。这里的"善"与"恶"是指从个体自我角度认知所得的"善"与"恶"，即什么对"我"而言是善的，什么对"我"而言是恶的。因此，禁果是自我之源的符号，它诱惑着人对自己的自由意志的追求对高于上帝意志的追求。受这种高于神旨的自我意识而驱使的人世，必定是一个彼此疏离、自我失落，在孤芳自赏中自我沦陷的世界，因为每个个体的自我就是他者的敌人，自我与他者的关系在异化与同化之间进退两难。

令人背离神旨、失去永乐世界的，正是对人极具诱惑力的"自我"，而凯普什恰恰将这种因抵制不住他者的诱惑而形成的欲望视为自我存在的痕迹与价值之所在。因此，欲望对于凯普什而言是一种受到引诱并任由自己被诱惑的事物。凯普什很崇拜这种欲望，赋予其使命般的意义。随着叙述的展开，与其说是凯普什担心的，是再也没有一个能对自己形成诱惑力的他者，不如说是自己再也无法进"被吸引"的那种状态。

　　故事中除了每一个出现在凯普什的感情生涯中的女人以外，凯普什叙述自我的经历具有明显的自我文本化、文学化倾向，同样表达了自我客体化的倾向。对于凯普什而言，讲课就是呈现一个文本。而课堂对凯普什的重要性，就像教堂对虔诚教徒的重要性一样。在文学课上，凯普什不只是以教授的身份出现，而且是把自己当作课本，将自己展现在读者面前，并将自己的故事定义为一个关于教授的情欲的故事，反复强调"在我心中，没有哪部小说比我自己的故事更重要"。他暗示读者，虽然读者不一定有与自己同样的情欲经历，但他相信读者一定能有与自己相同的心理体验："我并不是在竭力隐瞒我也有七情六欲，也不是隐瞒我相信你们也有七情六欲这一事实。"作为叙述者的凯普什明显呼吁读者理解甚至部分认同自己的种种欲望以及对欲望的种种阐释。凯普什为文学课设计的开场白是全书叙述的缩影，也暗示了读者主体应该如何去接受这个文本，那就是：反对阐释欲望，赞成直接体验欲望。这就将整个故事演化为一个被边缘异化的阴柔的犹太文化符号，指向渴求文化认同的欲望。事实上，在故事中，凯普什的每一个他者都是非犹太人（包括赫比模仿的也是非犹太文化）。这也能解释为何凯普什把心理医生克林格称为"征服者"，并且对其很反感。因为心理医生在接受自我叙述化的同时，总试图"去叙述"化，为凯普什的欲望叙述解码。

　　叙述本身对于凯普什而言是一种存在方式，是唯一可以不褪色、永恒化、固定为我所有的（mine），并因此成为"我"真实感受到的身份：

> 　　我从来不知道什么可以长久的东西。除了断断续续的经历和昙花一现的快乐留给我的难以磨灭的记忆，除了不断变厚的记载着我失败经历的鸿篇巨制。没有什么东西可以长久。①

　　凯普什作为一个文学教授的身份本身就暗示了凯普什的符号文本身份。而把自我经历叙述化、文学化，已成为犹太文化在美国文化语境中的一种身份或

---

① 　菲利普·罗斯：《欲望教授》，张廷佺译，上海：上海译文出版社，2011年，第284页。

生存方式①。

绝对他性

在这个自我叙述符号化的过程中，他者的绝对他性使凯普什意识到并承认：自己的欲望不是一种能获得满足的欲望，而是一种因为绝对他性而无法满足的欲望。欲望不同于需要，需要是一种能够得到满足的空缺或匮乏状态，是寻求恢复某种（幻想）中失去了的东西；欲望却是无法满足的。而这种无法满足的事实，却成为凯普什强大的叙述动力，迫使凯普什的自我从主我向下移到客体的位置，并使凯普什的符号文本吞噬当下体验着的我，将符号自我推向已经永远失去的过去和无法确定的未来。

凯普什儿时企图通过在舞台上模仿非我而博得他者的认可，是希望通过他者短暂地满足自我虚荣，到最后不过是一场自娱自乐，经不起时间考验的独角戏。而与波姬塔的肉欲之欢使凯普什逐渐意识到并承认：肉欲之爱是无法满足自我的，因为性爱是对某个绝对他者的欲望。在肉欲之爱中，无论是凯普什的自我还是他者都没有被取消，都被确证了，因为他者是被作为他者来欲求的，而不是作为一个被还原成"我"的不同者。被爱时的凯普什感到其自我是被"爱抚"的，而不是被"同化"的。如果他者（伊丽莎白）成为凯普什性体验的一个对象（而且成为凯普什的经验），那么很快他性就会被压制，很容易被凯普什忽略（故事中，凯普什在回忆时"承认"自己当时没有意识到伊丽莎白对自己的爱，事实上，无论当时体验着的凯普什还是事后回忆的凯普什都"意识"到了，只是没有"在意"）。

与海伦的情感纠葛则更加确证了他者相对于自我的绝对自足性：海伦是凯普什自我意识形成的一个转折点。在回忆海伦的这一部分叙述中，凯普什不再采用感同身受的，重温旧事的叙述口吻，而开始与自己的回忆拉开了距离。海伦的出现、她与凯普什的婚姻以及最后的分离，使凯普什承认他者的绝对他性以及由此而无法满足的自我欲望，并开始认识到他者的绝对的他性是一种神秘的偶然性。海伦使凯普什对自我欲望的认知产生了"质"变：自己已不仅是欲求一个有足够诱惑力的他者，而是渴求成为这个他者的欲望对象。凯普什渴求成为海伦感情世界中的全部，而海伦始终念念不忘其前男友的事实最终把二人

---

① 乔国强指出：在这个讲述现代人灵与肉矛盾斗争的母题中，言说了犹太人在现代生活中的文化身份与生存方式的寓言：犹太人的疑病症、犹太人的婚姻变异以及文学或书本知识给现实生活所带来的影响。参见乔国强：《美国犹太文学》，北京：商务印书馆，2008 年。

逼向了感情的死角。凯普什成为欲望客体的心愿落空。在他每一次对海伦的"细读"中，她是一个被看的、自足的、远距离的客体，在凯普什的打量和注视之下，无时不"炫耀"着她"被看"的资本：

> 她的一天在散发着茉莉花香的洗澡水中开始。她往头发上抹橄榄油，让它洗后更柔顺，还要在脸上涂维生素乳霜。她每天早上都会闭着眼睛在浴盆里躺二十分钟，让她尊贵的脑袋惬意地枕在充气小枕头上，唯一的动作就是用浮石轻轻揉搓脚底的死皮。沐浴后，她有时还要蒸脸，一周三次；穿着深蓝色真丝和服，上面绣着粉色和红色的罂粟花，还有从未在陆地上和海上见过的黄色小鸟；她坐在厨房的长餐桌前，裹着头巾，身体前倾，面对着一碗热气腾腾的水，水面上撒着迷迭香、甘菊和接骨木花。做完蒸气浴、化好妆、梳好头，她换上衣服准备去健身了——我在学校时，她不管去哪儿都是这身打扮：穿着合身的深蓝色真丝旗袍，高高的立领，裙摆开衩至大腿；戴着镶钻的耳环、包金的玉手镯和玉戒指；穿着凉鞋，背着草编包。①

在海伦的世界里，凯普什意识到，自己并非作为一个被渴求的客体存活于他者的世界中。在与海伦离婚后，凯普什的欲望从年轻时疯狂的肉欲转变为强烈的情感需求："这世界上没一个女人会想起我，当然也没一个女人会爱我。"

与克莱尔共演的拯救计划让凯普什彻悟：他者不过是自我符号化过程中的一种一厢情愿的编码。由于他者永远在自我之外，因此，自我成为他者欲望客体，只不过是自欺欺人的不可靠叙述。想到充满热情倾心拯救过自己的克莱尔，凯普什的感觉是：愤怒、失望、厌恶，因为凯普什觉得自己对于克莱尔而言"并不怎么重要"，自己不能成为克莱尔的全部，因为克莱尔有自己的一切，"不肯为小事屈尊"，并且并不十分在意他情绪上的潮起潮落。克莱尔喜欢把自己的经历以某种形式叙述化（如铭记、照片、叙述等），这令凯普什感到十分不安，认为自己不过是他者叙述人生中的一部分，而非所欲之客体的全部。

在遇到克莱尔之后，追忆过去的"我"与当下体验并叙述的"我"重合了，接下来的同步叙述充满了自我叩问、怀疑、反思，成为自我分裂式的叙述：叙述自我不停地跳出"当下"，让当下虚空。当下总是由对过去的阐释与对未来的阐释填满，所以，当下的意识总是落空、缺席。当凯普什明白自己的欲望是成为他人所欲求的对象时，这一欲望注定落空，其自我意识成为一个自

---

① 菲利普·罗斯：《欲望教授》，张廷佺译，上海：上海译文出版社，2011年，第79页。

反性的符号：在呈现自我的同时不停地阐释自我；并将这个被阐释的自我形象不断传递、投射给未来自我。当过去和未来都成为一种视域的时候，当下就只能是主体性的构造或者主体性本身了。而当时间最终以平面的方式被总体化的时候，它就只有乌托邦和怀旧两个附属性质了。[①] 所以，在失去了无所畏惧、无所保留地为"欲望"付出的状态之后，完美的克莱尔变成了这副模样：

> 克莱尔的脸看起来比平时更美，像苹果一样细腻，像苹果一样小巧，像苹果一样新鲜……从未比现在更自然、完美无瑕……以前从没这样……是的，我如此心醉神迷，已经无法判断是什么终将把我们分开。我为什么要走火入魔般地迷恋她呢？这除了让我开心的瞬间，不可能给我留下别的什么。在这温柔的爱慕之中，难道就没有一点难以捉摸、不切实际吗？要是克莱尔的另一面显现出来，会怎样呢？要是她没有"另一面"呢？我的另一面又会怎样呢？我只看到好的一面，这样还能持续多久呢？我还要过多久才能有清醒的认识呢——和克莱尔在一起的这种日子还要过多久会让我生厌呢？当我再次从中走出来时，我会对所失去的痛心不已，为自己寻找出路![②]

凯普什注定无法重燃欲望，因为往日的欲望是自我符号能指和所指之间的二维直通车，它之所以单纯、热烈，令凯普什感到充满力量，正因为它是体验本身；而当凯普什开始将自己的欲望视为客体来研究时，它除了直接体验本身以外，还是一种叙述。是一种对当下体验自我保持距离的一种理解与把玩。叙述时刻丰富创造以获得的体验，补足了当下的经验。所以，凯普什在故事后半部分将叙述编码发挥到极致，最大限度将自己的欲望经历叙述化，直到凯普什被过于沉重的编码压垮而走向另一个极端：使生活向下还原为零符号：

> 啊，克拉丽莎（凯普什对克莱尔的昵称），我要告诉你，我什么都喜欢；我们游泳的池塘，我们的苹果园、雷雨、烤肉、音乐、在床上聊天，喝你用奶奶的配方做的冰茶，讨论早上该走哪条路，傍晚该走哪条路，看着你低头削桃子、剥玉米……哦，其实又没有什么是我喜欢的。好一个"没什么"啊！可这种"没什么"会让民族之间发生战争；世界如果缺少这种"没什么"，人们会变得毫无生气，最后会死去。[③]

[①] 王恒：《时间性：自身与他者》，南京：江苏人民出版社，2008年，第6页。
[②] 菲利普·罗斯：《欲望教授》，张廷佺译，上海：上海译文出版社，2011年，第283页。
[③] 菲利普·罗斯：《欲望教授》，张廷佺译，上海：上海译文出版社，2011年，第224页。

　　是的，对于凯普什而言，生活无所谓什么意义，无意义或意义的模棱两可是存在的真实状态；而存在的最佳状态是只要不沦为异化即可。

　　无力地抵制异化已成为凯普什生活中的必有状态。在《欲望教授》中，凯普什的符号自我呈现出的叙述轨迹是：从欲望到异化。事实上，该书作为"变形记"《乳房》（该书中，凯普什变形为女性的一只乳房）的前传，已预示了异化是后现代小说中人物必然的状态。凯普什自己承认，是自己夺走了自己所热爱但却未能读懂的人生。

　　在这个故事中，"欲望"并非是主人公呈现出的一个恒定不变的符号对象。凯普什的欲望在不同的人生阶段，由于不同的"他者"的出现，而牵引其自我意识的变化，而因此辐射出不同的符号意义。在全书展开叙述的过程中，凯普什的欲望、自我意识与他者是三个相生相伴的符号变量。在自我、他者与欲望的三项式关系中，自我已经不再是传统意义上的符号主体，他者亦非作为自我投射的所指客体；自我与他者的符指关系发生了戏剧性的颠覆：他者是一个行使主动权的动态符号，并占据了叙述当下的位置；自我"沦为"一个随他者演变的对象，是既定的；自我的欲望是一个等待生成的符号解释项。隐含作者成为一个放弃主体的符号，它承认隐含读者的开放性，那个表面喋喋不休的叙述主"我"其实早已是一个既定的符号了。

第四章　自我分裂之"必要"

"我终于尝到是什么滋味了。"

"什么？妮娜？"

"完美。"

达伦·阿罗诺夫斯基《黑天鹅》

　　本章提要：这个故事的震撼之处，似乎在于让你接受，自我分裂不是一种病，而正在成为一种常态，甚至是一种"必须"。自我是一系列身份的社会构成。身份是具体的、游移的，在历史文化语境中形成；而自我的符号结构是固定的、普遍的，演绎着具体身份的抽象模式。如果说身份是每次达意的临时性安排，那么自我就是所有身份集合形成的。因此，只有将对具体身份与自我的符号结构并置起来，才能使对身份的探讨避免流于随意偶然。在《黑天鹅》这部电影中，女主角妮娜在舞台上同时演绎了黑天鹅与白天鹅——两个对立的文本身份——向我们展示出彼此否定的身份在当代社会竞争机制中如何挑战符号自我统一不同身份的能力。

　　《黑天鹅》于 2011 年获得第 83 届奥斯卡金像奖最佳女演员奖，被《纽约每日新闻》誉为一部使人"陷入无尽黑暗不能自已的惊悚心理片"。影片中，纽约剧团打算在芭蕾舞演出淡季时期重新排练经典舞剧《天鹅湖》。剧团艺术总监托马斯需要从公司所有的芭蕾舞演员中挑选出一名能够在舞剧中同时出演黑天鹅和白天鹅的领舞。凭借自己与生俱来的"美丽、脆弱、畏惧"的白天鹅气质，以及无懈可击的舞蹈技巧，妮娜被托马斯认定为最具潜力出任新一届"天鹅女王"的人选。但是，在舞台上能完美呈现白天鹅姿态的妮娜，却无法同样出色地诠释黑天鹅这一文本身份，其原因恰恰是由于妮娜过于追求每一个动作技巧的完美，以至于她无法意识到，黑天鹅这一角色所要求的，不只是控制与精准，而更是一种释放的欲望。

　　公司里另一位新来的舞蹈演员莉莉，在影片中就像一面反射妮娜的镜子。作为一只"与生俱来"的黑天鹅，莉莉的恣意、轻松愈加反衬出妮娜的拘谨、敏感。对于妮娜而言，完美的舞台身份要通过自我控制与精湛技术才能保证。最后，妮娜却是通过将自己分身，幻想自己是"威胁"自我的莉莉，并将这个幻影毁灭而释放出了内心潜伏的黑天鹅。

　　这部电影讲述了一个舞蹈演员为一个具体的文本身份付出的代价。如果深究情节背后折射的社会命题，会发现该故事所展示的，不仅是舞台上对立身份的转换对个体演员构成的巨大挑战，更传递出了个体自我在技术机械化的时代语境里，难以将多重人格从社会压力中统一起来的困境。因此，在影片结尾，妮娜只有通过精神分裂才能对抗这种合一化的均质社会压力，也才能把人格从社会压力中解放出来。而在这部影片中，白天鹅这一文本身份正是指向了这种合一化的均质压力。这就是说，自我的符号文本身份必须是互相冲突的，自我应当是分裂的，才能应对当代社会竞争机制的模式与规则：批量化生产以及个体成功模式的无差异化。

　　身份是社会性的，自我是个体性的。身份是自我进行社会表意的面具。身份是自我存活于世所必须选择的一系列角色。个体总是希望通过自觉地进行身份的排列组合构成一个统一、连贯并因此能被有效阐释的人格。而这个被阐释的人格也很难说是源于自我个体意志的。它是有待生成的，高度依赖社会阅历与个体内心之间的较量与协商。然而，一旦这个人格成形，自我就在身份链接中倾向于保持人格统一性，除非反思的符号自我渴望（或者遇到外力逼迫）超越既有的那个"我"。总之，对于身份的选择受控于自我与社会压力之间的张力。因此自我是一个处理身份的过程——一个通过处理身份来应对社会，立足于世的过程。

　　文本作为意义被感知的实体，都会具备某种身份。《天鹅湖》在芭蕾舞演出淡季作为经典舞剧的重演，是有别于普遍意义上的任意一出《天鹅湖》所代表的文本身份；而这种文本身份的背景中，黑天鹅和白天鹅由同一名舞者出演，亦为一种有别于任何出演该剧主角的文本身份。如果没有文本身份，任何文本几乎无法表意[①]；而文本身份在很大程度上是具有社会性的，由既定的历史文化语境赋予其意义，并不一定与个体意图吻合。因此，自我对文本的选择有可能是出于对其认同，也有可能是一种被动的接受。人一旦面对他人表达意义或对他人表达的符号进行解释，就不得不把自己的表演展示为某一种相对应

---

① 赵毅衡：《身份与文本身份，自我与符号自我》，《外国文学评论》，2010 年第 2 期，第 10 页。

的身份①。妮娜渴望展示的是"完美的自我",而这种"完美"的定义是由某个舞台文本角色所决定的。妮娜选择文本身份的能力相当有限,处境也很被动。

文本身份对自我的意义在于:文本身份可以影响自我的符号结构与位移。那个能叙述"我的历史"的主体——为了先行的将来,通过不断地向前投射自己,通过不断地认识和实现存在的新的可能性,才得以过着人的生活;自我总是一个已被抛到"我"自己前面去的存在。"我"的存在始终都不是"我"可以作为已完成的对象而加以把握的东西,它始终是新的可能性,始终是悬而未决的,过去的意义取决于将来的揭示。正如拉康所言:"在我的历史中实现的不是曾是什么这一确定的过去(the past infinite)因为它不再存在;甚至也不是在我所是中已是什么这一完成的现在(the present perfect);而是为了我在形成过程中成为什么而将已经是什么这一先行的将来(the future anterior)。"② 在当下"我"可以借助某个符号文本身份来颠覆过去"我"(如黑天鹅之于妮娜),也可以通过某个文本身份强化过去"我"(如白天鹅之于妮娜)。

作为文本身份的黑天鹅与白天鹅

作为经典舞剧《天鹅湖》中的一个角色,黑天鹅所传达的意义是诱惑、背叛与征服;作为一个文本身份,黑天鹅角色所传达的文本意图是对这种原始欲望的否定。而白天鹅作为一个角色,所传达的意义是对信仰的绝望,而作为一种文本身份,白天鹅所传达的文本意图则是一种被征服的欲望。也就是说,黑天鹅唤起的是对欲望的欲望,即渴望着被另一个作为自我意识的欲望承认;而白天鹅则是"被欲望的欲望"。但是,在这部电影中,这两种文本身份的对立还不仅限于主动和被动。因为在电影里,剧组要求能有一个舞者同时演绎这两个角色,这就使得黑天鹅与白天鹅的文本身份具有更微妙复杂的含义:一个演员如何能够分饰两个完全对立的角色,自由地游移于分裂的自我?这恐怕已经是当代人真实欲望的写照。因此,该电影中,《天鹅湖》舞剧的文本身份不只是一个经典舞剧中对黑/白天鹅对立性的老生常谈式的重复展示,更抛出一个命题:个体如何能统一于这种对立性,并从这种统一性(欲望与被欲望的合二

---

① 赵毅衡:《身份与文本身份,自我与符号自我》,《外国文学评论》,2010年第2期,第6页。
② 转引自严泽胜:《穿越"我思"的幻象:拉康主体性理论及其当代效应》,北京:东方出版社,2007年,导论部分。

为一）中感受到完美？

表面看来，妮娜在生活中就像是一只白天鹅，并因此能毫不费力地在台上"扮演"白天鹅；而妮娜之所以很难"演"好黑天鹅，也很容易被归因于：生活中的她本不是黑天鹅式的女孩。然而，事实却刚好相反：白天鹅这一文本身份从技术层面上意味着精准、内敛、控制，从精神内涵上则象征着顺从、勤勉和按部就班。对这一角色的诠释要求一名训练有素（well-trained）的舞者。也就是说，"白天鹅"可以通过机械化的、反复的训练而被塑造的无个体差异的批量产品。这一文本身份一定是需要被"演"的，而不可能"与生俱来"；而黑天鹅这一文本身份超越了纯粹的技术要求，甚至这一文本身份可以被理解为对技术复制体制的刻意颠覆与自觉否定。黑天鹅所指向的恰恰是控制、制造与演出的反面——释放、回归、存在本身和一种肯定个体独特性的欲望。

因此，黑天鹅般的征服欲望才是妮娜"与生俱来"的，只是其实现的路径却是白天鹅的外衣——完美的舞技，而这种"完美的舞技"才是刻意演出来的。因此，妮娜在台上无法"演"出黑天鹅，却能"演"出白天鹅的文本身份，因为在台下她本来就"是"一只黑天鹅，而"不是"白天鹅。妮娜的身份困惑源于其舞台文本身份与其个体存在社会身份的混淆，或者说她难以在不同的符合文本身份之间进行自由切换。

黑天鹅这一角色是对"演"的否定，考验着演员的符号元自我能力，即从原来自我之外的更高层面来反视自我。妮娜无法脱离自我，从元自我的符号层面反思自己是一只黑天鹅，因而难以将黑天鹅的自我视作一种舞台文本身份。她缺乏这种符号自我的自反性能力，是由于她的个体社会身份是社会均质化压力的结果，而黑天鹅并不是靠机械技术生产的文本身份。

在舞台上，一个人可以有六种身份："我"认为"我"是的那个人，"我"希望他人以为"我"是的那个人，导演以为"我"是的那个人，导演要用来展示符号文本的那个人，观众明明知道"我"是某个人但是被"我"的表演所打动相信"我"是的人[①]。其中，1. 妮娜认为自己所是的那个人：一个梦想完美的舞者；2. 妮娜希望别人认为她所是的那个人：一个完美舞者；3. 托马斯以为妮娜所是的那个人：具有完美潜能的舞者（完美的白天鹅与不完美的黑天鹅）；4. 托马斯想用以展示符号文本的那个人：完美的舞者（完美的白天鹅与完美的黑天鹅）；5. 观众（以母亲、莉莉为代表）所认识的妮娜：一个敬业、勤勉、优秀的舞者及甜蜜、温顺的女儿；6. 被妮娜最终的完美表演所打动相

---

① 赵毅衡：《符号学：原理与推演》，南京：南京大学出版社，2011 年，第 348 页。

信妮娜所是的人：超越了原有自我的妮娜。在这六种身份中，妮娜在演与被演之间倍感困惑；在完美与逼近完美之间苦苦挣扎；在自我与他者之间周旋；在舞台文本身份与社会个体身份之间冲撞；在自己、舞剧的叙述框架及观众的期待之间寻求元层面的符号自我以成就舞台上成功的自我分裂。

镜像之于妮娜的含义

在这部电影中，艺术总监托马斯、妮娜的单亲妈妈与和妮娜同公司的演员莉莉都不同程度地印证着妮娜的某一种身份。妮娜认识自我时，总会下意识地去找一面镜子。她总是通过镜子，才能看清自己的伤疤、自己的舞姿、自己的欲望。他者是认识自我的一面镜子，被看作主体自我意识的投射，投射的主体自我在他者中看到自身。在自我进行身份选择或者排斥某个身份时，他者是一个重要的认知参数。妮娜为何受黑/白天鹅身份切换的困扰以及为何最终以"杀死"自我中的白天鹅身份为代价完成向黑天鹅的转化，都可以在他者之镜中窥探其缘由。

托马斯：阐释者

托马斯在电影中掌握着对黑/白天鹅完美形象的解释权。他象征着台上舞者妮娜与台下观众之间的代理机制，负责双向的意义阐释——既向妮娜传达观众的期待形象，又向观众呈现出一个能在黑/白天鹅之间切换的舞台文本。正是托马斯这种"观察者"的中间身份赋予了他能直击妮娜表演上的不足与潜力的能力。由于这个文本的特殊性，在指导妮娜的过程中，托马斯还刻意为妮娜示范"诱惑"、鼓励"诱惑"，甚至激发"诱惑"，因此，妮娜在理解黑天鹅这一文本身份的过程中，将对托马斯（作为权威阐释者）的崇拜和对其（作为观察者）的畏惧羞怯，逐渐转变为将其视作一个操练客体，用以实验自己的欲望能力。托马斯从主动、俯视、旁观逐渐转向被客体化、被卷入、与妮娜互视的过程，也正是妮娜在舞剧中逐渐脱下白天鹅外衣，激活萌发黑天鹅身份的过程。

从引导妮娜欲望发生质变的角度而论，一开始，托马斯是欲望的主体，在妮娜蜕变过程中逐渐被妮娜视为一种操练欲望的路径（用以培养对欲望的欲望，并用以证明自己的价值承认），到最后，他成为欲望的客体（从反被妮娜强吻的那一刻开始）。白天鹅的身份代表着规训、遵从、逆来顺受、忍耐、等待，最后只能通过毁灭压抑的自我从绝望中解脱。面对托马斯苛刻严厉的训练，妮娜只有以加倍刻苦的技术训练和近乎残忍的自我要求来作为回应。这是现代社会竞争机制中"敬业"精神的一种典范，符合妮娜与托马斯之间的员工与技术管理层的关系定位。

因此，托马斯之于妮娜的自我意义在于：在妮娜诠释黑/白天鹅文本身份的过程中，托马斯是妮娜用来定义自我，确定身份的重要参数。他牵引着妮娜的每一步蜕变。是托马斯首先将妮娜贴上白天鹅的标签，将其定格于"白天鹅"的角色形象，使妮娜陷于黑与白对立身份切换的困境中；再一步步地"诱惑"妮娜对黑天鹅逼近。从妮娜局促不安地被托马斯"观察""打量""评判"到影片结尾妮娜自足自主地体会"完美"，这一过程亦是离托马斯渐渐远去的一个身份定位过程。随着妮娜自我意识的增强，托马斯这个角色也愈加淡出。如果说白天鹅的身份使妮娜在面对托马斯时背负巨大压力，以寻求后者的承认；那么，黑天鹅则具有一种主动的能量辐射能力，迫使托马斯承认她。黑天鹅对托马斯是一种平视甚至俯视的"姿态"，对托马斯从畏惧降至将其视作一只"猎物"。这是一种戏看权威的心态，将观察评估"自我"的高层拉下并视为"被看"的客体，其意义已经远远超出对上层认可的寻求，而是一种权力的反转。

莉莉：从镜像到幻影

在赋予妮娜身份与自我中，莉莉的意义在于：与托马斯一起界定了妮娜的"白天鹅"身份。身份的确立是一个排除过程。起初，妮娜无法演绎黑天鹅的原因是她根本没有"何为黑天鹅"的概念。莉莉在影片中的出现才实现了认定妮娜白天鹅身份的第一步——范畴化，即把相对于自我的他者贴上标签，妮娜看到莉莉时总会有一种被震慑感和被威胁感，因为妮娜潜意识地将莉莉认定为托马斯心中的理想黑天鹅。从电影观众的角度而论，莉莉和妮娜互为镜像，彼此映射自我形象。事实上，妮娜无时无刻不把自己与莉莉进行对照比较，而也正是在这种比较中，妮娜愈加强化了自己对白天鹅的身份认同感。在自我概念化过程中，范畴化、比较、归属认同这三步实际上都是身份排除——"我"认为"我"是什么人，取决于"我"自认为"我"所不是什么人[①]。而妮娜处理"黑天鹅"文本身份的难处在于：《天鹅湖》所呈现的关于自我与他者的辩证关系："我是谁"源于一个异己的他者；但同时，自我感受到来自这个他者的威胁与挑战，因此其终极目标是在同一身份文本（舞剧）中同化这个他者。妮娜首先需要找一面镜子，清楚地映射出黑天鹅的形象，才能确立自己的另一面即

---

① 赵毅衡：《身份与文本身份，自我与符号自我》，《外国文学评论》，2010年第2期，第7页。

白天鹅身份。可也正是在这一身份确立之中，自己与黑天鹅的距离拉开了（也就是说，对黑天鹅身份的把握不是源于"靠近"而是源于"远离"）。而最后自我逼近并掌握黑天鹅身份的行动，妮娜是靠自行终结自己——另一个他我完成的。

白天鹅代表着防备、猜忌、面对挑战时的被动与无力以及由此而容易产生的情绪波动。面对莉莉对自己构成的潜在威胁，妮娜时刻保持着一种保守、谨慎的状态；莉莉的主动示好，被妮娜理解为一种侵略态势。白天鹅身份使妮娜在面对同行竞争时保持了一种克制的、隐形的、阴柔的进攻状态，使妮娜与莉莉保持了距离，因为这段距离使白天鹅可以偷偷"打量"黑天鹅，并同时获得一种安全感。这也反映在她与前一任"天鹅皇后"贝丝（影片中的另一只黑天鹅）的关系上。最终妮娜在贝丝面前承认自己曾想取代贝丝，正如妮娜幻想着莉莉也想取代自己。黑天鹅使妮娜能够直面莉莉，并将其"刺死"。黑天鹅的原始本使妮娜无所畏惧，所有的他者都是自己征服的对象。事实上，妮娜刺死的是自我内心的白天鹅。

而刺死这只内心白天鹅的路径却是将自己幻想为莉莉，这是因为莉莉对妮娜而言代表着一种缺失。主体的一个要素是在镜像阶段构建的想象自我，它赋予了主体一个实际上欠缺的身份①。拉康在分析妄想狂与人格时指出：妄想狂患者不是幻想一个性爱的对象，而是在一个逼真的化身身上爱自己或恨自己。妮娜杀死的那个莉莉的幻影（其实是自己），代表着妮娜自己想要成为的那种角色——黑天鹅。在影片接近尾声时，妮娜无法区分自己与自己关于莉莉的幻影，是源于妮娜对一个作为投射对象的他者认同的产物，"我"自己所不是者总是那另一个他者——那个"我"希望占据的位置、或身份或角色。"我"要与他展开激烈竞争，永不停歇地驱逐他："一切以羡慕开始，以谋杀告终。"②弗洛伊德曾将自恋性的自我理想定义为"某人希望自己成为的那种人"③。只是在这部影片中，妮娜选择谋杀的不是现实中的莉莉，而是在自己身上幻想出的关于莉莉的幻影。妮娜最终通过在由爱而恨的他者身上攻击自己，而实现了自我的同一。妮娜是被自己所幻想出来的认同和内化所控制，从这个意义上

---

① 严泽胜：《穿越"我思"的幻象：拉康主体性理论及其当代效应》，北京：东方出版社，2007年，第26页。
② 转引自严泽胜：《穿越"我思"的幻象：拉康主体性理论及其当代效应》，北京：东方出版社，2007年，第37页。
③ 转引自严泽胜：《穿越"我思"的幻象：拉康主体性理论及其当代效应》，北京：东方出版社，2007年，第36页。

讲，妮娜是一个服从于他者欲望的人格。事实上，莉莉到底是否是一只黑天鹅？这个问题在影片中不得而知，但可以明确的是，她被妮娜视为一只对立于自我并最终被自我同化的黑天鹅。影片中，我们可以清晰地见证妮娜在"刺死莉莉"的那一刻，所体会到的一种满足感，但这并非是真正意义上的列维纳斯式的"享受"①（即自我将一个异己的他者同化为内部，从自我之外的事物中所获得的能量被转化为自己的能量，从而拥有世界外部的过程而体会到一种兴奋感），因为莉莉自始至终只是被妮娜所认为的一个对立于自我的他者，一个成为妮娜为逼近完美的这一经验过程中的一个对象，而莉莉的他性一直是被压制的。

母亲与伤疤

母亲在妮娜的自我构建及身份确立中扮演的角色和具有的意义在于：妮娜是母亲未竟事业的延续，是母亲自我价值化的具体化。"要是一个母亲成为人格化了的牺牲，那一个女儿就是无法赎改的罪过。"② 女儿的"罪孽"是无穷无尽的。"我为了你而放下了一切"是母亲对妮娜的定义。妮娜的出生别无选择，必须以"赎罪"的名义来到世上，因此，她必须是一只白天鹅，这能解释妮娜为何会本能地压抑自己远离黑天鹅，排斥黑天鹅的身份，因为在潜意识里，白天鹅的使命在于否定、抗拒黑天鹅，因为黑天鹅的身份意味着对母女相依为命的这种关系模式的背叛。妮娜背上的伤疤就是这种关系的重要表征。

"伤疤"这个符号在电影刚开始的第四分钟就出现了，此后多次出现，并且愈来愈明显，最后"伤疤"处长出了"黑天鹅"的羽毛。在从白天鹅到黑天鹅的身份转换过程中，妮娜背上的伤疤是一个贯穿着她的自我蜕变，也统筹着与母亲关系的动态符号。妮娜本人对伤疤的意识也有一个动态的转变过程：经历了从无知而畏惧到习惯而厌恶，再到抵触反抗，直到最后质变为自我认同、强化的过程。伤疤在电影中每每出现总与母亲相关：母亲抵制妮娜变成黑天鹅并保留其白天鹅成分，而伤疤的不断恶化则代表着母亲努力的失败。白天鹅身份代表着妮娜没有自我，这一特性尤其体现在妮娜与母亲的关系中。在单亲妈妈与女儿相依为命的关系中，妮娜扮演的是依赖性极强的女儿，并从这种身份中获得安全感、归属感。母亲也在这种被女儿依赖的状态下强化了自我感、慰藉感；但这种感觉的实现必然是以牺牲压抑妮娜的本能自我为交换条件。而黑

---

① 科林·戴维斯：《列维纳斯》，李瑞华译，南京：江苏人民出版社，2006年，第46页。
② 米兰·昆德拉：《生命中不能承受之轻》，刘玲译，北京：中国戏剧出版社，2002年，第34页。

天鹅的身份促使妮娜远离对母亲的依赖。母亲一直很紧张妮娜的"伤疤",正是对妮娜身上压抑的"黑天鹅"品质的担忧(比如妮娜心中压抑的"黑天鹅"最后终于爆发,反抗母亲并打骂母亲),所以一直试图抚平这个伤疤。从这个意义上讲,可以将伤疤视为妮娜黑天鹅身份的表征,母亲阻止伤疤的恶化,是因为黑天鹅的身份会破坏既有的母女关系,伤疤的恶化代表着黑天鹅身份对原有白天鹅身份的挑衅与最终胜出。妮娜向他人隐藏伤疤,则说明最初她将自己认定为白天鹅,并羞于向别人展示内心作为黑天鹅的欲望。

伤疤意味着对母亲的背叛,在更深层次的意义上而言,伤疤则意味着对过去"我"的完全否定,这不仅存在一种"困难",更有一种"不舍",同时又伴随着一种刺激的快感和对未知自我的向往。

因此,影片中母亲与妮娜的关系反映出:个体曾是自我与被社会赋予的未来自我之间的冲突,母亲是妮娜过去自我(艰苦却安定、温馨,并通过努力获得成功的传统式励志模式)的象征,而这也是白天鹅身份的内涵。当《天鹅湖》舞剧结尾处妮娜身着白天鹅外衣,在诀别时凝望母亲的泪眼,既宣判了对过去"我"的背叛,也展示了对新自我的肯定。

文本身份可以将自我向下压制到本能的层面,也可以迫使自我进行向上的还原,提升到人际层面和社会文化层面。自我受到身份选择的影响,可以进行上下位移:既可以向上提升到人际互动、文化意识形态的层面,直至在集体层面泯灭个体性;也可以向下还原到最原始的物性本能层面,将个体从人际关系中完全脱离出来。在这部影片中,白天鹅身份时刻提醒着妮娜进行自我的向上提升,黑天鹅的身份诱惑着妮娜将自我还原回归到更本质、更狭隘的层面,使自我最大可能地剥离身份属性中的邻近性,无限趋近独特性的本我层面[①]。白天鹅与黑天鹅的身份切换迫使妮娜分别在向上与向下自我还原中来回位移,无法定位自我。

影片结尾处,妮娜品尝到了"完美"的滋味,这不只是对黑天鹅的完美演绎,而是感受到黑/白天鹅身份能统一于自我,但同时都不是真实的自我。妮娜对立身份切换的困境所言说的社会命题是:从传统到当代社会竞争机制的转变过程中,个体竞争者已从"安分"固守某一种身份,被迫转换为自觉统一于多重身份,甚至是统一于相悖身份。

---

① 参见欧阳桢:《作为自我的他者》,周发祥译,《文学评论》,2000年第5期。在该文中,欧阳桢提出身份可以从三个方面来探讨:实质性、邻近性及独特性。其中,实质性强调身份的"此在",即作为宇宙间永存之物的身份,邻近性特指作为彼此关联的身份,而独特性强调事物的个别性、唯一性与特殊性。

第五章　符号与认知

唯有我们在对事物缺乏完整的认识的时候，才使用符号或符号的符号。在我们直面荒谬的世界、真理尚未适时显示出来之前，我们是在一面镜子上观察和猜想。

翁贝托·艾柯《玫瑰之名》

本章提要：艾柯的小说《玫瑰之名》堪称符号学的绝佳注释。这个故事所再现的，是一次对意义（真相）无限逼近的探索之旅。小说中主要人物威廉修士的两位精神导师（培根与奥卡姆）体现出艾柯在构思行文时对中世纪符号学思想的思考与回应。克里斯托弗·普兰在《符号学的创造力：艾柯的〈玫瑰之名〉》一文中，梳理了小说中所涉及的中世纪的符号学理论，论述了"符号与事物的关联""思维符号与心智语言""心智外普遍项""自然符号与意向符号"及"推理关联""直觉认知与认定原理"诸方面问题。沿着这一思路，我们从符号的定义出发，来界定事物与意义之间的关系，并以此回应原作者对小说中涉及的中世纪符号分类。最后得以窥见符号示意的根本属性——无限衍义。

艾柯（Umberto Eco）的小说《玫瑰之名》（*The Name of the Rose*）历来堪称符号学的绝佳注释。故事中的人物兼叙述者阿德索修士，在其垂垂老矣之际，留下一部手稿，回忆年少时随导师威廉修士在修道院破译一起连环凶手案的奇异经历。凶手原来是蛰居于修道院并且德高望重的老修士豪尔赫，而他杀人的动机，是为了阻止好奇的僧侣们阅读一部论述"笑"的书——亚里士多德的《诗学》。博学的威廉依靠自己的理性分析却未能成功破译豪尔赫干扰的密码，最后，反而是阿德索的直觉帮助导师解开了密码的示意之谜。这个故事所再现的是一次对意义（真相）无限逼近的探索之旅。而符号学关注的，正是认知与意义的问题。

就此，克里斯托弗·普兰（Christoph Prang）撰文《符号学的创造力：

艾柯的〈玫瑰之名〉》（"The Creative Power of Semiotics: Umberto Eco's *The Name of the Rose*"），梳理了小说中所涉及的中世纪的符号学理论，论述了"符号与事物的关联""思维符号与心智语言""心智外普遍项""自然符号与意向符号"及"推理关联""直觉认知与认定原理"。这些方面都是中世纪两位代表性哲学家——培根与奥卡姆（Roger Bacon and William of Ockham）[①]就语言与符号之关联所持的观点。上述符号分类深刻影响了艾柯，体现在了《玫瑰之名》中威廉修士的侦探推理过程中。沿着这一思路，笔者尝试做一次批评的述评，从符号的定义出发，回应原作者对小说中涉及的中世纪符号分类，并借此深入符号示意的根本属性——无限衍义。

　　符号是主体存在于世（理解、阐释并作用于世界）的根本方式，因为追逐意义乃人之本性，而符号是被认为携带意义的感知。[②]人必须通过符号才能实现意义的发出、接受与交流。我们无时无刻用符号表达自我、阐释他者、认识世界。所以，符号学是关于意义的学科。要界定符号，必须从"符号－事物－主体"的三项式关系出发。在梳理符号与事物关联这一部分中，普兰首先指出：自柏拉图、亚里士多德以降，符号就被认为是"在示意过程中，通过观念或概念而指向被命名的事物"[③]。这里涉及的关键词为："示意"（人实践的根本目的）、"概念"（符号载体，即符号再现对象的中介）以及"命名"（指涉关系），也就是说，符号一开始是概念（符号再现体）－对象－意义三元模式（类似皮尔斯的三元模式，有别于索绪尔的二元模式）。然而，小说中威廉修士的精神导师原型，即中世纪的唯名论哲学家培根，却将上述三元模式中的中介（概念）给拿掉了。普兰意识到，这样一来，符号（词语）与事物之间的关系就是直接的，因此预设了某种似乎更为天然的关系。[④]这意味着符号的概念，在很大程度上是症候式的，比如，烟是火的符号，并且会生成与之相应的推论。事实上，培根反对亚里士多德提出的符号定义。这个定义涉及一个过程，被普兰称作"命名"，就是心智外化、实在化的意义过程。由此看来，任何符号都是思维符号，是主体的心智对应物（mental equivalents）。命名即符号化

---

　　① 这两位均为中世纪英国著名哲学家。培根是典型的唯名论者，倾向于唯物论，注重实验科学。奥卡姆是经院哲学家，与小说中的威廉一样，是圣方济各会修士，以复兴唯名论著称。

　　② 赵毅衡：《符号学：原理与推演》，南京：南京大学出版社，2011年，第1页。

　　③ Christoph Prang. "The Creative Power of Semiotics: Umberto Eco's The Name of the Rose". *Comparative Literature*, Eugene: University of Oregon, 2014, p. 423.

　　④ Christoph Prang. "The Creative Power of Semiotics: Umberto Eco's The Name of the Rose." *Comparative Literature*, Eugene: University of Oregon, 2014, p. 423.

过程。这种关联体现了社会规约性和任意性的相互作用。但没有解答先后问题：我们是先形成关于事物的概念，再为其命名；还是因为有了某个符号，才规范了思维内容。这其实触及了符号学最为核心的命题：先有思维还是先有语言？我们到底是先有语言，才规范了思想；还是先有思想，再诉诸语言再现？

思想即"心语"，它是内省的，非语言的交流。只有当我们与自己说话时才会用。不需要用某种媒介予以再现。一旦与他人交流，就会被某种共同符号"意符化"，成为外显的语言符号。而如此"意符化"之后，也就是被姿势、语音、文字等交流语言取代之后，人类就再也无法记得在"无语"状态下是如何思维的，因为心语已被"覆盖"了。虽然依然存在，且与社群语同时展开，但成为退隐符号之流下面的"潜语言"。只是社群语再现力量十分强大，以至于我们很难意识到心语在操作。心语因为不是再现，所以精准；而语言是再现符号，所以容易产生歧义（相对于思维而言）。恰如程序员与机器的关系那样，心语是人被神所"预设"的。又恰如柏拉图的"记忆之说"所描述的那种无法名状的起源，但人们隐约记得那种完满（真知）的状态。

洛克认为思想是符号，而词汇是思想的符号，因此思想是符号的符号，所有的语词都是元符号。皮尔斯则认为，符号之所以能传达意义，最根本的原因，是"人的思想本身就是符号"。皮尔斯指出，思维－符号的内在语法，并不是语言的句法，而是联想造成思维－符号单元之间的链接，涉及三个方面：第一是作为感觉的内在品质；第二是影响其他观念的能量；第三是一个观念把其他符号与其融合在一起的那种倾向。这是一种"运动感知"，但由于它们携带意义，因此是符号。一般符号载体必须被感知，而思维－符号则不一定，因为这种载体是感知本身。这是对思维符号的"非再现性"最精准的解释与描述。所以，思维符号是"前语言"的。

而在培根的符号模式中，概念通过与所指事物之间保持平行关系，而成为与主体的心智相对应的物。把概念变成位于符号（词语）之外的"思维符号"，普兰在其论文中敏锐地指出：这一说法有循环论证之嫌，因为词语指称既可以是真实的对象，如"玫瑰"这个词可以指一朵真实的玫瑰；又可以是思想中的对象（头脑中关于一朵玫瑰的意象）。[①]"玫瑰"这一符号，不再是"在头脑中形成的某物"，而是可以"向头脑"展示的某物。前者具有任意性，后者具有规约性。如前所述，符号是携带意义的感知。符号学是对普遍思维规律的探

① Christoph Prang. *The Creative Power of Semiotics*：*Umberto Eco's The Name of the Rose*. Comparative Literature，Eugene：University of Oregon，2014，p. 424.

索，从这一定义来理解主体与事物的关联，可以看出，符号是主体认知、把握世界的根本途径。换言之，除非通过符号，否则主体无法建立与事物之间的联系。不同的符号类型，实际上反映出了主体进入事物的不同方式。普兰提到的亚里士多德的观点中，"概念"其实就是思维作用于事物的结果，是主体对经验世界的"塑形"。因此，笔者认为，概念本身就是一种符号，是一个符号化过程，即主体接近事物、赋予事物意义的过程。在原小说中，中世纪符号学思想将概念作为一种特别的心智符号，但普兰在解析时并没有明确指出这一点。

在此过程中，普兰指出，亚里士多德认为概念与事物之间的关系独立于个体的思维，并因此对所有人而言都是一样的。虽然人们用不同的语言交流，但却是用相同的概念来交流的。奥卡姆接受了这一观点并将之拓展如下：概念是"心智语言的单位，其示意是自然的而非约定俗成的。由于最初是作为自然过程的结果，人与人之间的概念彼此很相似，构建的方式也很相似"。普兰认为，概念是一种心智语言的自然符号，这一看法是崭新的，正如小说中威廉修士教导弟子阿德索所言："人们用不同的名字命名各种概念，尽管对于人们而言，概念——事物的符号——都是一样的。"[①]

笔者认为，这里涉及符号示意的认知前提，即上一章中提到的事物与对象之区分。如前所述，"事物"并非"对象"，落入主体意识的物才是对象。"对象"和事物的不同之处，在于它是事物的主观转化。尚未进入主体视域之内的物，是"零度自然"。意义既不在主体意识中，又不在对象世界里，而是在两者之间。周围世界是主观世界与客观世界在意义中的融合[②]。物与对象的区分，切中了意义的核心元素。所以，上述论及的概念与事物之间的关系，其实应该是符号与对象之间的指涉关系。进一步来说，任何符号的发出与理解，都需要经过社群规约的累积、认同与沉淀。因此，普兰所说的概念示意（即符号示意）是自然的，只能说是就符号进入社群后的运用层面而言的。

为了更好地解释心智符号的属性，奥卡姆进一步阐明了事物与概念之间的两种冲突的关联：1. 客观存在理论；2. 心智行为理论。在第一种关联中，奥卡姆将思维对象描述为外在事物（而非抽象物）的想象副本。这使得概念进入了思维意象，并且在某种程度上回应了经院哲学中所说的概念是事物忠实的镜子。在其后来的关联中，奥卡姆用一种基于因果关联的自然示意来替换相似

---

① 翁贝托·艾柯：《玫瑰的名字》，沈萼梅、刘锡荣译，上海：上海译文出版社，2010 年，第 33 页。

② 赵毅衡、陆正兰：《意义对象的"非均质化"》，《中国人民大学学报》，2015 年第 1 期，第 2 页。

性："概念源于自然因果关系的一种普及的、思想独立的过程，并且属于一种普及的、非规约的、非任意性的思维语言。"在此，"普及"（universal）是指就概念的"信息、理解及示意"而言，每个人都一样。一言以蔽之，概念源于外在事物（即笔者所说的客观世界的对象化）并且天然地意指（signify）外在事物（即笔者所说的符号使用者的主观投射）。很明显，奥卡姆的符号模式带有明显的即刻性，严重依赖现象世界。

在小说中，威廉启发阿德索时也运用了上述传统的符号模式。如在讨论藏书中的示例时，他重复了亚里士多德所说的概念即中介（intermediary）："观念（即概念）是事物的符号，而意象（物质表述）是观念的符号，符号的符号。"又如"一本书是由符号组成，而这些符号言述的是言述其他事物的符号"。而威廉在调查办案的过程中，大量地依赖了特殊项（particulars）和经验。

对于奥卡姆而言，只有特殊项才具有真实的存在性。所有概念都最终指向现象世界中思维以外的属性或事件。奥卡姆还区分了绝对（absolute）概念与内涵（connotative）概念。绝对概念只有一度示意（primary signification），如"人们"意指所有存在的个体意义上的人。内涵概念具有附加的二度示意，如"红"意指红色的特殊项，也同样指红色属性。二度示意，如"红色属性"（redness）可以由其他概念，也就是说，可以进一步由更为简单的概念和特殊项来界定。罗兰·巴尔特（Roland Barthes）理论的核心是内涵（connotation），即二度示意系统：任何直接指向的意义都是外延式示意（denotation）；需要由此二次生成的意义，则是内涵。文学是典型的二度示意系统，因为它依赖语言，而语言本身又是一个示意系统。叶尔姆斯列夫（Louis Hjemslev）认为：外延式的能指和所指共同构成内涵式的能指。换言之，二度示意系统会无限延展，更深地卷入了主体的个别、具体意识。①

普兰认为，绝对概念与内涵概念的区分使奥卡姆可以解释"语言及思想中的普遍性"，并同时拒绝以下观念：某些概念可以是外在于思想的形而上实体。在小说中，威廉明显带有奥卡姆针对特殊项的这种倾向："唯有我们在对事物缺乏完整的认识的时候，才使用符号，或符号的符号。"这是将符号还原为工具而已。与奥卡姆一致的是，小说中的威廉只考虑能被观察与被感知到的，即现象世界中的证据。这印证了奥卡姆对特殊项的坚持。

由于奥卡姆排除了超越思维的普遍项，所以被认定为一个唯名论者

---

① 文一茗著：《论主体性与符号表意的关联》，《社会科学》，2015 年 10 期，第 176 页。

（normalist）。比如他不承认作为一种特别存在物的独角兽，也不会将其理解为超越精神的普遍项，但他愿意将之作为一个概念，因为语言（不管精神的还是言词的）同样允许我们言说"所不是"（what is not）。小说中对独角兽的讨论以及小说的标题，也体现了这一观点。然而，概念总会意指特殊项，复杂符号的真相取决于单个个体组成部分的真相。这意味着即使是不存在的事物，也需要以简单概念为基础。所以，可以将若干不同事物的即刻直觉认知组合成复杂的概念，并由此形成并解释不存在事物的精神行为。在小说中，威廉与阿德索的一次对话中，威廉出人意料地确证了独角兽的存在，展示出他自己的符号学立场是牢牢扎根于经验的，他是现代意义上的实在论者（realist）。

《玫瑰之名》还体现了培根的符号分类。普兰指出，在培根之前，符号主要划分为两大范畴：自然发送的符号和意向发送的符号。某些人为的符号也被归入自然符号之列，如因痉挛发出的呻吟、叫喊。符号是自然的，要么是因为它们是由自然界发出的（即不存在意向），要么是因为自然而然形成的。符号越接近自然，人们就越容易去寻找自然原因，并将之视为普遍性的符号。对小说中的威廉而言，真相显然是一仲世俗的事，他的犯罪学工作主要是为几起神秘凶杀案寻找原因。

培根认为自然符号与其意指事物的关联有三种方式：因果性（动物的踪迹）、相似性（图片、影像）或伴随性（黎明前的啼叫）。在这三种方式的所有实例中，关联都是有理据的，这反过来意味着它们解释了关于事物的推理。简言之，培根认为，正是事物的属性在符号与其所指之间形成了推理。笔者认为，这种观点有片面之嫌，因为任何意义的形成都在于主客观之间的关联，即面对对象的意向性压力迫使主体对之赋予理解。所以，应该是事物属性与主体的获义意向性，对符号与对象形成推理提供了理据。这也是为什么，小说中的威廉的侦探工作在很长时间中并没有实质性的突破，因为他的个体认知不可避免地在其获义意向性压力下，呈现出了一定的方向性与相关性，故而也不可避免地产生了片面化的情况甚至形成认知偏差。

培根关于推理的另一个方面也值得我们注意。根据培根，符号的分裂取决于习惯性的看法。尽管人的语言是基于约定俗成，而非自然关联的。培根认为，在使用过程中，一个单词及其对应的概念总是伴随发生的。所以，一个符号可以属于多种范畴或所属范畴可以改变。范畴的改变同样意味着一个符号可以转换其示意，并成为另一个符号域，同时以不同的方式表示几种事物（症候式的、像似的、规约的）。小说中，作者艾柯在表示各个人物对诸起谋杀的不同反应时，就运用了这一点。虽然对某些人而言，神秘的凶手可以很快变成一个示意启示录的符号；但在威廉看来，单个杀人罪行同样可以是"意指他物的一个符号"，即来自凶手的一个警告，意在阻止下一颗好奇的心，只不过取得了相反的效果。甚至，威廉将凶手表面的手法视作推测凶手身份的符号：对象应该给我们一个关于凶手属性的观念；如果是一本书，则说明他急于隐藏秘密。事实上，符号的意指效力是随文化的具体安排而变动不居的。在论及符号外延与内涵的区别时，艾柯认为，外延是所指物在文化上得到承认的潜在属性；而内涵未必是对应所指物在文化上得到承认的潜在属性[①]。

在谈及意向性符号时，培根关注的是"说者的意向"。在此，"意向"有两层意思：首先，在中世纪哲学的理解中，意向等于灵魂的作用力。其次，它代表了某种目的。艾柯认为，意向的这一现代意义，强化了自然符号与人为概念性符号之间的区别：后者往往有一位符号发送者，他希望形成交流；而前者则没有。自然符号基于推理机制，而人造符号基于意图，通过为特定目标而挑选的词语进行表意。培根将自然符号归为再现；而运用意向符号时，他首先强调的是交往行为及与之相应的思想领域。

因为自然符号是纯粹再现式的，故相对容易解码，如威廉准确猜出未曾谋面的名马"勃鲁内罗"那一段，可以充分显示这一点。但当涉及更为复杂的意向性符号时，只靠简单的因果、像似或伴随关联等概念并不足以解码。在小说中，艾柯为了区分这一点，将自然符号与意向符号并置，对破译的人构成了更大挑战。普兰将原因精辟地归纳为：意向符号不仅揭示事物，而且隐藏事物。[②]

尽管培根的分类十分详尽，但普兰注意到，他并没有解决意向性符号问题：即人的语言符号如何与事物形成关联以及如何使得知识成为可能？这正是引入奥卡姆的原因。

普兰分析指出，在区分现实和理性科学时，奥卡姆假定知识可以通过两种不同的程序获得：关于对象或事实的直觉以及关于命题的抽象。根据奥卡姆的观点，符号阐释者必须具有对实际事物的某种前认知，奥卡姆称之为"直觉认知"（intuitive knowledge）。

由于概念的形成始于对单一项的直觉认知，所以这二者间的关系是因果关系。直觉认知起到了中介作用，引发了概念并将之与具体项连接起来。在艾柯

---

① Umberto Eco. *Semiotics and the Philosophy of Language*, Bloomington: Indiana Univ Press, 1984, p. 126.

② Christoph Prang. *The Creative Power of Semiotics: Umberto Eco's The Name of the Rose*. Comparative Literature, Eugene: University of Oregon, 2014, p. 428.

的小说中，关键同时在于具体项与因果性，它们因某种线性而得以强化，这种线性析出了所有扭曲的声音，使观察者更贴近被看之物。小说中威廉就设法驱逐身边的干扰以及教会权威，使自身只集中于得到的事实证据。这样做，符合奥卡姆所说的直觉性认知，这种知识与先前有关经验熟悉度相关的经验紧密相连。因此，感官印象（而非抽象概念）成为所有认知行为的基础。难怪小说中威廉如此依赖自己的双眼，没有眼镜，他就会暂时成为残废。

小说中关于阿德索之梦的解析，也体现出直觉扮演的重要角色。不过奥卡姆认为，直觉是所有人共享的官能，所以，在小说中，威廉将自身投射于他人的位置，因为他知道他人的内心活动和自己所遵循的是类似的路数，故可以反推之。诚如他所言："我尝试着让自己处于凶手的位置。"也就是说，直觉认知是人们共享的一套解释规范。

尽管简单符号（如单个词语）和复杂符号都是认知性的，但它们的认知方式不同：简单符号通过联想和推理，以直觉的方式再现知识，因此是纯粹的再现式符号。复杂符号通过抽象和替代形成新的知识，所以是认知性的符号，这就是皮尔斯所说的"心智直觉"（intelletual intuition）。思维语言（mental language）是命题式的，所以在命题中运用概念时需要详细解释。奥卡姆的认定理论（suppostion）设定了一套规则或程序来测试命题形而上的准确性（在检验真相之前）。在他看来，符号具有两种语义功能：1. 示意，2. 认定。孤立的符号意指（signify）某物，而语境中的符号（命题中的一个符号），则代表（stand for）某物。所有符号都具备意指功能，但唯有语言符号才有认定功能，可以表示抽象、复杂甚至非真实的事物。所以，同一个命题可以形成不同的论断。意义是相对的，视语境而定。

奥卡姆认为，有三种认定关系：个人的、简单的、物质的。每种认定以某种方式指涉符号三元模式中的一种元素：实际的事物、概念、符号载体。在个人认定中，一个项（term）代表心灵之外的具体项，即我们对一个项的常规用法。简单认定则代表概念。在实际认定中，则代表词-符号。一个命题形成可能解读的过程在于：确定可能认定的范围，并用谓项的每种可能假定将主项的每种可能假定结合起来。所以，威廉决定将所有分离的元素整合起来，使得最终多出某种认定。对一个命题的分析在于首先建立可能的解读，只有这样才能引入真相。将这两者区分开来，才可以避免个人的认知偏见。普兰认为，认定理论标志着从符号学向逻辑学的转变。在小说中，威廉所遵循的，是历史上先驱们所设定的程序。阿德索无意间对威廉的评语指出威廉被自己所受的专业训练误导了。他对维提南宗卷最初的反应是"就像看到天书，其意义超越了文本"——这是基于中世纪对经书的理解，即认为该书必有四层含义。除了字面意思，还有道德、寓言、精神真相。只有修正了最初的误读，威廉才会找到那扇神秘之门。威廉不会孤立地解读凶手的动机，他将单个行为视作包罗万象的逻辑解释。所以，他集中了凶手的所有证据，以测试在一个既定的语境中，收集的片段证据如何形成关联并整合为一体。对阿德索而言，关于马留下的痕迹最多说明存在泛泛意义上的一匹马。而威廉则认为，如果孤立地看每个踪迹，只会得出关于"马"的总体概念。只有将所有符号（踪迹）集合于一体，才会从普遍的马得到一匹具体的马。早在皮尔斯之前，这位中世纪哲学家（奥卡姆）就认识到：要解决意义问题，符号学必须超越符号之间的关联，深入符号与世界以及观察世界的主体之间的关联。

培根与奥卡姆的符号学理论在艾柯的小说《玫瑰之名》中俯拾皆是：如符号是知识之门（认知潜能）；直接认知世界中的现象（即刻性）；对具体项和经验的强调（经验主义）；依赖具体的，排除超常的；注重因果关系；允许环境证据（伴随性关联），引入直觉（前认知）；在语境中把握符号（实用主义）；合并测试法先于阐释行为（悬置判断）。

尽管将踪迹、痕迹、密码视作信息传递的表现，会有助于人们了解知识，但通过符号获得认知会有局限。最终接受者会发现，意义是相对而言的，视情景而定的，根据文化进行编码，意义总是流动不居的。符号既不稳定，也不可靠，但它是开放的，可被阐释。如果不是完全怀疑的话，人们对待符号至少应当持一定保留态度。因为符号既可以扭曲现实又可以如实反映现实，就像小说中，图书馆里安放的那面哈哈镜。并且，人们往往会将自己的意思投射于某个单个的符号域命题中（从着火到整个图书馆毁于一旦的过程）。

《玫瑰之名》潜在的符号学信息似乎是皮尔斯所说的无限衍义（unlimited semiosis）。威廉总结道：符号只不过是使用过后就丢弃的工具。"我们的头脑所想象的秩序像一张网，或一部梯子。那是为了获得某种东西而制造的。但是，上去后就得把梯子扔掉，因为人们发现，尽管梯子是有用的，但是没有意义。"[①] 通过亚里士多德论喜剧的书，艾柯指出：或许那些爱人类的人的任务，就是使人嘲笑真相，因为真相在于让人学会从为了真相的狂迷和激情中释放出来。

小说结尾将读者置于一种怪异的张力之中。一方面威廉承认自己的失败，

---

① 翁贝托·艾柯：《玫瑰的名字》，沈萼梅、刘锡荣译，上海：上海译文出版社，2010 年，第549 页。

逃离了符号学以及获得真相之欲望的束缚，用笑来结束了符号的无尽衍义；而另一方面，阿德索却依然受困于时间中，他不能忘怀年少青春时经历的那些神秘事件，因此又回到修道院重拾图书馆的有关遗迹，仿佛这会给他答案，尤其是关于那个无名女子的真相。如果说威廉得到解放，阿德索却愈发沉迷执着于对事件的理解，从而开启新一轮的无限衍义。对他而言，正如小说标题和结尾处的重复所示：只有符号永存。

所以，普兰最终把我们带向了对"文本意义"本身的思考。他认为，没有哪本书只有一种意义，也不会有哪个读者能捕捉到作品的每个方面和所有维度。休闲读者追求娱乐和瞬间的情节快感；更具分析头脑的读者（对艾柯的符号学有兴趣的读者）的兴趣则超出了侦探情节，更关注一个文本是如何构建的，并急于明白如何吸引读者而会关注结构性层面。普兰将艾柯的小说当作符号模拟艺术这一类型的典范，因此承认，认知不可避免地片面化了。我们拽住符号示意之链，在逼近真相的路上继续前行。恰如阿德索的手稿开篇所言：人们可以断定其中自有无可替代的真理。但是，在我们直面荒谬的世界，真理尚未适时显现出来之前，我们是在一面镜子上观察和猜想。[①] 符号示意的本质特征，在于无限衍义的可能性（即每一个符号的解释项又会成为下一个符号的再现体）；而由于无限衍义正是主体思维方式的本质特征，进而揭示出主体缺失之存在状态（即主体一刻不停地使用符号以逼近意义的真值）。使用符号示意必定是无限衍义的过程；意义的无限衍生，是因为符号总是反映了主体所不是的那一部分。"先前所有的，早已起了名"，当符号的自我卷入叙述，必定朝着真相不断奋进，谦卑如故。

---

① 翁贝托·艾柯：《玫瑰的名字》，沈萼梅、刘锡荣译，上海：上海译文出版社，2010年，第13页。